FLORIAN BECKERHOFF

DREI NACH NORDEN

atb aufbau taschenbuch

FLORIAN BECKERHOFF, geboren in Zürich, aufgewachsen in Bonn, promovierte in Literaturwissenschaften und schlug sich als Sprachlehrer, Museumswärter und Werbetexter durch. Nach einigen erfolglosen Versuchen, sich nach Schweden oder Louisiana abzusetzen, lebt er heute als freier Schriftsteller mit seiner Familie in Berlin.
Im Aufbau Taschenbuch ist ebenfalls sein Roman »Ein Sofa voller Frauen« lieferbar.

Eigentlich verläuft das Leben von Greta, Cassady und dem Halben Belgier recht beschaulich. Abenteuer? Fehlanzeige. Bis die drei eines Nachts Hals über Kopf nach Schweden aufbrechen. Greta hat einen Brief von Lars-Gunnar und Kerstin erhalten. Jahrelang hat sie nicht mehr an die beiden Alten gedacht, bei denen sie früher, oben im Norden, am Meer, immer so glücklich war. Nun soll sie ihnen eine riesige Kiste bringen, die plötzlich vor ihrer Tür stand. Eigentlich will Greta nichts mehr mit ihrer Vergangenheit zu tun haben. Aber warum wollen die beiden sie so dringend sehen? Und was ist in der Kiste?
Eine abenteuerliche Reise nimmt ihren Lauf, an deren Ende der Halbe Belgier als Held ins kalte Wasser springt, Greta die Liebe zulässt und Cassady sich dem Kampf mit Gammelfisch-Döner und mürrischem Schwiegervater stellt.

FLORIAN BECKERHOFF

DREI NACH NORDEN

ROMAN

atb aufbau taschenbuch

MIX
Papier aus verantwortungsvollen Quellen
FSC
www.fsc.org
FSC® C083411

ISBN 978-3-7466-3249-0

Aufbau Taschenbuch ist eine Marke der Aufbau Verlag GmbH & Co. KG

1. Auflage 2017

Die Originalausgabe erschien 2015 bei Rütten & Loening,
einer Marke der Aufbau Verlag GmbH & Co. KG
Umschlaggestaltung und Illustration www.buerosued.de, München
Gesetzt aus der Minion Pro, der Dimbo und der Agenda
durch Greiner & Reichel, Köln
Druck und Binden CPI books GmbH, Leck, Germany
Printed in Germany

www.aufbau-verlag.de

für die Hammers

Never turn your back on the North!

Robert Edward Lee,

General der Südlichen Konföderation

PROLOG IM OSTEN

Zack, und Licht aus. Wie jetzt? Warum? Der Schalter lag doch innen gleich neben der Tür zu diesem schlauchartigen Raum, an dessen Ende leicht erhöht die Kloschüssel stand, auf der er saß: der Halbe Belgier. Gerade eben, als die nackt über dem Waschbecken hängende Glühbirne plötzlich erloschen war, hatte er sich gefragt, ob das der Spitzname war, den er schon immer hatte haben wollen: Halber Belgier. Wenn ja, dann sollte er sich freuen, hier zu sein, bei seinen neuen Freunden, die ihm so einen Namen gaben, doch es gelang ihm nicht.

Er war ganz sicher, dass der Schalter innen lag, neben der Tür mit ihrer rätselhaften Schließmechanik. Er hatte Licht gemacht und dann versucht, die Technik zu verstehen: Egal in welche Position er den kleinen Hebel stellte, das Schnappschloss ließ sich weiter öffnen. Daran erinnerte er sich. Trotzdem war es jetzt dunkel, wie früher zu Hause, wenn man jemanden ärgern wollte, der das Klo zu lange blockierte. Hier aber hätte man die alte Tür von außen öffnen müssen, um in den Raum hineinzufassen und den Schalter zu drehen. Das hätte er gesehen und gehört, auch auf die vier Meter Entfernung. Wäre der Raum nicht ganz so lang gewesen, wäre er mit den Hosen unten aufgestanden, um das Licht wieder anzumachen, das sicherlich nur aus Versehen ausgeschaltet worden war. Denn auch wenn er vorhin keinen zusätzlichen Außenschalter gesehen hatte, konnte er doch nicht ausschließen, dass es einen solchen gab, den jetzt jemand betätigt hatte.

Was aber, wenn ein technischer Defekt hinter dem plötzlichen Erlöschen der Lampe steckte? So ein Glühdraht hielt ja nicht ewig. Dann musste er jetzt etwas unternehmen, um auf sich aufmerksam zu machen. Rufen wollte er nicht. Nein, so kam er nicht weiter. Er musste selber handeln und suchte halbhoch rechts und links das Klopapier und fühlte Raufasertapete. Auch auf dem Boden seitlich fand er nichts, noch nicht mal eine Bürste! Er war nicht gern allein im Dunkeln. Jetzt nur nicht panisch werden.

»Ist nur die Sicherung!«, hörte er Greta aus der Küche rufen. »Es war halt alles Schrott im Sozialismus.«

Erleichtert lehnte er sich zurück. Die Sicherung also.

Darauf hätte er kommen müssen, tadelte er sich streng, wobei er sich auch dafür lobte, nicht losgeschrien zu haben. Er kannte die beiden in der Küche ja kaum, die Madame und den Schnurrbärtigen, wie die Schwedin Greta und ihr amerikanischer Freund Cassady bei der Arbeit im Jüdischen Museum genannte wurden. Er wusste nur, dass er ihnen gefallen wollte, weil sie besonders waren. Dabei hätte er gar nicht sagen können, was genau ihre Besonderheit ausmachte, die sich äußerlich in seinem Oberlippenbart und ihren bunten Kleidern zumindest ansatzweise zeigte. Jedenfalls hatten sie schnell zueinandergefunden: erst Zigaretten vor und nach der Schicht geraucht, dann eine Menge Bier in Kneipen getrunken und heute endlich dieses Sabbatessen hier mit Schnitzel, Erbsen und Kartoffeln. Dumm nur, dass er aufs Klo gegangen war.

Im Hinterhof erklang Musik. Wahrscheinlich war ein Fenster in der Außenwand lichtundurchlässig abgeklebt. Er sah keinen Schimmer und hörte doch Mariah Carey. Beim Refrain war er sicher: *Without You*. Wo aber blieb der Strom? Musste sie etwa erst eine der alten Schmelzsicherungen besorgen? Kein Laut drang aus der Küche.

Als sich nach einigen Minuten immer noch nichts getan hatte, wollte er nicht noch länger warten. Er tastete im Dunkeln hinter sich und fand das Klopapier seitlich des Spülkastens zwischen Wasserzufluss und Wand geklemmt, dann vor sich rechts auch das kleine Waschbecken. Ein Handtuch suchte er vergeblich und nahm, schon auf dem Weg zur Tür, spontan die Hose. Unsinnigerweise drehte er dann den Lichtschalter.

Nichts.

Noch einmal.

Noch immer nichts.

Seine dank Mariah Carey tränenfeuchten Augen trocknete er mit dem T-Shirt, ehe er in den Flur trat und sich nach links in Richtung Küche wandte. Die beiden diskutierten.

»Aber er ist unser Freund«, sagte Greta. »Wir haben ihn zum Essen eingeladen.«

»Trotzdem kann man Spaß haben«, sagte Cassady.

»Gerade du am Leil Shabbat!«

»Du weißt, ich praktiziere nicht.«

»Mein Gott«, lachte sie. »Er dachte wirklich, dass es eine religiöse Sache wird.«

»Für einen Deutschen hat er es mit viel Humor genommen. Wir haben also nicht den Falschen eingeladen.«

Der Halbe Belgier musste grinsen, so sehr freute er sich über dieses Lob aus dem Munde des Amerikaners. Vorsichtig tastete er sich an der Wand entlang und wollte dann gerade auf sich aufmerksam machen, als er mit ahnungsloser Wucht gegen ein Hindernis stieß. Der Schmerz traf ihn im Dunkeln so völlig unerwartet, dass er laut aufschrie und das Gleichgewicht verlor. Er suchte Halt an der Wand, stolperte aber vorwärts gegen die Tür. Da die nur angelehnt war, schwang sie auf, und er fiel geradewegs in die nicht ganz so finstere Küche. Deutlich sah er das Schwarz und Weiß des PVC-Bodens im Dämmerlicht, das hier durchs Fenster fiel. Halt fand er nicht, doch er war schnell genug, sich mit den Händen abzufangen. Dann wurde es ganz plötzlich hell.

Vom Boden aus sah er die Deckenlampe, hundert Watt, glasklar. Darunter stand der Esstisch mit drei gepolsterten Stühlen. Die Wände waren kahl bis auf ein kleines Bücherbord. Greta und Cassady standen am Sicherungskasten neben der Wohnungstür, die direkt in die Küche führte – sie in blass geblümtem Sommerkleid und mit der strassbesetzten Brille von Chanel; er in Shorts und Rugby-Trikot. Ihre Hand lag am Sicherungskasten, seine unter ihrem Kleid. Von unten betrachtet, wirkte Cassadys tiefschwarzer Schnurrbart noch größer; wie frisch lackiert glänzten die ordentlich gestutzten Haare. Bei Eintritt in den Museumsdienst hatte er noch einen Kaiser-Wilhelm-Backenbart getragen, dessen gezwirbelte Enden auf Anweisung des Museumsdirektors aber bald hatten weichen müssen. Er opferte sie der Frau, wie er selbst sagte. Wäre Greta nicht gewesen, hätte er gleich gekündigt.

»Diese verdammte Kiste«, sagte die Madame jetzt.

Der Halbe Belgier blickte in den Flur, von dem Bad und Schlafzimmer abgingen. Aus der offen stehenden Toilettentür fiel Licht auf eine ziemlich große Kiste. Die hatte er vorhin nicht bemerkt.

»Oh, das Licht«, sagte er und machte noch einmal die wenigen Schritte an der Kiste vorbei zurück ins Bad.

Rasch versicherte er sich, dass er alles ordentlich hinterlassen hatte, und drehte schließlich noch einmal den Schalter. Dann schloss er die Tür und inspizierte die Kiste, über die er wirklich nicht hätte stolpern müssen: In eine Nische gerückt, ragte sie kaum eine Handbreit in den Raum hinein. Es handelte sich um eine sehr ordentliche und dabei einfache Kiste von etwa anderthalb Metern Länge. Sie war so dick verleimt, dass man die Spuren der Pinselborsten unterscheiden konnte. Die liefen ziemlich parallel, wie Furchen auf dem Acker. Unter den Streifen lag ungeschliffenes Holz, jeweils fünf Bretter nebeneinander, verbunden durch Querleisten. Die wiederum waren vernagelt, und das nicht zu knapp.

»Liegt die schon länger da?«, fragte Cassady, der mit Greta in den Flur getreten war.

»Seit gestern«, antwortete sie. »Sie stand vor der Tür. Ich habe mir die Arme ausgerissen, um sie reinzuziehen, weil du nicht bei mir schlafen wolltest.«

»Ich konnte nicht, weil ich telefonieren musste.«

»Du kannst deiner Mutter ruhig meine Nummer geben. Es ist doch lächerlich, dass du nicht bei mir schläfst, nur weil sie dich nachts anruft.«

»Willst du über die Zeitverschiebung diskutieren?«

»Die Adresse ist in Schweden«, sagte der Halbe Belgier. »Weißt du, was drin ist?«

»Keine Ahnung«, sagte sie.

»Und warum man sie dir vor die Tür gestellt hat?«, fragte Cassady.

Sie antwortete nicht.

»Dann sollte sie zurück zur Post. Der Zusteller hat sich vertan. Vielleicht kannst du's auch telefonisch melden und sie abholen lassen.«

»Ja«, sagte der Halbe Belgier. »Man kann nicht erwarten, dass du das trägst und dich in die Schlange stellst. Du kannst schließlich nichts dafür.«

»Seltsam, dass du als Schwedin ein Paket für irgendjemanden in Schweden kriegst«, sagte Cassady nachdenklich. »Komischer Zufall.«

»Und dass sie's einfach vor der Tür abstellen, obwohl da draußen sehr deutlich dein Name steht. Das müssen die abholen. Sonst zahlst du nachher noch das Porto, also, wenn du sie selbst zur Post bringst. Sie könnten denken, dass du dir die Geschichte ausdenkst, um Geld zu sparen. Pakete international sind teuer. Außerdem müsstest du den Inhalt deklarieren.«

»Klar, wegen Zoll.«

»Auf diesen grünen Zetteln.«

»Ja.«

»Wir könnten sie öffnen und nachsehen.«

»Das wäre nicht korrekt«, meinte die Madame.

»Ein klassisches Dilemma«, sagte der Schnurrbärtige, griff in Gedanken an die nur in seiner Erinnerung noch existierenden Bartspitzen und inspizierte die in großen, schwarzen Druckbuchstaben geschriebene Anschrift. »Wenn du sie schicken willst, musst du sie öffnen, aber wenn du sie öffnest, kannst du sie nicht mehr verschicken.«

Die Madame zuckte mit den Schultern. Dann setzte sie sich an den Küchentisch und rauchte eine Zigarette.

»Nimmst du erst mal ein Bier auf deinen neuen Namen?«, fragte Cassady den Halben Belgier.

Ohne dessen Antwort abzuwarten, holte er zwei Flaschen Augustiner aus dem Kühlschrank, biss die Kronkorken ab und stellte sie auf den Tisch. Dann reichte er seinem Freund die Hand, der immer noch neben der Kiste hockte. Sie setzten sich zur Madame und aßen schweigend die erkalteten Reste des Abendessens. Immer wieder blickten die beiden Männer in den Flur, dann zu Greta, dann wieder aufs Essen. Sie rauchte eine Zigarette nach der anderen.

»Verdammt«, sagte sie schließlich, als alle Schüsseln geleert waren. »Das Ding muss wirklich weg.«

»Sie könnte in den Keller«, schlug der Schnurrbärtige vor.

»Nein.«

»Wir machen das für dich.«

»Das mein ich nicht. Ich kann das nicht, weil ich die Leute kenne.«

»Die Leute?«

»Die auf der Kiste. Die Adressaten.«

Überrascht sahen die beiden Männer sie an.

»Was für ein Zufall!«, sagte der Halbe Belgier.

»Eher nicht«, sagte sie. »Schweden ist klein, aber so klein doch nicht. Und ich kenne sie gut. Von früher. Aus meiner Kindheit. Im Sommer am Meer.«

»Also kein Zufall.«

»Nein, sicher nicht. Sie haben sich bei mir gemeldet und gefragt, ob ich ihnen etwas nach Schweden bringen könne. Die Lieferung per Post scheint schwierig.«

»Sie haben bei dir angerufen?«, fragte der Halbe Belgier.

»Das klingt schon etwas weniger rätselhaft«, sagte Cassady.

»Sie haben mir geschrieben«, sagte Greta. »Aber das macht die Sache nicht leichter.«

»Und was hast du geantwortet?«

»Gar nichts, aber die Kiste kam trotzdem.«

Dann schwiegen sie wieder. Der Halbe Belgier trank Bier, die Madame starrte in den Flur, der Schnurrbärtige fummelte ein Stück Fleisch aus einem Zahnzwischenraum. Plötzlich lächelte er immer breiter, rückte näher an sie heran und griff nach ihrer Hand.

»Wir sollten ihnen das Ding einfach bringen«, sagte er.

Sie unterzog seinen dichtbehaarten Handrücken, unter

dem sich ihre eigene Hand verbarg, einer genaueren Inspektion.

»Das würde ich lieber vermeiden«, sagte sie dann, ohne aufzublicken.

»Warum? Ich würde gerne mal nach Schweden.«

»Ich aber nicht. Sonst wäre ich nicht nach Berlin geflohen. Ich vertrage das Land und die Menschen nicht. Sie machen mich krank. Außerdem lässt man mich da vielleicht gar nicht rein.«

»Wen sollte man sonst reinlassen, wenn nicht eine Schwedin?«, fragte Cassady.

»Das ist ein bisschen kompliziert.«

»Das schätze ich an dir.«

Die Madame sah ihn an und musste wieder lächeln. Er hielt noch immer ihre Hand.

»Ich war einmal noch etwas komplizierter, also richtig verrückt, und habe versucht, mich mit dem König anzulegen.«

»Ein Attentat?«, fragte der Halbe Belgier.

»Nicht ganz. Ich habe der Presse Material zugespielt, intimes Material. Leider war alles nur gefälscht.«

»Und deshalb darfst du nicht zurück?«

»So deutlich sagen sie das nicht, aber bestimmt haben sie mich noch im Visier. Majestätsbeleidigung ist in Schweden kein Kavaliersdelikt.«

»Das klingt nicht gut«, sagte der Halbe Belgier.

»Wenn wir dabei sind, wird schon nichts passieren«, sagte Cassady. »Ich finde, dass wir drei die Reise machen sollten!«

»Wir drei?«

»Wir haben frei bis Montag. Das schaffen wir bestimmt.«

»Aber wir können doch nicht einfach so nach Schweden fliegen! Wer soll denn das bezahlen?«

»Da würden sie die Kiste kontrollieren«, sagte Cassady und ging zum Kühlschrank, um ihnen noch ein Bier zu holen. »Aber wenn wir noch heute Nacht einen Bus kriegen, sind wir Montag zur Frühschicht zurück. Gepäck in Bussen wird nicht streng kontrolliert.«

»Aber Menschen! Sie wird gesucht!«

»Das ist doch eher unwahrscheinlich.«

»Und wenn sie gar nicht da sind, diese beiden Alten?«

»Dann werden wir trotzdem etwas erleben.«

»Aber wer will etwas erleben? Wir könnten die Kiste doch röntgen lassen, um zu wissen, was wir auf diesen Zettel für den Zoll draufschreiben müssen.«

»So kann auch nur ein Deutscher denken.«

Die Madame verfolgte das Gespräch verwundert. Ja, sie teilte die Bedenken des Halben Belgiers und hätte selbst noch einige Einwände beisteuern können, zumal sie wirklich nichts nach Schweden zog. Schon damals war es immer eine große Sache gewesen, wenn eine Lieferung aus irgendeinem weit entfernten Erdteil bei Kerstin und Lars-Gunnar abgeliefert wurde, deren Herkunftsland er ihr dann auf dem kleinen, von innen beleuchteten Globus zeigte. Überall waren die beiden schon gewesen, und von überall her kamen die Kisten. Rätselhafte Dinge waren das gewesen, die immer auf dem Speicher landeten, zu dem sie keinen Zutritt hatte. Das war noch nichts für sie, hatten die beiden ihr gesagt. Heute würden sie es ihr sicher sagen. Und was mochte in dieser Kiste stecken? Warum hatten sie die nicht direkt nach Schweden liefern lassen?

Ihre Neugier und der Elan ihres Geliebten stimmten Greta nach und nach um. Ja, Cassady schien ihr so perfekt, dass sie schon fürchtete, völlig liebesdumm ins Verderben zu rennen. Andererseits glaubte sie nicht wirklich, dass sie in Schweden etwas zu befürchten hatte, und ihr gefiel die Vorstellung, die beiden Alten und das Dorf am Meer wiederzusehen. Und das mit Cassady an ihrer Seite. Wie würde es ihm dort gefallen? Zeit war jedenfalls genug, und wenn das Geld nicht reichen würde, könnte sie ihre Mutter fragen. Wann, wenn nicht jetzt, sollte sie sich der Heimat stellen? Es war doch nur ein Traum, alles für immer hinter sich zu lassen. Bessere Begleiter als diese beiden Männer würde sie jedenfalls nicht finden.

Der Schnurrbärtige hatte unterdessen schon zum Telefon gegriffen und ließ sich mit dem Busbahnhof verbinden. Der letzte Bus fuhr kurz vor Mitternacht.

»Ich finde nicht, dass man da viel nachdenken muss«, sagte er. »Danach können wir wieder ganz in Ruhe nichts tun.«

»Ich weiß nicht«, meinte der Halbe Belgier.

»Was würdest du sonst machen? Im Bett liegend von Frauen träumen. In Schweden findest du ganz sicher eine.«

»Das allerdings«, sagte Greta. »Ich habe da Freundinnen mit Bedarf.«

»Und du hast sicher schon gehört, was man von Schwedinnen erwarten kann.«

»Und das ist oft noch untertrieben.«

»Das darfst du dir nicht entgehen lassen. Wir sollten uns beeilen!«

Der Halbe Belgier hatte nicht die geringste Lust, Berlin zu verlassen, schon gar nicht in Richtung Norden, so verlockend das mit den Frauen auch klingen mochte. An seiner Bierflasche nuckelnd, blieb er am Tisch sitzen, während Greta und Cassady plötzlich ganz aufgeregt durch die Wohnung eilten. Zuletzt verschwanden sie durch den Flur ins Schlafzimmer. Wo, wenn nicht da, würden sie sich eines Besseren besinnen, wagte er zu hoffen, als sie schon wieder in die Küche traten: Sie schien zu schweben in einem rotschimmernden Abendkleid; ihn schmückte ein altertümlicher Seersucker, als käme er vom Fest des Großen Gatsby persönlich. Die Jeans des Halben Belgiers waren löchrig, sein T-Shirt schon lange nicht mehr weiß. Als Cassady ihn dazu aufforderte, mit anzupacken und die Kiste schoneinmal in den Flur zu tragen, fügte er sich in sein Schicksal.

Kaum eine Stunde nach dem Sturz im Dunkeln verließen die drei Reisenden die Wohnung und den Hinterhof. Vorneweg die Madame: In der Hand ihren schweinsledernen Reisekoffer mit Wechselwäsche, wies sie den beiden Männern den Weg, denen sich die etwa anderthalb Meter lange Kiste schmerzhaft in die Schultern drückte. Im Mauerpark brannten Lagerfeuer. Es roch nach Gegrilltem. Überall auf den Wiesen saßen junge Menschen und rauchten und tranken und spielten Gitarre. Hier hatte niemand Grund zur Eile.

»Wollen wir uns das nicht noch mal überlegen?«, keuchte der Halbe Belgier.

»Schau einfach geradeaus«, sagte der Schnurrbärtige. »Du würdest sowieso keine von ihnen kennenlernen.«

»Ja!«, rief die Madame aufgeregt. »Bis in den Westen ist es noch ein gutes Stück!«

Einige Augenpaare musterten sie skeptisch aus der Dunkelheit heraus. Jemand meinte, dass sie nur rechts unter der Brücke durchmüssten, wenn sie rüber in den Westen wollten, aber da eilten sie schon weiter, raus aus dem Park und ins Gedränge der feierfreudigen Masse auf der Schönhauser Allee. Laut rufend trieb die Madame die Menschen auseinander. Johlende Engländer applaudierten, einige Italiener bekreuzigten sich, die meisten sahen gar nicht hin – hier musste man mehr bieten, wenn man auffallen wollte. Auf der Treppe hoch zur Bahn rutschte der Halbe Belgier aus. Die hilfsbereiten Hände zweier

Männer ganz in schwarzem Leder verhinderten den Sturz und halfen ihnen hoch bis auf den Bahnsteig. Der Zug nach Ruhleben fuhr wenige Minuten später ein.

≈

Schon beim Verlassen der U-Bahn wussten sie, dass sie sich umsonst beeilt hatten: Sie waren fast eine Stunde zu früh. Dementsprechend ruhig folgten sie den Schildern zum Zentralen Omnibusbahnhof. Immer wieder setzten sie die Kiste ab, verwundert, wo sie da gelandet waren. Umringt von vielspurigen Straßen, betrachteten sie eine Stadt, die nichts mit der gemeinsam hatte, in der sie zu leben meinten: Anstelle der immer gleichen Altbauten ragten wild-moderne Gebäude in den Nachthimmel; der Fernsehturm mit seiner leuchtenden Kugel war einer Art Miniatur des Eiffelturms gewichen. Die Madame kannte die Örtlichkeiten noch von ihrer Ankunft vor knapp einem Jahr. Zielstrebig führte sie die beiden Männer über die letzte Hauptstraße und direkt zu einem Kiosk.

»Wenn ihr euch nicht arm rauchen wollt, versorgt euch hier mit Stoff«, sagte sie und kaufte für sich zwei Stangen Marlboro.

Der Schnurrbärtige rauchte wenig, und wenn, dann die Nat Sherman's, die ein Freund ihm aus New York schickte.

»Wir brauchen Bier für die Fahrt«, sagte er.

»Ja«, antwortete der Halbe Belgier. »Das Rauchen lasse ich ab morgen sein.«

»Wehe, wenn nicht«, sagte Greta. »Ich brauche meine Zigaretten.«

»Ganz sicher. Das ist mein Reisevorsatz. Wollen wir uns rasieren?«

In einem kleinen Regal an der Kasse lagen diverse Pflegeprodukte in Reisegrößen aus, daneben auch einzelne

Einwegrasierer. Eine Scheibe schützte das Sortiment vor gierigen Fingern.

»Du bist ein freier Mann«, sagte Cassady. »Ich erobere lieber neuen Lebensraum für meine Haare.«

Unsicher, was Cassady damit sagen wollte, konnte der Halbe Belgier sich nicht zu einer Entscheidung durchringen. Warum sollte er sich rasieren, nur weil man hier die Utensilien dazu verkaufte? Wie kam er auf die Idee, dass Cassady sich mit ihm gemeinsam rasieren würde? Der Verkäufer mahnte zur Eile, obwohl sie die einzigen Kunden waren. Der Halbe Belgier hatte sich noch nie gerne rasiert und sich genau mit diesen Einwegrasierern immer wieder am Kinn verletzt. Er war ja völlig durcheinander, blickte auf und schüttelte den Kopf. Dann zahlten sie und verließen den Kiosk.

Die Fahrsteige lagen im schmutzigen Licht flackernder Neonröhren, deren Hartplastikverschalungen verkrustet waren von Taubendreck und toten Insekten. Backpackerinnen aus Skandinavien und Großfamilien vom Balkan versuchten, sich zurechtzufinden an diesem zwielichtigen Tor zur Stadt. Auch nachdem sie die Fahrscheine gekauft hatten, blieb ihnen eine Menge Zeit. Der Schnurrbärtige wies auf eine freie Bank. Sie setzten sich.

Trinkend und rauchend verfolgten sie die Ankunft und Abfahrt der Busse: aus Paris, Bari und Maribor; nach Kiew, London, Warschau, Ulan Bator und Bad Segeberg. Alle stoppten sie kurz an der Schranke, als sollten sie es sich noch einmal überlegen, ob sie wirklich hier ankommen oder abfahren wollten.

»Ein Ort ist ein Ort«, sagte der Halbe Belgier. »Meinte ein portugiesischer Dichter.«

»Portugal ist fern«, antwortete Greta.

»Ich würde gern noch einen Döner essen«, sagte Cassady. »Wer weiß, ob es in Schweden so was gibt.«

»Gelegentlich«, sagte sie. »In den Zentren der großen Städte. Da wo wir hinfahren eher nicht, du Humboldt des Döners.«

So nannte sie ihn, weil er täglich ein oder zwei der gefüllten Brottaschen aß und jede einzelne klassifizierte: Fleisch, Sauce, Brot, Salat, Konsistenz, Geschmack, Präsentation und allgemeiner Eindruck. All das bewertete er auf einer Skala von eins bis zwölf in einem ledern eingeschlagenen Notizbuch, welches er jetzt aus der Innentasche seines Sakkos holte und aufschlug.

»Seit gestern Mittag hatte ich keinen«, sagte er und sah sich um.

Neben dem Kiosk stand ein quadratischer Imbiss aus rotvergilbtem Kunststoff. Der Schnurrbärtige ging rüber und erkannte schnell, dass es sich um einen Griechen handelte. Bis jetzt hatte er Gyros nicht in seine Forschung einbezogen. Zu unterschiedlich war die Zubereitung, um eine übergeordnete Gattung zu definieren – Fleisch im Brot gab es in allzu vielen zu verschiedenen Formen. Nach einem Blick durchs Fenster beschloss er, diese Prämisse bis auf weiteres nicht in Frage zu stellen.

»Es ist ein Grieche«, sagte er, zurück an der Bank.

»Das tut mir leid«, sagte Greta.

»Das Gyros ist vorgefertigt und wird auf einer Bratfläche erhitzt.«

»Warte mal ab, was du in Schweden kriegen wirst.«

Dann schwiegen sie. Gemeinsam und jeder für sich genossen sie die Sommernacht, dieses Vibrieren des Aufbruchs, die Aussicht auf die Möglichkeiten einer Reise. Auch die Madame und der Halbe Belgier konnten sich dem nicht entziehen. Obwohl sie sich in dieser Stadt so passend eingerichtet hatten, in einem Leben, das alles erfüllte, wenn man nicht viel erwartete. Alle Bedenken waren in diesen gespannten Minuten vergessen. Sie waren unterwegs. Immer wieder blickten sie hoch auf die Uhr und die Anzeigetafel, die Ausfälle und Verspätungen verkündete, als läge dieser Bahnhof wirklich fern im Süden oder tief im Osten. Kaum ein Bus fuhr korrekt nach Fahrplan.

Als der Wagen der *Säfflebussen* angekündigt wurde und sogar einige Minuten früher als geplant in den Bahnhof einfuhr, sprangen sie auf und eilten an die Fahrsteigkante. Der Bus hielt. Die Passagiere stiegen aus und wollten ihr Gepäck. Der Busfahrer öffnete die großen Klappen zum Stauraum unterhalb des Fahrgastbereichs. In Hektik und Gedränge nahm sich jeder, was er fassen konnte, vom Fahrer unbeobachtet. Der spannte schon Gummibänder zwischen wacklige Ständer, um den tröpfelnden Strom der neuen Fahrgäste in geregelte Bahnen zu leiten. Die warteten geduldig. Erst als eine Lautsprecheransage verkündete, dass der Bus nach Oslo zum Einsteigen bereitstehe, sah der Busfahrer auf.

»Auf keinen Fall kommt die da unten rein«, widersprach Greta seiner entsprechenden Anweisung bezüglich der Kiste. »Da wird doch nur geklaut.«

»Mit dem Gepäckschein ist alles versichert.«

»Und deshalb gucken Sie erst gar nicht hin, wer sich was nimmt!«

»Bis jetzt ist noch nichts weggekommen.«

»Das glauben Sie ja selbst nicht.«

»Dann lösen Sie bei mir noch einen Fahrschein für einen vierten Platz«, sagte der Busfahrer nüchtern. »Über den Inhalt reden Sie gegebenenfalls mit dem Zoll. Sollte der Sitzplatz noch gebraucht werden, muss die Kiste nach unten. Der Preis kann aber nicht erstattet werden.«

»Sieht nicht so aus, als wären Sie ausgebucht«, sagte Cassady.

»Ich sage nur, wie wir es machen.«

Nach so kurzem wie sinnlosem Protest zahlte die Madame den geforderten Preis, als läge ein Mensch in der Kiste. Dann stiegen sie ein. Greta und Cassady setzten sich nebeneinander, eine Reihe vor ihnen der Halbe Belgier mit der Kiste, die er vorsichtshalber anschnallte, damit sie ihm nicht noch näher kam. Mit einer Handvoll weiterer Passagiere ging es los. Kurz hinter Tegel umfing sie das Dunkel der ostdeutschen Nacht.

ERSTER TAG

Das Stampfen der Maschinen verwob sich mit dem Rauschen der Klimaanlage zu einem herrlich kuscheligen Klangteppich. Nur ein Spieler im Automatencasino störte die Gemütlichkeit: Immer wieder fütterte er den einarmigen Banditen, der so in Endlosschleife den Anfang eines Weihnachtslieds dudelte. Der Halbe Belgier wollte aufstehen und ihn zum Schweigen bringen, doch er blieb unruhig sitzen. Neben ihm schliefen Greta und Cassady: Kopf an Kopf, Schulter an Schulter und Hand in Hand saßen sie in den Sesseln. Auch er wollte schlafen, musste aber schon wieder diese Dudelei ertragen. So konnte es nicht weitergehen. Er rutschte noch einige Male auf seinem Sessel hin und her, dann vergewisserte er sich, dass ihr Reisegepäck ordentlich unter den Sitzen verstaut war, und stand auf.

Der Mann am Automaten trug Lederweste, Kinnbart und die Haare unter einem Stirnband schulterlang; der Hals war bis kurz unterhalb des Kehlkopfs tätowiert. Ihm schien das Spiel gut zu gefallen. Der Halbe Belgier wandte sich ab, um die Waschräume zu suchen.

Im Sortiment des Automaten zwischen Herren- und Damentoilette fanden sich neben Damenbinden und Kondomen schon wieder Nassrasierer, als hätte der Kampf gegen den Bart für viele Menschen auf Reisen eine besondere Bedeutung. Selbst er hatte vorhin daran gedacht! Seine letzte Glattrasur lag Jahre zurück, in einem anderen Leben. Unter gar keinen Umständen würde er gesichtsnackt durch die Welt spazieren, genauso wenig wie sein schnurrbärtiger Freund.

Am Waschbecken angekommen, beschränkte er die Morgentoilette darauf, seine Wangen mit dem brackig riechenden Wasser zu benetzen. Dann inspizierte er den Zustand seines T-Shirts und grübelte: War ein normaler Tagesbeginn alleine am Küchentisch zu Hause mit Aussicht auf den kurzen Höhepunkt einer morgendlichen Dusche dieser aktuellen Situation nicht vorzuziehen? Da wüsste er genau, was ihn erwarten würde: das beglückende Gefühl, dass alles möglich ist, solange nur das kalte Wasser aus der Leitung schießt; Träume von Abenteuern, Visionen von Frauen an seiner Seite, die hier und jetzt keinen Platz hatten in der so ungewohnten Umgebung. Jedes Handeln, überlegte er, schloss womöglich allzu viele andere Optionen aus, und genau deshalb lebte es sich so gut in Berlin, wo man mit wenig Aufwand viel Zeit zum Nichtstun fand. Warum aber hatte er sich dann Hals über Kopf auf diese Reise eingelassen?

Zurück von den Toiletten, trat er ans Ende des Passagierdecks und blickte nach draußen. Die Glasfront war komplett verschlossen, dabei so ordentlich geputzt, dass man sie kaum bemerkte: Der Kühlturm am Rostocker Hafen verschwand in der Ferne und wurde zugleich im langsam zunehmenden Tageslicht sichtbar. So wie die

Wasserstraße zwischen den Seitenstreifen der Gischt ins Meer hinein führte, um weiter hinten wieder zu verblassen. Er war selbst überrascht, wie gut ihm das gefiel: Es ging voran; etwas Neues entstand, anderes blieb zurück. Kurz vergaß er sogar seine oft panische Angst vor dem Wasser, so sicher wirkte diese Fähre. Zufrieden wandte er sich ab von den Fenstern und ging Richtung Bug zu seinen Mitreisenden. Die Kiste war an ihrem Platz. Er setzte sich in seinen Sessel und schlief ein. Das Automatengedudel hörte er nicht mehr.

Kaum hatte der Halbe Belgier die Augen geschlossen, begann die Madame leise zu singen.

Seemann, lass das Träumen
denk nicht an zu Haus
Seemann, Wind und Wellen
rufen dich hinaus …

Das hatten sie ihr beigebracht, als sie noch gar kein Deutsch verstand: die beiden Alten im Norden am Meer. Seit Auftauchen der Kiste musste sie immer wieder an Kerstin und Lars-Gunnar denken. An damals. Als Kind. Am Sund. Wo sie die Sommer verbrachten. Zwei so genügsame Menschen, die sich gemeinsam an ihre Jahre auf See erinnerten und die Zeit verstreichen ließen. Auf ihrem Sofa. Ohne Angst davor, was auch immer zu verpassen. Lange hatte sie die beiden nicht gesehen. Nicht gesprochen. Nicht an sie gedacht. Sie hatte ganz neu angefangen in Berlin. Den Brief aus Kyrkesund in den Händen, in dem die beiden Alten sie darum baten, ihnen etwas hoch nach Schweden zu bringen, hatte sie wirklich einen Moment gebraucht, um sich zu erinnern. Dann hatte sie ihn weggeworfen und erst wieder dran gedacht, als diese Kiste vor der Tür stand. Die ließ sich nicht mehr so leicht ignorieren, so gerne sie das wollte. Immer wieder gab es auch schöne Erinnerungen, wie die an dieses Lied. Tief in sich hörte sie die Stimmen und sang weiter mit.

Deine Heimat ist das Meer
Deine Freunde sind die Sterne
Über Rio und Shanghai
Über Bali und Hawaii …

Ja, sie sang gut und immer lauter. Der Spielautomat hatte keine Chance gegen ihre Stimme. Mit der hatte sie als Teenager auf Scheunenpartys diverse *Contests* gewonnen. Immer im Stil der 80er – bloß nichts von dem 70er-Kitsch und ABBA sowieso nicht. Ihre Bestimmung hatte sie gefunden bei Hall & Oates *She's a Maniac* mit ihrer ganz eigenen Flashdance-Performance in schwarzer Unterwäsche. Jetzt aber war sie noch ferner in der Vergangenheit:

Deine Liebe ist dein Schiff
Deine Sehnsucht ist die Ferne
Und nur ihnen bist du treu
Ein Leben lang.

So war sie, und so liebte sie der Schnurrbärtige, der, von ihrer Stimme geweckt, langsam zu sich kam. Müde blinzelnd betrachtete er die auch im Sitzen noch große Frau mit langem dunkelblonden Haar. So sicher er sich seiner Gefühle ihr gegenüber war, so wenig erschloss sich ihm die Gesamtsituation: senfgelber Teppich – wankender Grund – ein leichtes Ziehen im Nacken. Nur langsam begriff er, wo genau er sich mit dieser Frau befand, als ihn auch schon ein extrem klares Bedürfnis überwältigte.

»Kaffee«, sagte er, kaum hatte sie ihr Lied beendet.

»O *älskling*, das wird eine eklige Angelegenheit«, sagte sie und strich ihm die Haare aus der Stirn.

»Kein Kaffee ist so schlecht wie kein Kaffee«, antwortete er.

Dann ließ er vom linken bis zum rechten kleinen Finger und zurück alle Gelenke knacken. Wie ein Cowboy mit Mission stand er ruhig und zielstrebig auf und schritt zur Bar am Ende des Passagierdecks.

Hinter dem mit Kunstholz verkleideten Tresen erwartete ihn eine überaus zuvorkommende Frau von asiatischem Aussehen.

»*Hej!*«, lächelte die Tresenkraft ihm zu, kaum war sein vollbärtiger Vorgänger in Allwetterkleidung mit zwei Pfefferminztees versorgt.

»Kochst du einen guten Kaffee?«, fragte er.

Sie wies auf die Maschine hinter ihr und eine Kanne Filterkaffee.

»Schwarz und heiß muss er sein«, fuhr er fort.

»Ganz heiß dürfen wir ihn nicht machen. Die Verletzungsgefahr ist zu hoch.«

»Ich nehme zwei«, sagte er. »Und noch einen.«

»Also drei Kaffee?«

»Du sagst es«, versuchte er zu grinsen, doch seine Grimasse geriet zu einem nervösen Wangenzucken.

Er brauchte wirklich dringend einen Kaffee.

»Kommt sofort«, lächelte die Bedienung.

Sie platzierte drei Plastikbecher auf dem Tresen und schenkte aus der mit tiefschwarzer Brühe gefüllten Kanne ein. Der Anblick hätte Magen und Darm jedes halbwegs überlebenswilligen Wesens ängstlich zusammenzucken lassen. Der Schnurrbärtige ließ sich nichts anmerken und zahlte wie gefordert. Dann nahm er drei Beutelchen Zucker, auf denen die Schwedenflagge prangte, und zwei hölzerne Stäbchen, von denen eines gleich zwischen seinen Lippen landete. Das andere war für den Halben Belgier, den er schon aus der Ferne mit Greta reden sah. Cassady schlürfte einen ersten Schluck und war nicht unzufrieden, dass er diese Reise angezettelt hatte.

Hinter den Passagieren zeichnete sich eine Küstenlinie ab, die sicherlich schon zum schwedischen Königreich gehörte. Weiter vorsichtig an seinem Kaffee nippend, musste der Schnurrbärtige an seinen Großvater denken, der vor fast achtzig Jahren so die Neue Welt hatte auftauchen sehen. Damals wäre es wohl beim bloßen Anblick geblieben, wäre da nicht die Dame auf dem Oberdeck gewesen, von der er immer wieder gerne erzählte, wenn er mit seinem selbstgebrannten Slibowitz in einem möglichst schummrigen Zimmer saß und seine Gedanken ins Vergangene schweiften. Der amerikanische Alltag interessierte den Großvater nicht mehr, seit er sich nicht mehr um ihn kümmern musste, um auf Drängen seiner Frau zu schaffen und zu schaffen, damit die Kinder es einmal besser haben würden, als sei das eine Frage des Geldes. Jedenfalls war damals, eines stürmischen Tages auf hoher See, ein Steward in der Holzklasse erschienen, um den verwirrten jungen Mann, der mit seiner schwachen Lunge bei den Einreisekontrollen kaum des Lebens in der Neuen Welt für wert befunden worden wäre, zum Tee zu bitten.

»Ja, da bin ich dann gesessen«, hörte der Enkel die Stimme seines Großvaters, die bis zu seinem Tod so klang, als wollte sie einen überfahren. »Und jetzt sag mir, warum ich da gesessen bin? Gute Noten? Reiche Eltern? Gutes Benehmen? Von wegen! Also?«

»Die Moustache«, musste er dann antworten, auch wenn er nicht begriff, was das bedeuten sollte.

Das kam erst viel später zur Sprache, als er die ersten

Härchen über seiner eigenen Oberlippe entdeckte, mit denen er so recht noch nichts anzufangen wusste.

»Und warum die Moustache?«, fragte er da. »Warum hat der Schnurrbart dir das Leben gerettet?«

Daraufhin war der Großvater aufgestanden, hatte seine Flasche aus dem Schrank geholt und zwei Gläser nebeneinander auf den Tisch gestellt. Dann setzte er sich wieder, überreichte seinem Enkel feierlich sein nicht ganz sauberes Stofftaschentuch und erzählte ihm die ganze Geschichte, wie er als zwanzigjähriger Schnurrbartträger in abgewetztem Anzug plötzlich auf dem piekfeinen Sofa in der Luxussuite dieser Dame aus bestem Hause saß und Tee trinken musste. Sie war nicht mehr die Allerjüngste, sicher schon auf der falschen Seite der Dreißig, und unterwegs zu ihrem außerordentlich erfolgreichen Ehemann, der ihr auch wirklich gut gefiel und dennoch eine Macke hatte, die ihr so gar nicht passte. Ja, das sei wirklich eine tolle Frau gewesen, wie sie ihn dann weiter geneckt hatte, den Kleinen, der erraten sollte, was genau das war, was ihr fehlte an dem Ehemann, der schick uniformiert aus einem silbern glänzenden Bilderrahmen zu ihnen herüberblickte.

»Ja, da saß ich dann und starrte auf diese Fotografie und dachte und dachte nach, weil ich der Dame doch gefallen wollte. Ich starrte und starrte, bis mir dann auffiel, dass da wirklich etwas fehlte, doch da war's schon zu spät. Sie half mir auf die Sprünge, indem sie sich seufzend nach hinten fallen ließ, die Beine in entgegengesetzte Himmelsrichtungen, der herrliche Hintern mit den Wellen wogend.«

Er musste als knapp Dreizehnjähriger so dumm geguckt haben, dass der Großvater sich kaum einkriegte, weil sein Enkel genauso wenig kapierte, wie er damals auf dem Schiff in der Suite.

»Verdammt, die Dame wollte gebürstet werden!«, lachte der Großvater schallend und schenkte ihnen einen seiner Selbstgebrannten ein. »Egal, was du lernst, mein Kleiner, wenn's hart kommt, verlasse dich auf deine Haare, denn davon haben wir genug!«

Die Vollversion der Lieblingsgeschichte seines Großvaters war von einem Aufschrei der Mutter beendet worden, die es nicht hatte fassen können, dass ihr Schwiegervater dem Jungen Schnaps einflößte. Wann immer sie später wieder darauf zu sprechen kamen, achteten sie deshalb darauf, dass keine Frauen in der Nähe waren. Das waren gute Stunden gewesen, dachte Cassady, während er die drei Kaffeebecher zu seinen Mitreisenden balancierte. Letztlich war diese Ostseefähre kaum zu vergleichen mit dem Ozeandampfer seines Großvaters, wie so vieles in seinem Leben nicht mit den alten Erzählungen zu vergleichen war – oder eben doch zu vergleichen, aber niemals gleichzusetzen, geschweige denn gleichwertig im Sinne einer guten Erzählung. Die Welt war langweilig geworden. Wer hatte heute noch Stofftaschentücher wie das seines Großvaters, das er immer bei sich trug? Andererseits konnte so eine Überfahrt in der dritten Klasse auch schnell verklärt werden, wenn sie denn gut ausging. Genauso gut hätte sein Großvater eben auch zurückgeschickt werden können ins Alte Europa oder an Typhus oder sonst was erkranken und auf hoher See recht feucht beerdigt werden. Wie dem auch immer war, sie würden auch auf dieser Tupperware-Version eines Dampfers schon irgendwie ihren Spaß haben. Immerhin waren sie unterwegs in ein ihm völlig unbekanntes Königreich. Die Kiste war da fast schon nebensächlich.

»Was stehst du da herum, *älskling*?«, holte ihn Greta endgültig in die Gegenwart zurück. »Kalt wird der Kaffee sicher nicht besser schmecken.«

Er machte die letzten drei Schritte zu ihr hin und wünschte einen guten Morgen.

»Ist das schwedischer Kaffee?«, fragte der Halbe Belgier, skeptisch an seinem Becher schnüffelnd, als handele es sich um einen exotischen französischen Käse.

»Das ist Transit-Kaffee«, sagte sie. »Identitätslos ekelhaft.«

Sie tranken ihn dennoch, und das mit jedem Schluck weniger widerwillig.

Anschließend blieben sie in ihren Schalensesseln sitzen und betrachteten die immer näher rückende Küstenlinie. Der Halbe Belgier dachte an Côte d'Azur und Cinqueterre, wo sie genauso gut hätten hinreisen können und wo alles viel schöner war, weil im Süden, und auch der Kaffee wenigstens genießbar. Nur wäre er da niemals hingefahren. Mit Ende zwanzig war er sicher, dass er von selbst niemals zu etwas aufbrechen würde. Sein Phlegma sehnte sich zurück ins Bett. Der Schnurrbärtige hingegen überlegte, was jetzt wohl in der Frau an seiner Seite vorging. Schließlich hatte er sie mehr oder weniger dazu überredet, diese Reise in ihre Heimat zu wagen. Er hoffte, dass sie ihre Probleme wirklich übertrieben hatte. Sonst stünde er am Ende nicht so glänzend da mit seinem Tatendrang.

»Mein Gott, mir wird schlecht«, sagte sie.

»Der Kaffee?«

»Nein, das Land. Allein der Anblick. Diese Ordnung.«

»Bitte, wir kommen aus Deutschland«, versuchte er, sie zu beruhigen.

»Wir kommen aus Berlin!«

»Berlin liegt in Deutschland.«

»Nicht ganz Berlin. Nicht unser Berg.«

»So schlimm kann es nicht sein.«

»Viel schlimmer«, seufzte sie. »Man kann dieses Land

nicht nur hassen. Strindberg konnte das noch, aber selbst er ist zurückgekehrt. Wie zu einer Familie zu Weihnachten, nur schlimmer. O Gott, wie traurig all das ist! Hoffentlich lassen sie mich gar nicht rein!«

Leicht verwirrt suchte der Halbe Belgier den Blick seines Freundes, der vollkommen ruhig ihre Hand streichelte. Der Schnurrbärtige glaubte nicht, dass ihnen ernsthafte Gefahren von Seiten der schwedischen Obrigkeit drohten.

»Du bist nicht alleine«, sagte er.

»Nein«, sagte sie. »Sonst würde ich ins Wasser springen.«

»Ich glaube, man kommt gar nicht raus aus diesem Schiff«, sagte der Halbe Belgier.

»Seht ihr«, seufzte sie. »Man kann sich hier noch nicht mal mehr das Leben nehmen.«

Dann schwiegen sie. Nach einer Weile zogen sie die Kiste unter den Sitzen hervor, um ihre Beine hochzulegen und so das Ziel der Überfahrt zu betrachten. Da standen die in warmen Rot- und Gelbtönen gestrichenen Holzhäuser im mittlerweile sanft wärmenden Sonnenschein. Einladend, herzlich, heil, würde jeder auf Anhieb denken, nur stimmte etwas nicht an der Sommeridylle: Es fehlte die Bewegung. Verlassen war die Landschaft, der auch das Flattern all der Fahnen kein richtiges Leben einhauchen konnte.

Als die Fähre schließlich den Anleger erreicht und dank modernster Technik ohne jedes Zutun eines Matrosen festgemacht hatte, blieben die drei noch einen Moment sitzen, um den *Säfflebus* zu beobachten, der seine Reise über Malmö nach Oslo ohne sie fortsetzte. Sie würden von hier aus mit Gretas Mutter weiterreisen, die versprochen hatte, sie mit dem Wagen abzuholen. Es folgten die übrigen Passagiere in ihren Wohnmobilen und mittelalten Volvos. Der Halbe Belgier dachte sehnsüchtig an das viel fröhlichere Treiben im Hafen von Piräus.

»*You want to go back to Germany?*«, riss sie der Steward aus ihren Gedanken.

»Nein«, sagten sie wie aus einem Munde, nahmen die Beine von der Kiste und standen auf.

Der Steward sprach auch den letzten Reisenden an, der am Ende des Decks in seiner Zeitung las. *SOMMAR!!!* stand selbst auf die Entfernung gut leserlich auf der Titelseite, dazu das Bild einer Frau im Bikini. Der Passagier las weiter, ohne aufzusehen. Der Steward ließ ihn. Die Madame schaute kurz skeptisch, meinte dann, dass sie sich beeilen sollten.

Wieder mussten die Männer die Kiste irgendwie zu fassen kriegen, um sie die viel zu schmal konstruierte Treppe, die zum Unterdeck führte, herunterzuschleppen. Der gigantische Raum war leer bis auf die Abgase der Autos, vor denen sie schnell in Richtung der weit offenstehenden Heckklappe flohen. Über die stählerne Brücke gelangten sie ins Freie und an die Sonne. Auf dem papierglatt asphaltierten Anlegeplatz setzten sie die Kiste ab. Eine Zollkontrolle gab es offenbar nicht. Nach Schweden hatten sie es also schon geschafft.

Summend hob sich die Brücke hinter ihnen und verschloss das Heck der Fähre. Das Horn ertönte, Wasser schäumte, dann nahm das Schiff langsam Fahrt auf und verschwand schon bald aus ihrem Blickfeld. Sie blieben alleine zurück. Weit und breit war kein Mensch zu sehen. Auch keine Telefonzelle. Die Madame setzte an, sich selbst zu verfluchen. Warum hatte sie nicht gleich bis zum Ziel gebucht? Niemals würden sie bis Montag zurück in Berlin sein, wenn ihre Mutter sie hier schon sitzenließ.

»Und jetzt?«, fragte der Halbe Belgier. »Gehen wir zu Fuß?«

»*Det är inte roligt!*«, schimpfte sie. »Das ist nicht lustig!«

»Mit der verdammten Kiste würden wir es nicht weit schaffen.«

»Ohne die Kiste wollen wir es auch nicht schaffen.«

Ehe sie einer der beiden Männer mit einer weiteren Bemerkung hätte verstimmen können, knallte es laut hinter dem Verwaltungsgebäude der *Skandilines.* In den meisten Ländern der Welt hätte man so einen Knall für die Detonation eines Sprengsatzes gehalten, so hypothetisch war der Nervenkitzel dieser Zeit, von dem man hier aber nichts spürte. Knallrot in der Sonne glänzend, schoss ein Kleinstwagen japanischer Bauart auf den Platz und bremste mit quietschenden Reifen wenige Meter vor den drei Reisenden. Kaum war der Wagen zum Stehen gekommen, riss Greta verärgert und erleichtert zugleich die Beifahrertür auf und wies mit der Hand ins Innere.

»Meine Mutter«, sagte sie. »Falls ihr euch fragt, warum ich so geworden bin.«

Die Männer bückten sich und sahen ins Wageninnere: Am Steuer saß eine vielleicht sechzigjährige Frau mit schulterlangem schwarzem Haar.

»*Hej* Jungs!«, lachte sie. »Willkommen in Schweden!«

»*Hej!*«, sagten die beiden.

Die Mutter hatte den Kopf schräg gelegt und musterte sie amüsiert von unten.

»Und welcher erträgt mein Gretchen?«

»Ich«, sagte Cassady.

»Das ist gut«, sagte die Mutter, ohne dass man recht wissen konnte, was sie damit sagen wollte. »Ich hoffe, sie gibt sich auch Mühe.«

»Kommt jetzt, steigt ein«, sagte Greta genervt und klappte den Beifahrersitz nach vorne.

Mühsam quetschten die beiden Männer sich auf die Rückbank, wo sie eine Weile brauchten, ihre Beine so zu sortieren, dass die Lehne genug Platz hatte. Die Madame setzte sich und fuhr den Beifahrersitz noch ein Stück weit vor, so dass ihre Knie gegen das Handschuhfach stießen.

»Und die Kinderleiche?«, fragte die Mutter und zeigte auf die Holzkiste, die ganz verlassen in der Sonne stand.

Fluchend stieg Greta aus und klappte ihren Sitz nach vorne. Wieder quetschten sich die Männer an der Lehne vorbei. Ohne zu murren, hoben sie die Kiste vom Asphalt und setzten dazu an, sie zur Heckklappe des Wagens zu tragen.

»Der Kofferraum ist voll«, sagte die Mutter.

»Voll?«, fragte Greta.

»Sie hört die Worte, doch ihr fehlt der Glaube.«

»Du holst uns mit vollem Kofferraum von der Fähre ab, obwohl ich dir gesagt habe, dass wir eine Kiste transportieren?«

»Wie soll ich denn ahnen, dass sie sich einen Sarg aus Deutschland kommen lassen? Mein Gott, Kerstin und Lars-Gunnar waren immer schon nicht normal.«

»Im Gegensatz zu euch haben sie gerne Zeit mit mir verbracht.«

»Ja, Greta, deine Kindheit, die muss schlimm gewesen sein. Und jetzt steigt endlich ein! Wir müssen weiter, oder?«

Also versuchten die Männer, mit der Kiste in den Händen zurück auf die Rückbank zu kommen, was ihnen nur mit Hilfe der Madame gelang. Rückwärts in den Wagen steigend, schaffte es der Halbe Belgier aber auch so nur mit Mühe, seinen Teil des Gewichts zu halten. Als Cassady etwas stärker drückte, fiel er mit dem Hintern voran in den Fußbereich. Die eine Hand unter der Kiste, versuchte er, sich mit der anderen vom Boden hochzudrücken, um dieser misslichen Lage zu entkommen. Greta fand nicht den richtigen Ansatz, um ihn entscheidend zu entlasten.

Das gelang erst, als die Mutter sich rücklings auf den Fahrersitz kniete und an ihrer Lehne vorbei mit anpackte.

»Auf, auf, ihr fröhlichen Burschen!«, rief sie lachend, und endlich kam der Halbe Belgier hoch.

Der Schnurrbärtige folgte wesentlich eleganter, so dass sie wenig später mit der Kiste auf ihren Knien wieder nebeneinandersaßen. Zweifellos gab es gemütlichere Formen des Reisens, und schon wieder dachte der Halbe Belgier an einen *Citroen DS Cabriolet,* unterwegs auf der Küstenstraße kurz vor der italienischen Grenze, an seiner Seite eine bis auf ihren knappen Bikini unbekleidete Schönheit, die sämtliche Aufmerksamkeit der Lastwagenfahrer im Gegenverkehr auf sich zog – einer nach dem anderen landete im Straßengraben. Cassady hoffte, dass die Baumwolle seiner Anzughose so gut war wie ihr Ruf und so auch diese Belastung aushalten würde. Die Mutter gab Gas und ließ mit Schwung die Kassette in den Spieler sausen. Nach wenigen eiernden Runden ging es los:

On a dark desert highway
cool wind in my hair
warm smell of colitas
rising up through the air …

Die Madame sah nach ihren Reisebegleitern, ein entschuldigendes Lächeln um die Mundwinkel, das aber sofort verschwand angesichts des breiten Grinsens in den unrasierten Gesichtern. Schon beim Refrain stimmten die beiden zusammen mit der Mutter an zu nicht unbedingt aufnahmewürdigem Gesang:

Welcome to the Hotel California!

Mit fatalistischem Kopfschütteln blickte die Madame durch die Heckscheibe: Weit hinten meinte sie den letzten Passagier von der Fähre zu sehen, die Zeitung zusammengerollt unter dem Arm. Plötzlich war sie sicher, dass er sie verfolgte. Man ließ sie also rein, aber nicht aus den Augen. Alles andere hätte sie überrascht.

≈

Abgesehen vom Fehlen der Küstenlinie war die Landschaft links und rechts der Autobahn nicht allzu verschieden von der, die sie von der Fähre aus gesehen hatten. Bemerkenswertes war auch hier nicht zu entdecken. Kaum hatte sich die Attacke des Kaffees im weiten Nichts ihrer Mägen verlaufen, schliefen Cassady und der Halbe Belgier einfach ein. Keine Spur von Reisefieber, keine interessierten Fragen, diese oder jene Blockhütte betreffend, kein Murren über die Kiste auf ihren Knien. Königreich hin oder her, gab es vielleicht einfach keine bessere Kulisse für einen erholsamen Morgenschlaf, während sich die Sonne langsam von Osten her in ihre Rücken schlich. Sie schnarchten in herrlicher Eintracht, so dass Mutter und Tochter Zeit genug gehabt hätten für ausführliche Gespräche über die vergangenen Monate, in denen sie, abgesehen von wenigen Telefonaten, kaum Kontakt gehabt hatten. Doch sie schienen es bei diesem Schweigen belassen zu wollen, da sie alle Energie in einen etwas lächerlichen Kampf um die Lautstärke der folgenden Hits investierten, was letztlich ja auch eine Art war, wenn nicht Zuneigung, dann doch etwas mehr als Gleichgültigkeit zum Ausdruck zu bringen. Handgreiflich wurden sie jedenfalls nicht, bis die Kassette mit *Blowing In The Wind* endlich zu ihrem Ende fand. Schweigend verständigten sie sich darauf, das Haken der Umdrehfunktion als Urteil einer höheren Macht zu akzeptieren. Blieben das Brummen des Motors und das Schnarchen der Männer.

Nach einer weiteren knappen Stunde Fahrt räusperte sich die Mutter.

»Ich habe übrigens gekocht«, sagte sie.

»Wie bitte?«, fragte Greta.

»Die beiden sind doch sicher hungrig.«

»Verdammt, Mutti! Das haben wir gestern besprochen, dass du auf keinen Fall für uns kochen wirst! Was sollen sie denn von mir denken? Weißt du, wie wichtig diesem Mann gutes Essen ist? Wir haben abgemacht, dass du uns abholst, damit wir das Zugticket sparen. Dafür schlafen wir eine Nacht bei dir und essen Pizza oder grillen im Garten. Warum kannst du nicht einfach machen, worum ich dich bitte?«

»Sei nicht hysterisch, Gretchen! Ich habe nichts gekocht, was andere nicht schon gegessen hätten.«

Die Madame krallte sich ins Polster ihres Sitzes. Das durfte nicht wahr sein! Immer wieder hatte ihre Mutter sich als Köchin versucht und irgendwann für sich beschlossen, dass sie zumindest zwei Gerichte so gut beherrschte, dass auch die Freunde ihrer Tochter sie essen konnten. Auf den mitleidigen Spott hätte sie verzichten können. Und ihren Freunden aus Berlin wollte sie das schon gar nicht antun. Denen war es bis jetzt nicht aufgefallen, dass sie am Herd genauso unfähig war.

»Gebratene Fleischwurst mit Möhren?«, fragte sie resigniert.

»Unsinn, ich habe *Kötbullar* gemacht.«

»Verdammt, Mutti, die verbrennen dir immer!«

»Sie sind sehr gut geworden. Man kann sie tiefgefroren kaufen.«

»Mein Gott, warum tust du nicht einmal etwas nur für mich?«

Das Schnarchen im Fond des Wagens geriet zu einem aufgeschreckten Röcheln.

»Position zwei am Platz«, murmelte der Halbe Belgier.

Im Halbschlaf wähnte er sich bei der Arbeit in Berlin, als Wärter im Jüdischen Museum, wo sie alle das wenige Geld verdienten, das sie zum Überleben brauchten. Die Mutter blickte von der Fahrbahn auf ihre Tochter, die mit aller Disziplin einer schwedischen Betriebsökonomin mit Universitätsprädikat nach vorne starrte, um nicht laut loszuschreien. Zum Glück hörte sie da auch Cassady husten und kurz darauf seine Fingergelenke knacken. Eines nach dem anderen und wieder zurück. Erst dieses Geräusch vermochte es, Gretas Zorn über das Kochvorhaben ihrer Mutter vollends zu besänftigen. Mit freundlichem Lächeln drehte sie sich um und streichelte unterhalb der Holzkiste über die zwischen Rücklehne und Rückbank eingeklemmte Wade ihres Freundes. Sie glitt etwas höher übers Knie, das sie kaum hinter sich gelassen hatte, als sie schon eine erste Ahnung seines Geschlechts zu ertasten meinte. Ohne ihn wäre sie aus dem fahrenden Auto gesprungen.

»Hallo *älskling*«, sagte sie.

»O Mann«, sagte Cassady. »Hab ich vielleicht einen Durst!«

»Festhalten!«, rief die Mutter.

Mit Vollgas überholte sie einen Tiertransporter, lenkte dann, kaum an dem vorbei, scharf nach rechts. Wildes Hupen. Hektisch aufblendende Scheinwerfer. Der Kleinwagen erwischte mit dem linken Vorderrad den Grünstreifen und hob ab. Der Halbe Belgier klammerte sich an die Kiste. So schnell ging das. So fühlte sich das also an. So gelassen erwartete man Schmerz und Tod, die aber gar nicht kamen, weil sie die Zufahrt zu einem Rastplatz noch gerade so erwischten. Da ging die Mutter heftig in die

Eisen, dass die Reifen nur so quietschten in diese fast unwirkliche Stille eines Vormittages auf dem Lande hinein. Die Weichteile des Schnurrbärtigen rutschten nur dank der tatsächlich exzellenten Qualität der louisianischen Baumwolle unter der Kistenkante hindurch, die sich ihm schmerzhaft, aber ungefährlich in den durchtrainierten Unterbauch drückte. Der wesentlich korpulentere Halbe Belgier profitierte von seiner ganz natürlichen Knautschzone. Schockiert blieben sie sprachlos.

»Durst?«, fragte die Mutter.

»Jaah«, stöhnte der Schnurrbärtige.

»Dann machen wir jetzt Pause.«

»Geht es euch gut?«, fragte Greta und sah an ihrer Nackenstütze vorbei nach hinten.

»Die Kiste ist heil«, sagte der Halbe Belgier.

»Verdammte Kiste«, sagte die Mutter. »Lasst uns einen Blick in den Kofferraum werfen. Das Leiden soll nicht sinnlos sein!«

Während die Tochter den beiden Männern dabei behilflich war, die Kiste von ihren Knien auf den auch hier makellosen Asphalt des Parkplatzes zu befördern, öffnete die Mutter die Heckklappe und machte sich am Kofferraum zu schaffen. Noch war nichts zu sehen.

»*Vill du drickar en öl*?«, rief sie schließlich, und sosehr Greta ihrer Mutter auch grollte für all die Dinge, die zwischen ihnen standen, sie musste lächeln.

Die beiden Männer sahen sie fragend an, folgten ihr um den Wagen herum und blickten in den Kofferraum: Vier Paletten voller kleiner schwarzer Dosen mit goldenem Verschluss funkelten in der Sonne.

»*Öl e huelens olia*!«, lachte die Mutter und reichte jedem von ihnen eine Dose. »Das Bier ist das Öl für die Seele.«

»Das klingt vernünftig«, sagte der Halbe Belgier und ließ seine Dose zischen.

»Ist die Seele vernünftig?«, fragte der Schnurrbärtige und setzte an zu einem ersten langen Schluck.

»*Ska u drickar eller snakar?*«, entgegnete die Mutter ihrerseits mit einem Bier in der Hand. »Wollt ihr denn trinken oder reden?«

Da grinsten sie und holten so viel Bier aus ihren Dosen, wie sie auf die Schnelle schafften. Die Madame nippte nur vorsichtig, da sie von Bier noch nie etwas gehalten hatte. Als Letzter setzte der Schnurrbärtige seine Dose ab, um gleich darauf mächtig zu rülpsen.

»Was rausmuss, muss raus«, sagte die Mutter, woraufhin auch der Halbe Belgier versuchte, seinen Magen von all der Kohlensäure zu befreien. Ihm gelang nur ein gepresstes Seufzen.

»Es kommt auch auf die Länge an«, sagte Greta, den Blick auf Cassadys Hosenstall gerichtet.

Sich jeden Kommentars enthaltend, setzte der Halbe Belgier seine Dose an, um auch den Rest des Bieres in seinen schmerzenden Magen zu befördern. Nichts lag ihm ferner, als einen wie auch immer gearteten Neid auf das Liebesglück seiner beiden Reisegefährten zu empfinden. Er gönnte ihnen jeden dieser Scherze auf seine Kosten und dachte sehnsüchtig an eine andere Frau, ein Wesen, das sie erst noch finden müssten und das im Hosenstallbereich vergleichbar zu ihm passte. Hoffentlich hatte Greta ihm nicht zu viel versprochen, und er würde mehr erleben als ein Wochenende unterwegs mit Freunden.

»Raucht ihr denn gar nicht?«, beendete die Mutter das kurze Schweigen.

»So eine dumme Frage«, sagte Greta und zündete sich eine ihrer Marlboros an, woraufhin die Mutter fragend die beiden Männer anblickte.

Der Schnurrbärtige holte sein silbernes Zigarettenetui

aus der Innentasche seines Sakkos, ließ es einhändig aufschnappen und hielt es der Mutter hin.

»Danke«, sagte sie. »Ich rauche nur noch passiv.«

Weiß strahlten die Zigaretten in der Sonne, eingerahmt vom glitzernden Metall des Behältnisses. Der Halbe Belgier war noch immer fest entschlossen, diese Reise nach Norden für einen weiteren Versuch zu nutzen, das Rauchen aufzugeben. Der Anblick des Etuis ließ seine Lungen jedoch sehnsüchtig zucken. Da fingerte der Schnurrbärtige zwei Zigaretten heraus, steckte sich eine in den Mund und reichte ihm die andere. Die Madame gab ihnen Feuer mit einem Feuerzeug, von dem aus ein junger Mann schmachtend in die schwedische Weite blickte. Er sah dem Schnurrbärtigen verblüffend ähnlich.

»Ach, Elvis«, seufzte die Mutter.

»*You ain't nothing but a hound dog ...*«, röhrte die Stimme der Madame über den Rastplatz.

»*... crying all the time*«, ergänzte die Mutter, zwinkerte mit einer Mischung aus Sehnsucht und Ironie in die Runde und machte sich dann daran, den Kofferraum wieder zu verschließen.

Der Schnurrbärtige schwang ganz leicht seine Hüften, so gut fühlte es sich an, diesen Frauen zu gefallen.

Nachdem sie in Ruhe aufgeraucht und sich selbst mitsamt ihrer Kiste wieder im Auto verstaut hatten, startete die Mutter den Wagen und ließ die Kupplung so plötzlich kommen, dass den beiden auf der Rückbank noch einmal die Luft wegblieb.

Zurück auf der Autobahn überholten sie einen Lastwagen nach dem anderen, angeschoben von den Strahlen der Sonne im Rücken.

≈

Bald lachte auf ihrer Linken schon wieder glitzernd das Meer, nachdem es sich zuletzt hinter Hügeln versteckt hatte. Die felsige Küste lag über weite Strecken verlassen da. Nur hin und wieder war Platz für eine der Holzhütten, deren ochsenblutfarben gestrichene Wände den Halben Belgier an hochkant aufgestellte Berliner Dielenböden denken ließen.

»Du bist nicht der erste deutsche Dichter, der zu uns kommt«, sagte die Mutter zahlreiche Kilometer weiter und zeigte vage in Richtung einer erhöht gelegenen Siedlung.

»Er ist kein Dichter, und er ist kein Deutscher«, widersprach Greta.

»Sind denn nicht alle Deutschen Dichter?«

»Er ist ein halber Belgier. Sonst hätten wir ihn nicht mitgenommen.«

»Warum?«

»Wir wollen Spaß haben.«

»Es gibt spaßige Deutsche«, sagte die Mutter und lächelte ihrerseits in den Rückspiegel.

»Ja, aber wir wollen mit ihm und nicht über ihn lachen.«

»Nicht nur«, ergänzte Cassady. »Er ist ja auch ein halber Deutscher.«

»Deutsch ist man ganz oder gar nicht.«

»Habt ihr Hegel studiert?«

Da keiner auf ihre Frage einging, setzte die Mutter nach einem kurzen Schweigen dazu an, ihnen einen kleinen Vortrag über die belgische Einwanderung nach Südschweden Ende des neunzehnten Jahrhunderts zu halten, als es die Schweden selbst immer stärker nach Amerika gezogen hatte. Das Interesse ihrer Passagiere hielt sich in Grenzen. Das sei aber auch nicht so wichtig, lenkte sie deshalb schnell ein und ergänzte die noch fehlende

Information über jenen deutschen Dichter, der hier gelebt hatte: Während der lustige Tucholsky die Ostküste vorgezogen habe und ja auch kein Dichter im engeren Sinne gewesen sei, habe hier der traurige Rilke seine Gönner gehabt, ganz aufgezehrt von seiner Liebe zu Andrea.

»Das waren gute Zeiten«, meinte Cassady. »Als man als Dichter noch willkommen war.«

»Da hat sich jeder seinen Irren gehalten«, sagte Greta.

»Das ist respektlos«, sagte die Mutter.

»Am Ende mussten wir die ganzen Irren Europas aufnehmen«, fuhr Cassady fort.

»Wenn sie denn genug Geld hatten«, meinte der Halbe Belgier ergänzen zu müssen, was die Madame mit strengem Blick tadelte, die ein gutes Gespür dafür entwickelt hatte, wann die aktuelle oder vergangene weltpolitische Lage ihr privates Glück zu stören drohte.

»Bitte«, sagte sie. »Ihr seid zu klug für Politik.«

Unterdessen erhielt die Landschaft links und rechts der Autobahn immer urbaneres Gepräge, bis diese schließlich einen großen Bogen um einen Vergnügungspark herum beschrieb. Eine Achterbahn funkelte ziemlich verlassen im Mittagslicht und ließ vermuten, dass es auch hier gelegentlich mal lustig zugehen konnte. Die das Stadtbild prägenden Betonklötze machten diesen Eindruck schnell wieder zunichte.

»Ihr hattet den Krieg«, sagte Greta. »Wir die Sozialdemokratie. Und wir finden das schön.«

»Wir?«, fragte der Halbe Belgier.

»Die Schweden, ja, das dümmste Volk der Welt.«

»Sie übertreibt schon wieder«, sagte die Mutter. »Warum bringst du dann deine Freunde her?«

»Sie hat uns vorgewarnt«, sagte der Halbe Belgier.

»Wir haben ihr das nicht geglaubt«, sagte Cassady.

»Verdammt!«, rief Greta da. »Wir müssen in die Stadt!«

»Was denn? Warum?«

»Ich muss zu Hans. Hans Alfredsson beim *Aftonbladet*. Wegen dem König.«

»Wegen des Königs?«, fragte die Mutter.

»Ja! Und korrigier mich nicht! Ich muss wissen, was er damals mit dem Material gemacht hat.«

»Wirst du deshalb verfolgt?«, fragte der Halbe Belgier.

»Ihr wisst davon?«, fragte die Mutter. »Von ihrer Paranoia?«

»Das ist doch kein Geheimnis! Ich habe ihm das Material über den König zukommen lassen. Er ist so eine Journalistenkoryphäe. Er wird wissen, ob sie mich noch verfolgen.«

»So ein Unsinn«, sagte die Mutter. »Du wurdest ja noch nicht mal angezeigt. Du überschätzt doch sehr deine Bedeutung für das Land, was wiederum sehr schwedisch ist.«

»Und du glaubst an das Gute, weil du sonst Angst alleine hättest. Wir müssen jetzt umdrehen!«

»Auf keinen Fall! Deine Besucher haben Hunger, und diese Kiste lastet wohl nicht nur angenehm auf ihrer Männlichkeit.«

»Ja, das hat sicher Zeit bis morgen«, sagte Cassady.

Die Schnellstraße schüttelte auch die letzten Vororte Göteborgs ab und kleidete sich in eine wahrhaft bezaubernde Landschaft: Sanft schwangen sich grüne Hügel unter einem Himmel von unwahrscheinlichem Blau, in den hinein auch hier immer wieder lange Masten ragten, an denen die kleinen Schwedenwimpel freundlich flatterten. Vor einem Blockhaus spielten Kinder, die Haare blendend blond.

Wenig später führte die Straße in eine Schlucht, in die kein Sonnenstrahl mehr drang. Die Fahrbahn folgte einem schmalen Fluss. Schäumend drängte er in Richtung Meer. In einer Biegung klammerten sich altertümliche Industriegebäude an die Felswand, verlassen, die Scheiben eingeschlagen. Die Mutter erzählte von einem Industriellen, der hier zu Reichtum gekommen war und dessen Nachkommen sich gegenseitig in die Hölle gebracht hätten. Die älteste Tochter habe es einem königlichen Vorbild aus mittelalterlichen Zeiten gleichtun und die Fabrik als Mann verkleidet führen wollen, so unfähig waren die jüngeren Brüder.

»Sie flog natürlich auf und endete als Transvestit in einem Puff in Kopenhagen, wo es von Schweden nur so wimmelt, die etwas mehr vom Leben wollen.«

»So relativ kann mehr vom Leben sein«, sagte Greta.

Einige Lastwagen kamen ihnen entgegen, an denen selbst der Kleinwagen kaum vorbeipasste. Dann öffnete sich die Schlucht. Auf der Kuppe eines Hügels erhob sich das Herrenhaus in makellosem Weiß. Es blickte auf einen von dunklen Tannenwäldern gesäumten See.

»Ja, hier wohnte unsere bessere Sozietät«, erklärte die Mutter. »Früher. Heute ist es ein Heim für verwaiste Migrantenkinder. Und dieser See ist der Aspen!«

Die Straße folgte dem Ufer auf halber Höhe, ließ hin und wieder den Blick frei auf hochherrschaftliche Zufahrtsstraßen, gelegentlich auch auf die Anwesen an deren Ende. Dann wurden die Häuser zahlreicher und einfacher. Die Madame wies weit nach vorne, in Richtung einer auffällig ungepflegten Scheune auf einem Hügel.

»Seht ihr die Fahne?«, fragte sie, woraufhin die beiden Männer ihre Köpfe so zu drehen versuchten, dass sie der Hand folgen konnten. »Bei Theo wird heute gesoffen.«

»Als könnte man das nicht zu Hause erledigen«, sagte die Mutter.

»Da gehen wir am Abend hin!«

Es folgten Reihenhaussiedlungen und mehrstöckige Wohnblocks, in denen der Mutter zufolge die unverwaisten Migrantenkinder zu Hause waren. Die meisten ihrer Sprachschüler wohnten hier. Anekdoten aus ihrem Schulalltag zum Besten gebend, fuhr sie wenig später von der Landstraße ab und durch das schmucklose Zentrum der Ortschaft. Es folgten Straßenzüge mit traditionellen Bauten, dann ein Sportplatz, eine Schule und noch mehr Holzhäuser. Zuletzt bogen sie in eine Seitenstraße und hielten an einem Wendehammer.

»*Nous voilà*!«, lachte sie und stieg hastig aus. »Kümmert ihr euch um eure blöde Kiste, ich mache Essen.«

Innerlich zuckte die Madame schon wieder zusammen bei dem Gedanken an den Fraß, den ihre Mutter ihnen servieren würde. Der Anblick ihrer halbverhungerten Begleiter ließ sie aber auf ein versöhnliches Ende hoffen. Sie assistierte ihnen beim Aussteigen und nahm dann selbst den Koffer, während die Männer die Kiste schulterten. So zogen sie über den Parkplatz und auf einem ordentlich gepflegten Weg zwischen den zweistöckigen Reihenhäusern hindurch. Ein einzelner Nachbar sprach sie an. Die Madame zupfte ihr Abendkleid zurecht und antwortete knapp. Abrupt wandte der Nachbar sich ab.

»Was wollte er denn?«, fragte der Halbe Belgier.

»Was wir da haben, wollte er wissen.«

»Und? Was denkt er jetzt, das wir da haben?«, fragte Cassady.

»Die Mumie von Hitlers Schäferhund.«

»Goldie!«

»Ist der denn nicht verbrannt?«, fragte der Halbe Belgier.

»Siehst du«, sagte Cassady, »deswegen bist du nur zur Hälfte nichtdeutsch.«

Der Halbe Belgier war zu hungrig, um jetzt nach einer passenden Replik zu suchen. Stattdessen ließ er die Kiste so zur Seite kippen, dass sie seinem Freund kurz und schmerzhaft am Ohr entlangschabte. Dabei beließen sie es dann, weil Essensduft sie durch die Haustür lockte.

So schnell es die Kiste ihnen erlaubte, nahmen sie die vier Stufen ins Untergeschoss des an einen Hang gebauten Hauses. Am Fuß der Treppe war genug Platz. Da stellten sie die Kiste seitlich der Treppe ab, so dass auch im Dunkeln niemand darüber stolpern würde. Dann traten sie ins Wohnzimmer, dessen verglaste Längsseite auf eine hölzerne Terrasse ging, auf der die Mutter sie erwartete. Vor ihr ein runder Tisch, darauf drei nicht weniger runde Schalen. Dazu eine spitz zulaufende Saucière. Zwei große Schalen, randvoll gefüllt mit Kartoffeln und kleinen Fleischbällchen. Der Inhalt einer kleinen Rundschale von tiefstem Violett. In der Saucière glänzte es braun.

»*Vill du drickar en öl*?«, fragte die Mutter.

»Ja«, sagten die beiden Männer zugleich.

»Da seht ihr, dass ich Sprachen unterrichte«, lachte die Mutter. »Und jetzt setzt euch und fangt nur an. Hier gibt es Etiketten nur im Supermarkt.«

Sie eilte ins Haus und ließ sie alleine mit den Schalen. Der Schnurrbärtige war bei weitem zu gut erzogen, um sich einfach hinzusetzen, und auch der Halbe Belgier wusste, dass er sich als Gast nicht alleine über das Essen hermachen konnte. Also saßen sie da und warteten, bis die Mutter zurückkam, mit Bierdosen in den Händen.

»Mein Gott«, rief sie. »Wie ist sie denn an derart elegante Herren geraten?«

»Ihr müsst nicht denken, dass das schmeckt«, rief Greta von oben.

Sie lehnte aus einem Fenster im ersten Stock, die nackten Brüste präsentierend. Der Halbe Belgier versuchte, nicht hinzugucken, gebannt von dieser üppig formvollendeten Pracht.

»*Fy fan*! Ziehe dir bitte etwas an!«, sagte die Mutter, eher genervt als verärgert.

»Da seht ihr's«, lachte Greta und präsentierte ihre Oberweite noch einen weiteren Moment lang der Nachbarschaft. »Alles nur Hippiegequatsche. Ihre Seele ist noch lange nicht befreit.«

»Was weißt denn du von meiner Seele?«, rief die Mutter zurück, lächelte dann aber schon wieder die beiden Männer an. »Soll sie doch machen, was sie will. Wir essen jetzt *Kötbullar*, unser Nationalgericht.«

»Schittpullern!«, rief Greta. »Scheiße und Pissen.«

»Ich find, es riecht phantastisch«, sagte Cassady.

»Und das hier?«, fragte der Halbe Belgier und zeigte auf die kleineren Gefäße. »Ist das der Nachtisch?«

»Das sind die Soßen«, erklärte die Mutter. »Bratensoße und *lingon.*«

»Wildpreiselbeeren«, meldete sich Greta noch einmal. »Alles aus der Dose.«

»Ich finde, du könntest dich jetzt beruhigen und runterkommen«, sagte ihr Freund.

Sie zögert einen Moment, streckte ihnen dann die Zunge heraus und verschwand in ihrem Fenster.

»Was soll man auch von Mädchen erwarten, die mit Pippi Langstrumpf als Vorbild aufwachsen?«, sagte die Mutter und nippte an ihrem Bier. »Aber auf dich hört sie. Das ist bemerkenswert.«

»*Bon appétit!*«, sagte Cassady.

Kurz darauf tauchte die Madame in der Terrassentür auf.

»Ein Körper wie eine Zwölfjährige«, lachte sie und schlug sich selbst auf den Hintern, der in einer viele Nummern zu kleinen stonewashed Jeans steckte. Dazu trug sie ein ärmelloses Shirt, bedruckt mit *Stars and Stripes*.

»Mein Gott«, seufzte die Mutter.

»Ja, das ist eine geile Schwedin!«, lachte sie und setzte sich, die Hand demonstrativ im Schoß ihres Geliebten. »Weißt du, wie sie mich bei der Arbeit im Museum nennen?«

»Du wirst es mir vermutlich nicht verschweigen«, sagte die Mutter leicht verstimmt.

»Für die deutschen Kollegen bin ich die Madame.«

»Unter Tauben wirkt auch die Krähe wie ein Adler.«

Der Schnurrbärtige musste grinsen, drückte aber zugleich die Hand seiner Freundin.

»Ganz unrecht hast du nicht«, sagte die und nahm sich ihrerseits von all den Köstlichkeiten.

≈

Nach einigen Bieren auf der sehr sonnigen Veranda zogen sich Greta und Cassady zurück. Der Halbe Belgier nahm gerne noch ein Getränk und folgte der Mutter ins Haus. Sie hatte ihn um technischen Beistand gebeten: Seit Wochen war der Plattenspieler defekt.

»Es ist, als sei ich von meiner Vergangenheit abgeschnitten«, erklärte sie.

Der Halbe Belgier verstand von Plattenspielern in etwa so viel wie von Frauen: Solange sie halbwegs funktionierten, kam er halbwegs mit ihnen zurecht. Hier war es aber nicht damit getan, ein kleines Staubknäuel von der Nadel zu pusten oder die Stecker in die entsprechenden Buchsen am Verstärker zu drücken. Hier lief gar nichts, zumindest nichts, was man so einfach sehen konnte. Irgendwo tief drin in dem Gerät schien sich den Geräuschen zufolge etwas zu bewegen. Er nahm einen tiefen Schluck aus der Dose. Er hatte nicht die leiseste Ahnung, wie er, auf diesem rein mechanischen Geräusch aufbauend, all diese in Vinyl geritzte Vergangenheit zum Klingen bringen sollte.

Die Nadel funktionierte. Der Verstärker auch. Wenn er die aufgelegte Platte von Hand drehte, eierte es deutlich aus den Boxen. Musik war das aber nicht. Das Fenster zur Vergangenheit blieb verschlossen.

Meterweise standen da die Alben aus den Jahren, die er nicht hatte miterleben dürfen und die er umso mehr vermisste. Damals hatte es Zukunft gegeben: Bob Dylan, Simon and Garfunkel, Cat Stevens, das Weiße Album, Hendrix, Joan Baez und all die anderen. Wen hatte sie denn nicht bei sich zu Hause? Vor ihm saß eine Überlebende des Goldenen Zeitalters: Sie hatte mitgetanzt vor Platons Höhle, in der er für immer eingeschlossen hockte. Heute drehte die Welt sich anders, digital.

Über ihnen wackelte rhythmisch die Zimmerdecke. Bei aller Sehnsucht nach der Zeit der freien Liebe drängte die Reparatur des Geräts. Denn dieses Quietschen wollte er nicht hören und gemeinsam mit der Mutter schon gar nicht. Kurzentschlossen packte er deshalb zu und hob den Plattenteller an, ohne den Netzstecker zu ziehen. Mit dem Metallrund in der Hand wusste er, wie fahrlässig und laienhaft er sein Leben riskierte. Mit all dem Bier in sich blieb er aber gelassen. Ein Rädchen drehte sinnlos vor sich hin. Mit einem Gummi ließ sich die Bewegung auf den Plattenteller übertragen. Die ausführenden Organe des Geräts hatten also den Kontakt zu ihrem Antrieb verloren, schloss er blitzschnell und wollte gerade eine mögliche Analogie zu seinem eigenen Zustand herstellen, als ein Stromstoß ihn heftig zusammenzucken ließ. Scheppernd fiel der Plattenteller auf das Gerät. Hastig zog er den Stecker.

Er versuchte ein Lächeln in Richtung der Mutter. Mit zitternden Händen spannte er den Riemen und steckte dann den Plattenteller zurück auf den Nippel. Von oben waren jetzt spitze Schreie zu hören. Stöhnen. Schnell schloss er die Stromversorgung wieder an und legte die Nadel auf. Mit pochendem Herzen starrte er auf die sich drehende Platte. Kratzen. Rauschen, Knistern. Noch ein lachendes Kreischen von oben. Dann glasklar die Gitarre und kurz darauf der King.

We're caught in a trap, we can't walk out …

Ungläubig sah die Mutter ihn an.

»Technik, dein Name ist Deutschland«, sagte sie.

»Das war Glück. Ich hätte auch sterben können.«

»Das ist Koketterie.«

»Nein, wirklich.«

Er nahm einen Schluck. Sie wippte zur Musik.

Etwas entspannter betrachtete er die schmalen Rücken der Schallplatten und ließ seinen Zeigefinger über sie hinweggleiten.

»Du magst die alten Sachen?«

»Kann man heute so jung wie Elvis damals sein?«

»Oho!«, lachte sie. »Du bist ein Freund der Nostalgie, und du hast recht: Menschen altern schneller als Schallplatten, oder siehst du eine mit mehr Kratzern, als ich Falten habe?«

»Ich sehe keine Falten.«

»Prost!«, lachte sie und streckte ihm die Dose entgegen.

Blechern stießen sie miteinander an, während Elvis weiter davon sang, wie es nicht weitergehen konnte, womit er eindeutig nicht diese beiden so ungleichen Menschen meinen konnte, die sich zu dieser frühen Nachmittagsstunde durch seine Musik gefunden hatten, um zusammen zu trinken. Ermutigt durch das einmal geäußerte Interesse des jungen Mannes, erzählte die Mutter gerne von der Welt, wie sie jetzt nicht mehr war, von einer Zeit, da man mit Säugling an der Brust noch sorglos rauchen konnte, darauf vertrauend, dass alles immer besser würde.

»Höchstes Vergnügen bei höchster Sicherheit«, sagte sie. »Das war ein Leben ohne Angst vor dem Tod! Nur die Unglücklichen dachten an Vietnam.«

Der Halbe Belgier sah von den Platten zu ihr hin und wieder zurück, die leicht betrunkenen Gedanken damit beschäftigt, beides zusammenzubringen: die ganz reale Überlebende des Goldenen Zeitalters mit den so jung gebliebenen Vinylfossilien, die gar nicht deckungsgleich dennoch ein gutes Ganzes bildeten. Anfang des dritten Jahrtausends lag Woodstock in einem Vorort von Göteborg.

»Ist denn schon wieder Märchenstunde?«, riss ihn Greta aus seinen Träumereien. »Hat sie erwähnt, dass sie gleich ihren ersten Freund heiraten musste?«

»Was weißt denn du davon?«

»Ideal und Wirklichkeit«, sagte sie und schritt, mit nichts als einem T-Shirt bekleidet, zur Terrassentür. »Auch eine Art von Vergangenheitsbewältigung. Die Deutschen waren alle im Widerstand, die Schweden alle Blumenkinder. Dabei kennt sie das wilde Leben auch nur aus Erzählungen.«

»Die Plattensammlung ist großartig!«

»Im Versandhandel bestellt. Hat er dir eigentlich gesagt, dass er auch eine geile Schwedin sucht?«

»Mein Gott, du bist schrecklich, aber das ist sicher auch wieder meine Schuld.«

»Jawohl! Der Apfel fällt nicht weit vom faulen Stamm, weshalb wir jetzt einen Gin Tonic mixen sollten, oder?«

»Wenn du dir eine Hose anziehst.«

»Ja«, meldete sich Cassady von der Treppe. »Das klingt nach einer guten Idee.«

Der Halbe Belgier zählte die Schallplatten im Regal und

musste doch immer wieder hingucken: Die Madame trug ihr Schamhaar gezwirbelt und gestutzt wie einen Kaiser-Wilhelm-Bart.

»Und dann schauen wir mal, was in der Kiste ist«, sagte die Mutter.

»Nur über meine Leiche«, sagte Greta.

»Das ist pathetisch.«

»Manchmal geht es nicht anders.«

»Ich hoffe nur, dass da nichts drin vergammelt.«

»Geht uns nichts an. Ich mache sicher nicht so eine Reise, um dann eine zerstörte Kiste abzuliefern.«

»Und du nennst Schweden spießig!«

»Das ist nicht spießig, sondern ehrlich.«

»Und euch interessiert das nicht? Seid ihr denn heute so?«, fragte die Mutter die beiden Männer. »Seid ihr aufrechte Ritter?«

»Du bist nur neidisch«, sagte Greta. »Ich werde jetzt jedenfalls rauchen.«

»Zieh dir doch erst die Hose an«, sagte Cassady. »Soll ich dir eine holen?«

»Das wäre nett«, sagte sie und ging raus auf die Veranda.

Sie fingerte eine Zigarette aus der Packung und nahm das Elvis-Feuerzeug vom Tisch. An den kleinen Garten schloss eine große öffentliche Wiese an. Um die herum standen durchweg zweistöckige Häuser, die sich gegenseitig darin bestätigten, dass sie nicht allzu verschieden und jedenfalls im Sinne der Ordnung waren. Menschen waren keine zu sehen. Wer es irgendwie arrangieren konnte, war längst in seinem Sommerhaus. Die Übrigen waren zu alt oder zu beschäftigt oder zu arm, um hier zu wohnen.

Sie würden die eine Nacht hierbleiben, dann weiter nach Norden fahren, ans Meer. Nach einem halben Tag in Schweden erschien ihr diese Reise schon als ein irrsinniges Unternehmen. Zwei alte Menschen besuchen, aus einer Laune heraus. Und sie war darauf reingefallen, und hatte sich verführen lassen, zurückzukehren in dieses Land, das sie nicht umsonst hinter sich gelassen hatte – schon wieder meinte sie den Passagier mit der Zeitung zu sehen, in einem braunen Saab, der vorne an der Ecke parkte. Eine Reise in die Heimat war das Letzte gewesen, was sie brauchte. Ihr Glück hatte sie auf Verdrängen gebaut. Nur so hatte das Berliner Leben seine gemächliche Ausgeglichenheit gefunden, die sie sich niemals erträumt hatte. An fünf Tagen pro Woche musste sie gemeinsam mit ihrem Traummann gerade einmal sechs Stunden im Museum verbringen, um diesen paradiesischen Zustand zu erhalten. Und ausgerechnet da kam diese Kiste und mit ihr die Erinnerungen an früher und das Haus der beiden Alten: Mitbringsel aus aller Welt schmückten die Wände des zuletzt vor Jahrzehnten geweißten Holzhauses. Jedes Stück hatte seine Geschichte, die die beiden ihr erzählten. Zusammen waren sie zur See gefahren, jahrelang und immer nur, wenn sie zusammen anheuern konnten. Die letzten Tage der Überseedampfer hatten sie so noch miterlebt, dann als Skipper für Touristen gearbeitet, was aber nicht mehr das Gleiche gewesen war. Da hatten sie sich zur Ruhe gesetzt, in ihrem Haus am Meer. Verdammt, sie hätte diese Kiste nicht einfach wegwerfen können! Etwas in ihr wollte zurück. Sehnsucht oder ein schlechtes Gewissen oder noch etwas anderes. Es waren schöne Stunden, an die sie sich erinnerte: auf dem Sofa, den Blick durch das große Fenster weit hinaus aufs Meer. Konnte sie einfach so unterscheiden zwischen sich heute und dem Kind, das da gesessen hatte? Konnten die Alten unterscheiden? Jedenfalls war sie schnell auf den Vorschlag ihres Geliebten eingegangen, vor dem sie jetzt in ihrem Land bestehen musste, wenn sie ihn nicht verlieren wollte. Deshalb waren sie hier, im Haus ihrer Mutter, die all die Berliner Gelassenheit sofort zunichtemachte. Sie durfte die Kontrolle nicht verlieren.

»Hier, deine Hose«, hörte sie hinter sich seine ruhige Stimme. »Und dein Gin Tonic.«

Schnell stieg sie in die Jeans, griff nach dem Drink und nahm einen kleinen Schluck, um das Glas gleich wieder abzustellen.

»Siehst du den Mann da?«, fragte sie dann und wies hinter sich. »In diesem braunen Saab?«

»Da ist kein brauner Saab.«

Hastig drehte sie sich um und tatsächlich stand da weder ein Saab sonst noch irgendein Auto. Er drückte sie an sich. Worte hätte sie jetzt nicht ertragen.

≈

Menschenleer lag die Ortschaft im Schimmern des vergangenen Tages. Kaum ein Laut war zu hören. Nur die Motoren der Autos auf der Schnellstraße und das Summen der Moskitos überall. Die drei Gefährten liefen vom Haus der Mutter runter zum See. Den Wagen hatte die Madame nicht nehmen wollen.

»Ein Schluck, und du wirst denunziert«, sagte sie. »Sie warten nur darauf, dass jemand sich nicht ganz korrekt verhält.«

»Das ist dann vielleicht doch etwas zu ordentlich«, meinte der Halbe Belgier.

Der Schnurrbärtige sagte nichts und beäugte Greta von der Seite. Er war unsicher, wie er ihre Paranoia einordnen sollte, auch wenn er nicht daran zweifelte, dass sie die Zustände in ihrer Heimat übertrieben darstellte.

»Gegen diejenigen, die trotzdem rausgehen, gibt es die Mücken«, fuhr sie fort. »Es wäre ein Kinderspiel, sie auszurotten, aber der Staat braucht sie, um die Menschen abends in den Häusern zu halten.«

»Der Parasit als Polizist«, sagte der Halbe Belgier.

»So ein Unsinn«, sagte der Schnurrbärtige. »Wenn das funktionieren würde, hätte New Orleans sicherlich nicht die meisten Morde von Amerika. Wir haben Moskitos und Mörder.«

»Das ist Amerika!«, rief die Madame. »Da gibt es einfach alles und davon nur das Größte! Hier ist es genau andersrum.«

Der Schnurrbärtige legte ihr den Arm um die Schulter, woraufhin sie ihre Hand in seine Anzughose schob, um das auch hinten üppige Haar zu kraulen.

Der Halbe Belgier ging etwas schneller und erreichte vor ihnen das Ufer des Sees. Still lag das Wasser vor ihm, gerahmt vom Schwarz der Wälder. Bei aller Schönheit war das sicherlich nicht der Ort, an dem man spontan Frauen kennenlernte, dachte er, in Gedanken in einer der Berliner Kellerbars, in denen Skandinavierinnen und Spanierinnen zu Dutzenden auf der Suche waren. Stattdessen stand er an einem einsamen See.

»Friert der im Winter zu?«, fragte er.

»Oh ja, dann wird es plötzlich schwer, sich umzubringen. Sonst gibt es hier tolle Strömungen, mit denen man komplett verschwinden kann. Das mögen Schweden. Das ist schon besser, als von der Brücke zu springen. Vor allem nicht so schmutzig.«

Angesichts dieser Abgründe der nordischen Seele schien ihm die flache Ereignislosigkeit des Berliner Lebens immer attraktiver. Selbst unabhängig von der Sache mit den Frauen.

»*Älskling*, du übertreibst und verdirbst unserem Freund die Laune«, sagte Cassady.

»Ganz und gar nicht!«, rief sie. »Ich würde euch ja

gerne etwas anderes erzählen, aber das Leben hier ist einfach hart für Menschen, die hin und wieder nachdenken. Da ist es doch nur gut, dass auch die verschwinden können, die es nicht nach Amerika schaffen. Könnt ihr euch vorstellen, wie hier der Winter ist? Wenn man nicht schnell genug depressiv wird im Herbst oder noch bis zum Frühling durchhält, muss man zur Brücke oder wie mein Großvater auf den Dachboden, wo einen dann die eigenen Kinder finden. Ihr glaubt ja nicht, wie streng die Abgabe von Schlaftabletten kontrolliert wird. Im Sommer aber gibt es grad so viel Vergnügen, dass mancher wieder Hoffnung schöpft.«

Gegen die immer aufdringlicheren Moskitos anrauchend, verließen sie kurz darauf die Uferpromenade, unterquerten die Schnellstraße und liefen raus aus der Ortschaft. Noch immer war ihnen kein Mensch begegnet, was der Madame zufolge aber nicht weiter bemerkenswert war: Man habe hier entweder ein Sommerhaus oder Kabelfernsehen; es gebe keinen Grund, sich jetzt noch draußen aufzuhalten, wenn man denn nicht zu Theo wollte. Dessen Scheune zeichnete sich dunkel vor dem im Norden immer noch zart blauen Himmel ab. Oben auf einem Hügel. Drum herum nur einige Bäume. Da würden sie erleben, wie man auch hier ein paar schöne Stunden haben könne. Das hatte die Madame ihnen versprochen.

Kaum hatten sie die Steigung hinter sich gelassen, näherte sich ihnen von hinten ein Auto, deutlich lauter als die auf der Schnellstraße. Wild aufheulend zerriss der Motor plötzlich die Stille und nur Sekunden später schoss ein sehr sportliches Cabrio hupend und aufblendend an ihnen vorbei in Richtung Scheune, ohne dabei langsamer zu werden.

»Mein Gott, Magnus! Er fährt immer noch Auto!«, schrie Greta ungläubig.

Der Wagen raste von der Straße über einen Acker, hob immer wieder ab, um scheppernd ein Stück weiter aufzusetzen, jetzt dauerhupend, die Scheinwerfer nach wie vor auf die Scheune gerichtet, in deren Tor zwei Männer erschienen, wild mit den Armen winkend. Hoch und runter sausten die Lichtkegel, als stünde ein Besoffener an Suchscheinwerfern. Die Männer schrien gegen das Heulen der Maschine an, ehe sie zur Seite sprangen, da der Wagen längst vom Acker und über den Hof und so mit Tempo in die Scheune raste. Es schepperte, splitterte und krachte; die Hupe jaulte, als klemmte ihr etwas die Luft ab. Dazu Geschrei und aufgebrachte Stimmen. Schrecken. Schimpfen. Und immer weiter die Hupe wie ein klagendes Tier, das dann endlich starb.

Seit dem Aufheulen des Motors waren wenige Sekunden vergangen, in denen die beiden Männer ihre Freundin losrennen sahen in Richtung der Unglücksstelle, wohin sie ihr schnell folgten. Schrecklich und verheißungsvoll zugleich leuchteten bunte Lampen aus dem Scheuneninnern. Das Tor war um einige Meter breiter geworden.

Greta lehnte über der Fahrertür des Cabrios, umringt von den anscheinend unverletzten Gästen: ausnahmslos Männer – keiner unter fünfzig. Sie feixten angesichts des engverpackten Hinterteils. Gefälligst helfen sollten sie ihr, anstatt sich nutzlos aufzugeilen, schimpfte die Madame und rüttelte an der Beinprothese des Fahrers, die sich im Gaspedal verklemmt hatte. Sie war ja völlig irre, sich hier für diesen Wahnsinnigen anzustrengen, was sie ja auch nur wegen früher tat. Weil sie sich schon wieder an Zeiten erinnerte, die sie mit diesem Vater ihres besten Freundes verbracht hatte, vor über zwanzig Jahren in diesen Sommern ihrer Kindheit, am Meer, wo nur noch Kerstin und Lars-Gunnar lebten.

Magnus wies sie an, das Gaspedal seines *Morgan +8 Le Mans* bloß nur nicht zu beschädigen, um womöglich die Prothese zu schonen. Die werde ihm die Krankenkasse ersetzen. Das Gaspedal nicht. Dazu steckte er sich eine Camel Ohne an und saugte gierig, als wollte er auch sein zweites Bein zur Aufgabe zwingen.

Endlich packten auch einige der Gäste mit an. Die anderen fachsimpelten mit kritischem Blick. Der Schnurrbärtige und der Halbe Belgier blieben unbemerkt und wussten nicht, wie sie sich nützlich machen sollten. Zum Trinken brauche man eigentlich keine Beine, meinte einer der Männer, woraufhin der Eingeklemmte wieder und wieder seufzte, sie sollten bloß das Gaspedal verschonen.

»Diese Ersatzteile muss ich aus England kommen lassen. Wisst ihr, was das bedeutet?«, fragte er.

»Kannst du das Bein nicht abschnallen, damit ich es befreien kann?«, fragte sie.

»Wenn du mich kurz alleine lassen würdest, könnte das eine Lösung sein. Auch wenn er schon lange nur noch zum Pissen taugt.«

Er trug also noch immer keine Unterhosen. Damals hatte er oft gar nichts angehabt. Da unten hing sein ganzer gar nicht so bemerkenswerter Stolz. Schulterzuckend ließ sie ab von ihm, froh, ihre Reisegefährten im Scheunentor stehen zu sehen. Die winkte sie gleich an den Tresen.

Während die übrigen Gäste fasziniert der Selbstamputation des Unfallopfers folgten, griff sie nach einer Flasche und schenkte zwei Becher voll, in einen dritten für sich selbst nur einen Schluck.

»Trinkt!«, sagte sie. »Dann werdet ihr euch vielleicht amüsieren.«

Zögernd schnupperte der Halbe Belgier an seinem Becher, bis er Cassady seine Portion in einem Schwung hinunterstürzen sah. Schnell kippte da auch er seinen Drink, und der ließ die Sonne aufgehen in seinem Bauch. Auch Cassady konnte sich ein wohliges Grinsen nicht verkneifen, über dem sein Schnurrbart sich wölbte wie ein spätrömisches Aquädukt. Die Madame steckte sich eine Zigarette zwischen die Lippen. Sie spürte Cassadys Hand auf ihrem Unterarm, als sie nach den Streichhölzern auf dem Tresen greifen wollte.

»Hier«, sagte er und fummelte das Elvis-Feuerzeug aus seinem Sakko.

Sie lächelte, senkte den Kopf in Richtung der Flamme und schloss die Lippen heftig inhalierend um den Filter. Den Rauch blies sie ihm direkt ins Gesicht.

»Für derart reaktionäre Spielchen wurden in Schweden schon Männer kastriert.«

»Immerhin nicht vergast«, sagte er und steckte sich selbst eine Net Sherman's an.

»Nein, so etwas löst man hier viel diskreter.«

Der Halbe Belgier griff nach der Flasche und schenkte zwei der Becher noch einmal randvoll. Seinem Reisegefährten war das sehr recht, und auch einer der anderen Gäste schob seinen Becher unter die Flasche.

»Ganz gut der *hembränt,* oder?«, meinte er, nachdem er sich sehr höflich als Klaas Ramelow vorgestellt hatte, sein Deutsch mit Hamburger Akzent. »Natürlich ein Spezialrezept.«

»Natürlich«, sagte Greta, wenig erfreut darüber, dass die deutschen Touristen die Scheunenbar entdeckt hatten.

»Sehr warm und glatt«, sagte Cassady versöhnlicher und hob seinen Becher, um anzustoßen mit seinem Freund und dem in seinem Segler-Outfit sehr hanseatisch wirkenden Neubekannten.

Der vermeintliche Tourist gab sich kurz darauf als schreibender Verleger zu erkennen. Er arbeite an seinem neuen Schwedenkrimi, den er natürlich unter Pseudonym veröffentlichen werde.

»Der Fall ist besonders brisant«, erzählte er ungefragt weiter, während lautes Johlen von der Unfallstelle her vermuten ließ, dass die Bergung des Opfers gelungen war. »Konkret geht es um geheimdienstliche Verstrickungen zwischen Schweden und der DDR in den Siebzigerjahren.«

»Schon wieder ein Nostalgiker«, seufzte Greta und wandte sich ab, um weitere alte Bekannte zu begrüßen und ihnen diesen großartigen Mann an ihrer Seite vorzustellen.

Der Halbe Belgier blieb allein zurück mit seinem halben Landsmann.

»Von wegen Nostalgie!«, rief der. »Schreckliche Dinge sind geschehen unter dem Deckmantel des liberalen Sozialismus.«

»Schreckliche Dinge geschehen doch immer«, meinte der Halbe Belgier. »Immerhin hatten sie damals nebenbei ein bisschen Spaß und die Hoffnung, dass es immer besser gehen würde. Uns bleibt nur noch der Blick zurück.«

Davon wollte Ramelow nichts wissen, der einfach weiter die Handlung von *Falunrot*, so der Titel des Werkes, skizzierte. Ausführlich erläuterte er, inwiefern die Parallelen zwischen schwedischer Hausbemalung und Berliner Dielenbodenversiegelung aussagestark waren, weshalb er diese Farbigkeit als wesentliches Gestaltungselement zu verwenden gedenke. Das ließ den Halbe Belgier aufhorchen.

»Das heißt, dieses Rot hier ist tatsächlich das gleiche Ochsenblut wie auf den Dielen?«

»Aber natürlich! Nur war die Farbe ursprünglich ja ganz egal«, dozierte Ramelow beschwingt flüsternd, nachdem er ihnen noch einmal nachgeschenkt hatte. »Man hat damals erkannt, dass dieses Abfallprodukt aus irgendeinem Bergbau hervorragend gegen Holzfäule schützt. Deshalb steht bei mir Falunrot für das Bewahrende, dafür, dass nichts einfach vergangen ist. Die alten Kräfte wirken weiter, die Kontakte bestehen fort. Nichts wurde wirklich aufgedeckt, niemand ernsthaft bestraft! Deswegen sollte man hier auch nicht offen reden.«

Der Halbe Belgier folgte Ramelows Blick und sah seine Freunde von den übrigen Gästen umringt. Den einbeinigen Cabrio-Fahrer hatten sie in einen Schaukelstuhl gesetzt. Er verstand kein Wort von dem, was da sehr aufgeregt erzählt wurde, meinte aber ausschließen zu können, dass jemand ihn und seinen Gesprächspartner belauschte.

»Und was treibt euch hier hoch nach Norden?«, fragte der, nachdem er noch einmal nachgeschenkt hatte.

»Nur eine Kiste«, sagte er.

»Ihr reist zu dritt wegen einer Kiste?«

»Sie ist nicht leicht, und wir haben zwei Tage frei.«

»Eine Kiste also«, sagte Ramelow. »Ein altes Motiv. Denken Sie an Pandora!«

»Das war eine Büchse.«

»Oder eine unsaubere Übersetzung. *Traduttore, traditore*, wie man so schön sagt.«

»Sagt man?«

»Hast du Heimweh oder Angst vor alten Schweden?«, unterbrach da Greta, durch die Scheune rufend, das Gespräch.

Sie winkte ihn zu sich. Ramelow zwinkerte ihm zu, als entlasse er ihn aus dem Gespräch. Der Halbe Belgier entschuldigte sich und ging rüber zur Unfallstelle.

»Das ist Magnus«, stellte Greta ihm den Fahrer vor. »Der Vater eines Freundes. Mit der Familie haben wir uns unser Sommerhaus geteilt.«

»Da hatten wir noch Spaß«, sagte Magnus. »Lasst uns auf Timmy saufen.«

»Geht es ihm gut?«, fragte sie.

Magnus hustete lachend und schüttelte den Kopf, als sei diese Frage ein komischer Scherz. Ehe der Halbe Belgier hätte nachfragen können, was denn mit diesem Timmy war, drückte ihm jemand ein volles Glas in die Hand. Schon nach dem zweiten Toast wetteiferten dann auch die anderen Herren darum, wer sich besser auf Deutsch ausdrücken konnte.

»Das also ist der Pudelkern!«, rief einer.

»Ich vertrete die Arbeitnehmerbeteiligungsrechtsbeihilfe«, sagte ein anderer übertrieben sachlich.

»Und man beachte den Autobahnabnutzungskoeffizienten.«

»Und auch die geilen Weibchen auf der Reeperbahn im Puff!«

»Oh ja, darauf werden wir saufen, ja!«

Und das taten sie dann im bunten Schein der Lichterketten. Der Nachschub an *hembränt* schien niemals zu versiegen, und dieses Zeug machte auch wirklich Lust auf mehr. Immer wieder prosteten sich Cassady und der Halbe Belgier zu, um sich zu dieser Reise zu beglückwünschen. Ja, offenbar hatte es sich gelohnt, Berlin so spontan zu verlassen. So etwas kannten sie noch nicht.

»Sind Ihnen denn die Frauen von Rostock ein Begriff?«, fragte einer der älteren Herren den Halben Belgier und legte ihm den Arm um die Schultern.

»Leider nicht«, antwortete der, bei aller guten Laune etwas überfordert.

»Gustav Adolf, unser großer König, ist nur wegen der Rostocker Frauen in Deutschland einmarschiert. Davon bin ich sehr überzeugt, seit ich sie selbst kennengelernt habe. Auf einer Dienstreise, versteht sich.«

»Er ist auf Spesen bei ihnen gewesen«, meinte einer.

»Die deutschen Frauen, ja«, schaltete sich ein anderer seufzend ein. »Sie sind sehr schön, vielleicht auch weil es immer überall genug zu trinken gibt. Das ist hier ja leider die Ausnahme.«

In seiner Hand hielt er eine halbvolle Flasche und schenkte ihre Gläser erneut randvoll.

»Nur kommen eure Schönen nicht zu uns, das ist sehr schade. Die Schönheit zieht es in den Süden.«

»Ja, das ist ein Naturgesetz. Zurück kommen sie nur wegen der Kinderbetreuung. Ist das in Deutschland auch so? Hübsch machen sie sich für die Italiener und kommen dann haarig nach Hause, um sich gehenzulassen.«

»Die deutschen Frauen sind frigide, dumm und spielen Flöte«, meldete sich die Madame.

»Dann sind sie ja wie Schwedinnen.«

»Es gibt auch nette«, sagte der Halbe Belgier.

»Ja, gegen Geld bestimmt«, rief Magnus aus seinem Schaukelstuhl.

Die Männer lachten dreckig und kippten sich den Schnaps in den Rachen. Die Madame grinste, ohne zu trinken. Der Halbe Belgier trank, ohne zu grinsen.

»Jetzt schaut er ernst wie ein deutscher Beamter!«, rief einer und schenkte ihm kräftig nach.

»Dabei haben wir noch gar nicht den Krieg erwähnt!«

»Achtung! Herr Feldmarschall!«

»Seine beiden Großväter waren im Widerstand«, sagte Cassady.

»Das habe ich nie behauptet«, sagte der Halbe Belgier.

Und schon wieder grölten sie vor Lachen, dass man es bis weit auf den See hinaus hörte.

»*Qui se excusat, se accusat*«, sagte Ramelow, der plötzlich wieder neben ihm stand. »Das ist hier ein beliebtes Spiel.«

»Was?«, fragte er.

»Gebt ihm schnell mehr zu trinken, sonst wird er gleich noch philosophisch!«

Der Halbe Belgier suchte Gretas Blick, die ihm aufmunternd lächelnd ihre Zigaretten reichte. Sie hätte laut mitlachen können, so komisch fand sie ihn in seiner Unbeholfenheit. Ein kleines Kind alleine unter Wölfen. Aber er war ihr Freund und Gast. Den wollte sie nicht leiden sehen.

»Wenn Schweden Spaß haben, hat das nicht immer mit Humor zu tun«, sagte sie.

»Aber wir haben schon lange keinen Krieg mehr verloren«, meinte einer der Männer und goss schon wieder ein, während die anderen sich auf die Schenkel schlugen, so herrlich fühlten sie sich unterhalten.

Und so ging es weiter und weiter, bis draußen das Nichtdunkel der nordischen Nacht nach und nach einer sehr sonnigen Helligkeit wich. Kaum ein Anblick hätte friedlicher wirken können als die auf sanft geschwungenen Hügeln ruhenden Holzhäuser, deren Farben nach und nach wieder deutlich zu unterscheiden waren. Vereinzelt waren sie gelb, schwarz und blau, die meisten aber vom bräunlichen Rot angetrockneten Blutes.

ZWEITER TAG

Als der Halbe Belgier Gretas Kinderzimmer gegen Mittag mit schmerzendem Schädel verließ, waren seine Freunde schon unterwegs in die Zeitungsredaktion. Lange hatte er wach im Bett gelegen, die Augen wenige Zentimeter von einem Bücherstapel auf dem Nachttisch entfernt: Flaubert, Stendhal und Balzac auf Französisch. Eben erst hatte er die Tür zuschlagen hören, dann das Fauchen der Kaffeemaschine. Deswegen hatte er sich aufgerafft. Das Haus duftete nach Kaffee. Die Mutter erwartete ihn in der Küche.

»Wer keinen Kater hat, der hatte keinen Spaß«, begrüßte sie ihn und schenkte eine große Tasse voll mit tiefschwarzem Kaffee.

»Danke«, sagte er. »Haben Sie auch Aspirin?«

»Wir duzen uns natürlich«, sagte sie. »Und so ein schwedisches Frühstück ist viel effektiver als deutsche Chemie und dabei ganz natürlich!«

Auf dem Küchentisch bot sich seinen verschlafenen

Augen ein seltsam geometrisches Arrangement: Neben einem großen Butterquader und einem noch größeren Käsedreieck standen mehrere Rundgläser mit eingelegtem Hering: *Senapssill, inlagd sill, löt sill. Sill* bezeichnete wohl den Fisch an sich, der Rest der Komposita benannte die undefinierbaren Dinge, die zusätzlich im trüben Wasser trieben. Außerdem gab es Leberpastete und eine extragroße Tube, in der sich dem Aufdruck nach auch etwas Fischiges befand.

Mit einem weiteren sehnsüchtigen Gedanken an Café au Lait und Croissant in einem kleinen Hafen bei Marseille bediente der Halbe Belgier sich zunächst widerwillig, dann immer gieriger, so gut bekamen ihm die kleinen Happen. Mutig geworden, garnierte er sie mit kleinen Türmchen, die er aus der Tube drückte. Nach einer Weile stand die Mutter auf und verließ die Küche in Richtung Wohnzimmer. Wenig später erklangen die ersten Takte von *Suzanne*.

»Magst du Cohen?«, fragte sie, zurück in der Küche, und setzte sich zu ihm an den Tisch. »Wie ein deutscher Romantiker!«

Er sah auf, unsicher, ob sie ihn oder Leonhard Cohen meinte. Sein Anblick war vermutlich nur unwesentlich weniger traurig als dieser Song. Sein Zustand war erbarmungswürdig. Allein das T-Shirt! Ölflecken oder Blutspritzer hätten ihm ja noch eine gewisse Größe verleihen können. Dieses eintönige Bräunlichgrau aber konnte einen Mann auch beim allerbesten Willen der Betrachterin nicht schmücken.

Schließlich schickte sie ihn ins Bad und versprach, ihm passende Kleidung zu suchen. Mit der Kraft des Herings in sich schritt er durch den Flur, legte im Bad die Kleider ab und beschloss, eiskalt und heiß zu duschen. Wechselbäder sollten ihm richtig Lust auf diese Reise machen!

Und wirklich: Als er eine knappe halbe Stunde später aus der Dusche stieg, hatte das Wasser all die Schmerzen von ihm gespült und mit ihnen das Grübeln, das ihn so oft davon abhielt, einer Idee zu folgen. Als habe etwas in ihm nur darauf gewartet, dass er Berlin endlich einmal verließ! Voller ungeahntem Tatendrang war er begeistert von dem, was er durch das kleine Badezimmerfenster sehen konnte: So menschenleer die Straße auch war, machte ihn der Anblick der hier zum Großteil strahlend gelb gestrichenen Häuser unter dem blauen Himmel regelrecht glücklich. Alles rief ihn hinaus! Er war unterwegs in einem völlig fremden Land!

Vor der Badezimmertür fand er ein schwarzes T-Shirt mit groß gedruckter Aufschrift: *Miami Vice* in Grün und Violett. Die Unterwäsche musste er vom Vortag nehmen, da sie in ihrem Haushalt natürlich keine Herrenunterhose hatte finden können. Zuletzt stieg er in seine Jeans, wobei sein dicker Zeh in einer durchwetzten Stelle hängen blieb. Blitzschnell war die komplette Kniepartie entblößt. Er zuckte mit den Schultern und ging runter zur Mutter, die er mit seinen Plänen überraschte.

»Die Gegend willst du erkunden?«, fragte sie. »Wie so ein Wandervogel?«

»Am liebsten mit einem Fahrrad!«

»Meinst du, dass du schon wieder fahren kannst?«

»Selbstverständlich«, rief er. »Ich fühle mich so gut wie lange nicht.«

»Ich radle auch sehr gerne«, sagte sie. »Jeden Sommer in Dänemark. Da lebt man kürzer, dafür aber sehr viel lustiger als hier. Allerdings mieten wir die Räder drüben. Hier gibt es nur eine klappernde Schese.«

Er folgte ihr hinters Haus. Von Kapuzinerkresse bewachsen, stand das alte Damenrad am Gartenzaun und entsprach exakt dem, was er brauchte.

»Die Blüten können wir essen«, sagte sie und befreite das Fahrrad auch schon von den windigen Stängeln.

Sie übergab es ihm mit gespielter Feierlichkeit.

»Danke«, sagte er. »Dann drehe ich mal eine kleine Runde.«

Kaum war er unterwegs und spürte die warme Sommerluft auf seiner Stirn, wähnte er sich weit weg: ein Küstenweg entlang der Côte d'Azur, eine Zigarette im Mundwinkel, an seiner Seite eine Frau mit Kopftuch und großer Sonnenbrille, die lachend ihre strahlend weißen Zähne zeigte. Der Motor des *Karmann Ghias* knatterte von einer Zukunft, die immer besser würde, so wie die Melodie dazu sich immer höher schraubte und sie weiter und weiter trieb. Streicher und Technicolor. Irgendein Film aus dem Spätprogramm. So ein Unsinn. Restalkohol. Er dachte an Hautkrebs und fuhr mit quietschenden Pedalen ab in den Wald.

≈

Der Schnurrbärtige ließ sich nichts davon anmerken, dass auch sein Körper unter Alkohol und Zusatzstoffen litt. Das Erlernen der entsprechenden Vertuschungstechniken gehörte zur Grundausbildung eines Jungen in New Orleans. Anders als im verkorkst puritanischen Rest des Landes durfte dort in altfranzösischer Tradition noch jeder trinken, der über den Tresen gucken konnte. So lernte man früh, auch bei größten Schmerzen Haltung zu wahren. Der Auftritt des Halben Belgiers war ihm entsprechend unangenehm.

Er war in all den Jahren, die er fern seiner Heimat verbrachte, mehrfach Zeuge vergleichbarer Haltungslosigkeiten geworden, und das nicht nur in Deutschland. Am peinlichsten war ihm bis heute die Begegnung mit einem

Mädchen aus Kansas: Sie stieg genauso bereitwillig mit ihm ins Bett, wie sie ihm dann auf die Brust kotzte. Das war sein erstes Mal gewesen, auf dem College im Westen. Da hatte er begriffen, dass man seine Herkunft tief in sich trug. Beim besten Willen wollte er sich daran nicht gewöhnen, als sie ganz einfach weitermachte. Da spürte er in sich den Süden und zog sie trotz wilder Proteste wieder an und brachte sie aufs Zimmer.

In diesem völlig überhitzten Redaktionsbüro des *Aftonbladet* war er zum ersten Mal in seinem Leben kurz davor, selber die Contenance zu verlieren.

»Geht es dir gut?«, fragte Greta.

Sie wartete darauf, dass die Sekretärin ihr Telefonat beendete.

»Schützt man sich hier denn gar nicht vor der Sonne?«, fragte er.

»Oh nein, die betet man an. Das gibt den dunklen Tagen einen Sinn.«

Und wirklich schien man auf die Einrichtung von Schutzmaßnahmen gänzlich zu verzichten: Weder ließen sich die Fenster irgendwie verdunkeln, noch gab es so etwas wie eine Klimaanlage, was dem Südstaatler unbegreiflich war: Die Existenz einer Aircondition war für ihn so selbstverständlich wie die Existenz Gottes für einen orthodoxen Gläubigen oder ein Luftschutzkeller im Berlin Anfang der Vierzigerjahre. Wenn überhaupt, ließ sich diskutieren, wie gut die Luft gekühlt wurde und auf welche Weise die Technik zu verbessern war.

»Gibt es auch keine Eiswesten?«, fragte er schwach.

»Bist du verrückt? Hier macht man im Hochsommer in Bleiwesten Sport!«

Ehe die beiden auf die Idee hätten kommen können, dass Schweden und die Südstaaten womöglich zu weit auseinanderlagen, als dass sie dauerhaft ein glückliches

Paar hätten bleiben können, legte die Sekretärin auf. Sofort eilte die Madame zu ihr hin und verlangte, Hans Alfredsson unbedingt und sofort persönlich zu sprechen. Ihr Freund litt schweigend weiter unter den mikroklimatischen Bedingungen des Büros. Das Gespräch mit der Sekretärin verstand er sowieso nicht. In vollem Vertrauen auf das Funktionieren der schwedischen Demokratie zeigte die sehr amerikanisch lächelnde Frau keinerlei Verständnis für das Anliegen der aufgeregten Besucherin. Die ließ aber nicht locker und passte ihre Argumente nach und nach dem Standpunkt ihrer Gegenüber an, das diesem intellektuellen Schachzug nicht gewachsen war. Letztlich musste sie zugeben, dass es in einem derart friedlichen und perfekten Land wie Schweden auch keinen Grund gab, den Aufenthaltsort eines Mannes zu verschweigen.

»*Vad sa du*?«, rief Greta ungläubig. »*I Stockholm*?«

Die Sekretärin nickte. Sie schrieb etwas auf einen fischförmigen Block, riss den Zettel ab und reichte ihn über den Schreibtisch, jetzt mit aufeinandergepressten Lippen. Als verrate sie das Versteck eines zum Tode Verurteilten und nicht den Ferienort eines Journalisten.

»Verdammt, so eine Scheiße!«, fluchte Greta und stürmte mit dem Zettel in der Hand ins Treppenhaus.

Erst da erinnerte sie sich an ihren Geliebten, der ihr gemessenen Schrittes folgte.

»Ist das so schlimm?«, fragte er, glücklich über die etwas kühlere Luft.

»Das kostet uns zwei Tage und Geld, das wir nicht haben! Das ist ja nicht der Sinn der Reise!«

»Der Sinn ist doch, dass wir hier sind.«

»Aber doch nur wegen der Kiste.«

»Und wegen deiner alten Freunde. Was, wenn du die Geschichte mit dem König einfach mal vergisst?«

»Auf keinen Fall! Jetzt, da ich hier bin, will ich auch wissen, was sie noch von mir wollen, und sag bloß nicht, dass ich paranoid bin!«

»Sage ich nicht.«

»Aber du glaubst es.«

»Ich glaube nichts, und selbst wenn ich es denken würde, wäre das ohne jede Bedeutung. Was zählt, ist nur die Tat.«

»Erzähl das mal den Protestanten.«

»Ich würde lieber noch den Hafen sehen. Vielleicht fährt ja ein Schiff nach New Orleans.«

»Willst du schon fliehen?«, fragte sie. »Nur deinetwegen sind wir doch hier.«

Kurz sah er sie an, als dächte er ernsthaft nach, ließ dann aber ruhig die Finger knacken und legte ihr den Arm um die Hüfte. Mit seinem schönsten Elvis-Blick setzte er an:

Wo du bist, ist kein Grund zur Flucht
die Nacht wird hell, dunkel das Licht
das blendet den, der falsche Liebe sucht
halt meine Hand, verlass mich nicht!

»Ist das Rilke?«, fragte sie.

»Nein.«

»Von Frank dem Punk?«

Er schüttelte den Kopf und sah sie an, als könnte sie das nicht ernsthaft denken: Frank der Punk war ein Kollege im Jüdischen Museum, der sie vor kurzem zu einer Lesung eingeladen hatte. Sie waren überhaupt nur deshalb hingegangen, weil sie gleich gegenüber bei *Amore* in der Kollwitzstraße zu Abend gegessen hatten. So sympathisch der bei der Arbeit sehr diensteifrige Punker auch war, hatte der Schnurrbärtige sich doch nicht vorstellen können, dass ausgerechnet dieser Mann ihn für die deutsche

Gegenwartsliteratur würde begeistern können – als Verehrer eines Robert Walser oder Alexander Döblin hatte er sich schon im Studium durch alles Zeitgenössische gequält. Jedenfalls saßen sie letztlich doch in der sehr gut gefüllten Kneipe, während draußen eines der typischen Berliner Sommerunwetter tobte, durch das sich auch der Halbe Belgier zu ihnen durchkämpfte. Klitschnass, die Augen voller Staub, fand er neben ihnen Platz, als es gerade losging.

Eine kurzhaarige Frau mit großer Brille las einen neurodermatologisch inspirierten Text, zu dem sie sich lautstark an den Unterarmen kratzte, bis am Ende sogar etwas Blut auf den Tisch tropfte, was mit Begeisterung beklatscht wurde. Ein vogelhafter Mann in weißem Hemd und Nickelbrille besang blumig die Schönheit slawischer Hüftgelenke, die zu liebkosen ihn seine übermächtige Mutter hinderte. Das alles war derart grotesk, dass es sich nur mit viel Bier und Humor ertragen ließ. Frank der Punk widmete sich schließlich der Liebe, und zwar auf eine Weise, die Cassady erkennen ließ, was ihn hier so störte: Die deutsche Form war völlig unkontrolliert gefühlt, wie all die Schlager, die er aus dem Radio kannte. Nirgends war Wille zu Stil und Haltung. Inhalte gab es sowieso nicht, abgesehen von den Befindlichkeiten durchschnittlicher Mittelstandskinder. Außer es ging um Nazis und den Holocaust, zur Not auch um die DDR. Mehr war da nicht, und das sollte auch seine Freundin erkennen.

»Nein«, sagte er noch einmal und räusperte sich. »Das ist von mir.«

Sie sah ihn an, einen Augenblick ungläubig, dann mit dem plötzlichen Verlangen, ihn schützend in den Arm zu nehmen.

»Komm!«, seufzte sie. »Vielleicht finden wir im Hafen einen Platz zum Vögeln.«

Während sie durch die Gassen der Innenstadt eilten, stellte der Schnurrbärtige sich bei aller Aufgeräumtheit um ihn herum doch einen Schuppen oder einen Speicher vor, in dem sie sich schon bald in aller Schäbigkeit köstlich vergnügen würden. Mit keiner Frau hatte er sich so wohl gefühlt. Das würde die Schmerzen vertreiben! Nur hielt die Gegenwart so gar nicht, was er sich da von ihr versprochen hatte: Der Hafen präsentierte sich blitzblank herausgeputzt und ohne jeden Rückzugsort. In die alten Backsteinhallen hatte man großflächige Fenster eingezogen, hinter denen gesundes Essen angeboten wurde. Auf dem lückenlosen Kopfsteinpflaster davor standen frisch geölte Gartenmöbel für all die glücklichen Menschen. Natürlich lag auch der echte Hafen von New Orleans heute ausgelagert in einem Industriegebiet, ein bisschen Durcheinander gab es aber noch in der Stadt. Das hier wirkte dagegen wie die Außenstelle eines globalen Versicherungskonzerns. Die Madame wusste sofort, wie er sich fühlte. Sie schämte sich für ihr unbedachtes Versprechen – und begann zu singen:

Junge, heul doch nicht so sehr
warte auf mich am Jackson Square
im sonn'gen New Orleans
im schönen Louisiana.

Der Schnurrbärtige lächelte.

Etwas versöhnt entdeckte er einige Schiffe mit exotischen Flaggen und Heimathäfen – Lagos, Antananarivo, Apapa, Tincan, Lomé, Casablanca, Shenzen, Djibouti – und fühlte in sich eine glückliche Genügsamkeit. Auch ein chaotischer Hafen war etwas ganz anderes als die Geschichte von einem solchen, wie sein Großvater sie erzählt hatte. Die riesigen Dampfer an den Pieren, zwischen denen man sich hilflos verlor. Menschenmassen, Passagiere, Soldaten, Hunde, Pferde und Säcke, die aus der Höhe runtersausten und den schwachbrüstigen Einwanderer damals erschlagen hätten, wäre er nicht zur Seite gerissen worden. Im Zweifel entschieden nur ein Augenblick und das Glück, die richtigen Menschen zu treffen, von denen es so viele nicht gebe.

»Da stand ich dann neben diesem glatzköpfigen Riesen«, hörte Cassady die Stimme seines Großvaters. »Und der ließ meinen Arm einfach nicht los inmitten dieses ganzen Trubels und schwieg und guckte mich wie blöde an mit seinem völlig unbehaarten Eierkopf.«

Dank dieses Mannes nahm seine Reise kein vorzeitiges und für die Existenz seines Enkels fatales Ende im Hafen von New York. Johann stammte aus Vorpommern. Körperlich das vollkommene Gegenteil des Großvaters, war er vom Charakter her nicht weniger verschieden, wie sich später in einer Hafenkneipe herausstellte. Weitgehend humorlos und eher wortkarg, war er ein Mann der Tat, der unbedingt in Richtung Westen wollte, ohne aber den Absprung zu schaffen.

»Stundenlang tranken wir Bier, weil ich meine Einwanderung und mein Überleben irgendwie feiern musste, wobei er immer wieder meine Moustache anstarrte. Er begriff überhaupt nichts und war trotzdem eine sehr stattliche Erscheinung und ich schwach auf der Brust, weshalb wir dann zusammen aufgebrochen sind.«

Allerdings gefiel es Johann bereits in Chicago so gut, dass er nicht weiterwollte, woraufhin auch der Großvater die Lust an der Reise nach Westen verlor. Er ergriff die erstbeste Möglichkeit und heuerte in Davenport als Kellner auf einem Dampfboot nach New Orleans an, auf dem er seine zukünftige Frau kennenlernte, wobei diese Begegnung wesentlich züchtiger ablief als die mit der Dame auf dem Ozeandampfer. In jedem Falle aber, hatte der Großvater seinem Enkel mit auf den Weg gegeben, lohne ein Gang ans oder aufs Wasser sich immer, wenn man etwas vom Leben wolle.

»Weißt du«, sagte der Schnurrbärtige und legte der Madame einen Arm um die Hüfte. »Früher war gar nichts besser.«

»Meine Mutter würde dir widersprechen«, sagte sie.

»Ich habe auch oft dieses Gefühl. Am College hatte ich einen Dozenten, einen alten Juden aus Österreich, der uns Walter Benjamin erklären wollte. Ich habe nicht viel kapiert, aber einen Satz nicht vergessen: Jedes ›Es war einmal‹ ist eine Nutte im Puff der Nostalgie.«

»Gute Nutten gibt es in Kopenhagen«, lachte sie und holte ihre Zigaretten heraus. »Aber du hast ja mich, und rauchen darf man hier noch immer!«

≈

Wenige Hundert Meter vom Haus der Mutter entfernt endete die Ortschaft. Über sanfte Hügel schlängelte sich die Landstraße in einen Wald hinein. Golden strahlten die Baumkronen in der Sonne, die es nicht bis auf die Straße schaffte. Angenehm kühl lag der Asphalt im Schatten. Wie Geister aus einer anderen Zeit tauchten mehrmals gigantische Cadillacs auf, die Fahrer in karierten Hemden und mit langen Koteletten. Bei der ersten Gelegenheit bog der Halbe Belgier links ab auf einen Weg in Richtung See. So gut er auf dem makellosen Landstraßenasphalt vorangekommen war, wollte er schnell in ein sommerurlaublicheres Ambiente. Eine Strandbar oder eine Café-Terrasse. Vielleicht eine Hollywoodschaukel im Schatten. Dergleichen fand er dann aber nicht, als er nach einer schweißtreibenden Tour durchs Unterholz endlich die Uferstraße erreichte. Das ganze Potential dieses herrlichen Sommertags lag brach, als hätte es hier niemand nötig, Eis oder Bier zu verkaufen. Eine grün lackierte Imbissbude war geschlossen. Noch überschaubarer als das Angebot war die Nachfrage: Sommergäste schien es außer ihm keine zu geben.

An einem Steg lagen Segelboote im stillen Wasser, trotz Windstille aber nicht völlig reglos. Ein Boot schaukelte stark und stieß so auch die anderen an. Und plötzlich sah er da Klaas Ramelow. Ehe der Halbe Belgier auch nur hätte überlegen können, ob er Lust auf ein zweites Treffen mit diesem Mann hatte oder nicht, grüßte der ihn, offenbar sehr erfreut, ihn zu sehen. Er winkte ihn zu sich heran. Unentschlossen rollte der Halbe Belgier auf den Steg. Was sollte er sonst tun in diesem Hafen? Schließlich hatte er von dem Verleger nichts zu befürchten, der die Ereignisse des Vorabends dann auch gar nicht erwähnte. Stattdessen lud er ihn zu einem kleinen Turn ein. Eine absurd schlechte Idee.

»Ich fahre Fahrrad«, sagte er.

»Das sehe ich«, sagte Ramelow. »Das Boot dürfen Sie sich aber nicht entgehen lassen, die *Mahagonny,* mit Brecht und in Anspielung auf die Materialbeschaffenheit.«

Keinen Widerspruch duldend, streckte er ihm die Hand entgegen.

Kaum war der Halbe Belgier von seinem Rad gestiegen, spürte er die Spätschäden des Alkohols. Noch viel schlimmer wurde es, als er nach der Hand griff und einen Fuß auf die schwankenden Planken setzte.

»Nur zu«, sagte Ramelow. »Wer hier ertrinkt, macht das mit Absicht.«

Der Halbe Belgier fixierte einen Baum am Ufer und ließ sich auf die blank polierte Sitzbank fallen. Dann musterte er diesen auch heute mit blau und weiß gestreiftem Hemd sehr maritim gekleideten Herrn skeptisch. Wie Greta war auch er ganz ohne Umwege auf das Selbstmordthema gekommen. Natürlich war das nicht die Côte d'Azur, aber so schlimm, dass man sich gleich umbringen musste, dann auch wieder nicht. Etwas in der Art wollte er sagen, ließ es dann aber lieber sein. Unter diesen Umständen wollte er das Thema lieber übergehen.

Ramelow griff in eine Kühltasche und reichte ihm eine Halbliterdose schwachalkoholisches *Folköl*. Der Verschluss zischte. Der Verleger räusperte sich. Dann legte er schon wieder los mit seiner Schweden-DDR-Geschichte.

»Wollen wir nicht doch eine kleine Runde machen?«, unterbrach er sich kurz noch einmal selbst und musterte die Umgebung.

»Werden wir denn schon wieder belauscht?«, fragte der Halbe Belgier.

»Nicht auszuschließen, absolut«, überhörte Ramelow flüsternd die Ironie und löste schon das Seil. »Eigentlich aber zum Vergnügen.«

Der Halbe Belgier wollte unbedingt widersprechen, nur fand er nicht die Kraft. Angesichts des atemberaubenden Panoramas, das der See mit dem angrenzenden Wald und den am Hang gelegenen schneeweißen Villen bot, fehlten ihm auch die Argumente. Er war schließlich im Urlaub und in Sicherheit, da Ramelow ihm eine Schwimmweste reichte, deren strahlendes Neonblau vortrefflich mit den Farben seines T-Shirt-Aufdrucks harmonierte. Schlimmstenfalls würde er in den See kotzen, was bei dessen kristallener Klarheit kaum von Bedeutung wäre. Da brauchte es schon mehr als einen Mageninhalt, um dieses Wasser zu trüben, das laut Ramelow zum Teil weit über hundert Meter in die Tiefe ging.

»Das zeichnet Schweden aus«, sagte er. »Man kann

Dinge sehr gut verschwinden lassen. Im Wasser, im Wald oder in der Geschichte.«

»Ja«, sagte der Halbe Belgier. »Das habe ich schon mal gehört.«

Gemächlich stieß Ramelow ein Ruder ins Wasser. Einige Meter weiter draußen fand sich sogar eine Brise, die sie ganz sanft weiter hinaus auf den See gleiten ließ. Der Kapitän warf einen letzten Blick zurück aufs Land, räusperte sich noch einmal und fuhr dann fort mit seiner Geschichte über eine arisch-sozialistische Verschwörung zu Zeiten des Kalten Krieges.

»Davon weiß man zu Beginn natürlich nichts«, korrigierte er sich sofort. »Da gibt es erst mal nur die Leiche im Fluss, deren grausame Entstellung in skandinavischer Manier vollkommen schonungslos beschrieben wird. Ein Setting grausam wie die Wirklichkeit, kein Wohlfühlkrimi, wie sie bei uns geschrieben werden. Entdeckt wird die Tote jedenfalls von Sarah Tuvstedt, einer arbeitslosen Journalistin mit schweren psychischen Problemen, die sich gerade noch das Leben nehmen wollte, jetzt aber in der Toten eine Mitschülerin aus Kindheitstagen erkennt, die wenige Tage zuvor bei ihr war, um sich einen deutschen Text übersetzen zu lassen. Sie müssen wissen, dass Sarah lange Jahre in Berlin gelebt hat wie viele Schweden, die der Enge hier einmal entkommen wollen.«

»Es werden wirklich immer mehr«, sagte der Halbe Belgier, der sich mit dem Kragen der Schwimmweste im Nacken mittlerweile recht gemütlich angelehnt hatte, hin und wieder an seinem Bier nippte und die Aussicht genoss. »Kaufen die ganze Stadt und nehmen Wuchermieten.«

»Ja«, sagte Ramelow. »Das sind Verbindungen, die nicht so einfach reißen, was Sarah nach und nach begreift, sehr zum Unwillen einiger einflussreicher Herren, aber dazu später mehr. Erst einmal gibt es eigentlich gar keine Situation, weil die Polizei davon ausgeht, dass es ein weiteres Verbrechen eines Serienmörders ist, wobei man sich ja fragen muss, ob das Konzept des Serienmörders nicht allein dazu dient, unaufgeklärte Morde einem Sündenbock mit anzurechnen. Ein Zehnfachmörder hinter Gittern ist doch wesentlich leichter zu ertragen als die Vorstellung von neun frei herumlaufenden Einzeltätern, wenn Sie verstehen. So funktioniert ein Gemeinwesen. Sarah Tuvstedt durchschaut das Spiel aufgrund ihrer persönlichen Verwicklung einerseits, andererseits aber vor allem aufgrund ihrer positiven Devianz, wenn Sie verstehen, was ich meine: Sie ist anders, darf seit einem schweren Hirntrauma keine Medien konsumieren und glaubt nur, was sie sieht, wodurch sie auf den jungen ermittelnden Kommissar sehr attraktiv wirkt, auch wenn der gegen sie arbeiten muss. Auch die Figur trägt den Konflikt von Sehen und Nichtsehenwollen also in sich, der für Schweden nicht weniger prägend ist als für Deutschland.«

Ramelow hielt kurz inne und steuerte das Boot in ein kleineres Manöver, das sie direkt vor den Wind setzte.

»Und wie findet sie das heraus?«, fragte der Halbe Belgier. »Bis jetzt hat sie doch nur die zerschnittene Leiche einer Freundin.«

»Verstümmelt«, korrigierte Ramelow. »Und zwar demonstrativ sexuell, also Brüste und Genitalien. Ein sehr platter Versuch, einen triebgesteuerten Serienmörder zu konstruieren, aber gut, so läuft das halt. Wollen Sie noch ein Bier?«

»Danke. Ich habe noch.«

»Gut«, sagte Ramelow. »Und Sie haben recht: Diese Entdeckung muss entwickelt werden. Farbsymbolisch wird Sarah das Falunrot – das sich im getrockneten Blut der Leiche spiegelt – nach und nach entfernen und ein goldenes Blond zutage fördern, aber das nur am Rande.«

»Wie beim Abschleifen von Dielen.«

»Genau, aber jetzt warten Sie! Sie haben ja gefragt, wie Sarah dieser Sache auf die Spur kommt, worauf ich Ihnen antworte, dass sie die Tote verfolgt.«

»Ins Leichenschauhaus?«

»Unsinn, in die Vergangenheit! Jedes Verbrechen hat eine Vorgeschichte, doch wollen wir heute nur noch die Täter hören, was mit der Wirklichkeit wenig zu tun hat. Es ist nur so, dass wir uns mit den Tätern sehr viel lieber identifizieren, weil sie die Tat ja in der Regel überleben. Tuvstedt jedenfalls reist kurze Zeit später nach Berlin, wo auch die Tote einige Wochen zuvor gewesen ist, und zwar zu einer medizinischen Untersuchung.«

»Ist das Gesundheitssystem in Schweden denn nicht so berühmt?«

»Doch, sicherlich, aber darum geht es nicht. Sarah findet heraus, dass Lena, das Opfer, ihr Blut hat untersuchen lassen. Also macht sie sich auf den Weg, trifft in Berlin Tom, eine alte Liebschaft aus Studentenzeiten, mit dem sie in der schwedischen Community Nachforschungen anstellt und in der Schwedischen Kirche schließlich Hilfe findet. Da war auch Lena einige Wochen zuvor und hat nach jemandem gefragt, den Sarah und Tom dann in einem unterirdischen Gartenbunker in Zehlendorf finden. Erhängt.«

»Selbstmord«, seufzte der Halbe Belgier. »Warum geht er nicht in den Schlachtensee?«

Ramelow grinste schmal, aber wohlwollend.

»Sie stellen die richtigen Fragen«, sagte er. »Eine Strangulierung ist jedoch viel leichter als Selbstmord zu tarnen als ein Ertrinken.«

»Ach«, sagte der Halbe Belgier. »Also war es Mord.«

»Der ist rein dramaturgisch unverzichtbar, um Sarah einer handfesten Bedrohung auszusetzen. Sonst könnte man glauben, dass sie einfach nur spinnt. So etwas wird vom Genre-Publikum selten goutiert. Reiner Wahnsinn ist zwar realistisch, aber untauglich als literarische Motivation.«

»Verstehe.«

»Nehmen Sie noch ein Bier?«

»Danke, aber ich muss noch Fahrrad fahren.«

Der Steg mit dem Fahrrad war mittlerweile kaum noch auszumachen am weit entfernt liegenden Ufer des Sees. Ohne Schloss hatte er es nicht abschließen können.

»Werden hier Fahrräder geklaut?«, fragte er.

»Wenig«, sagte Ramelow. »Die kleinen Dinge sind hervorragend geregelt. Sogar ein Boot kann man hier ungesichert liegen lassen.«

»Könnten wir trotzdem wenden?«

»Interessiert Sie die Geschichte nicht?«

Der aggressive Unterton hätte den Halben Belgier zurückweichen lassen, wenn dafür Platz gewesen wäre.

»Doch, sicher«, sagte er schnell. »Es ist nur, dass ich ja nicht alleine reise, und außerdem haben wir noch einmal den ganzen See vor uns.«

Ramelow schien ihn nicht zu hören. Mit starrer Miene löste er die Großschot, zog das Ruder zu sich und ließ den Baum ohne Vorwarnung über den Kopf des Halben Belgiers hinwegsausen. Mit Absicht. Der Irre! Da sie zurück gegen den Wind kreuzen mussten, hätte er alle Zeit der Welt gehabt, seine Geschichte zu Ende zu erzählen. Schweigend starrte er geradeaus.

»Und was genau findet sie heraus?«, fragte der Halbe Belgier schließlich. »Warum wurde sie zum Opfer?«

»Lena«, sagte Ramelow streng. »Sie heißt Lena. Sie müssen schon zuhören!«

»Warum also wurde Lena zum Opfer?«

Ramelow schwieg, holte ein Päckchen Zigarillos raus und steckte sich einen an. Der Wind hatte aufgefrischt. Er brauchte mehrere Streichhölzer. Dann rauchte er. Nach einigen Zügen seufzte er entspannt und lächelte.

»Der Plot ist gut«, sagte er. »Der hat den Sog, der Bestseller macht!«

Der Halbe Belgier nickte zustimmend, so verunsichert war er von der Doppelgesichtigkeit seines Gegenübers, der da auch schon weitererzählte von einem Blutsverwandten ersten Grades, den Lena in Berlin gefunden und der, an Leukämie erkrankt, eine Knochenmarkspende von ihr erbeten habe. Deshalb die Reise in die deutsche Hauptstadt.

»Und da haben Sie jetzt mal ein Rätsel, das wirklich Substanz hat! Keine irren Killer oder Serienmörder, sondern eine historische Intrige! Habe ich zu viel versprochen?«

»Sie hat deutsche Verwandte?«

»Ersten Grades und in ihrem Alter!«

»Ein Bruder?«

»Fast: eine Schwester!«

»Und deshalb wird sie umgebracht?«

»Indirekt, ja!«, rief Ramelow und halste derart ungeschickt, dass sie für einen Augenblick zu kentern drohten. »Weil es niemand erfahren darf!«

Der Halbe Belgier atmete tief durch, um sein Herz zu beruhigen, das vor Aufregung und Angst völlig außer Kontrolle schlug. Mit diesem wildfremden Mann saß er in einer Nussschale über vielen Hundert Metern Nichts. Auch mit Schwimmweste wäre er verloren, da weit und breit kein Rettungsschwimmer war. Auch nicht an dem nur langsam näher rückenden Ufer. Mit beiden Händen krallte er sich an der Bootswand fest und hatte nur noch

Augen für den Steg, auf dem er endlich das Fahrrad stehen sah. Alles war gut. Nur noch wenige Meter.

Ramelow war wieder verstummt. Er schwieg selbst dann noch, als sie angelegt und das Boot festgemacht hatten.

»Und warum?«, fragte der Halbe Belgier, unter sich den Steg. »Warum darf es niemand erfahren?«

»Die Schatten der Vergangenheit«, sagte Ramelow verschwörerisch. »Kaufen Sie das Buch, es wird garantiert ein Skandal.«

≈

Nachdem die Madame sich mittels eines Anrufs bei ihrer Mutter versichert hatte, dass ihr zweiter Reisebegleiter versorgt war, führte sie ihren Geliebten weg vom Hafen, um mit ihm in der Stadt zu Mittag zu essen. Weitere Einblicke in die Küche ihrer Kindheit wollte sie ihm ersparen. Er sollte keinen Anlass haben, doch noch an Flucht zu denken. Da sie schon einmal hier waren, würde sie ihm das zeigen, was man hier unter Zeitgeist verstand. Sie führte ihn in die ihrer letzten Kenntnis nach gefragtesten Straßen der Stadt.

»Die Nachteile von Sozialismus und Kapitalismus vereint in einem Land, in dem fast immer Winter ist«, analysierte sie das Treiben auf der Linnégatan, die sich jetzt noch mediterraner gab. Für ein paar Wochen spielte man Italien, als wäre es damit getan. Als reichte die Erinnerung daran, um durch den Winter zu kommen.

»Warum hasst du dieses Land so sehr?«, fragte er.

»Weil ich nicht mag, was es aus mir gemacht hat«, sagte sie. »Und weil es mir nicht gleichgültig ist.«

»Hasst du mich auch?«

Sie sah ihn an und dachte trotz des koketten Leuchtens in seinen Augen ernsthaft nach.

»Nein, das ist nicht vergleichbar. Dich habe ich mir ausgesucht, auch wenn ich nicht gehofft hatte, dass es dich gibt. Das hätte ich mir nicht vorstellen können. Du bist ja mein Amerika.«

Er zog sie an sich und küsste sie. Dann gingen sie weiter, und die Madame verlor schnell wieder ihre gute Laune. Göteborgs Jugend spielte einfach zu sehr arisches Wunderland: Kein Mensch sah älter aus als dreißig; kein Mund, der nicht strahlend weiße Zähne entblößte; kein Haar, das nicht blond war, und kein Busen, der sich nicht fruchtbar unter einer Markenbluse wölbte, was den Schnurrbärtigen nicht störte.

»Wenn du weiter so glotzt, wirst du gleich noch verhaftet«, wies sie ihn zurecht. »Anders als unser Freund bist du wirklich versorgt.«

»Ja, der braucht endlich eine Frau, am besten keine Deutsche.«

»Hauptsache Vögeln«, sagte sie. »Sonst wird er noch verrückt.«

Das aber hörte er schon nicht mehr, da er vor dem Schaufenster eines chinesischen Importladens stehen geblieben war, in dem er etwas einzigartig Unpassendes hängen sah: So blass die bröselnde Styroporpuppe, so satt und strahlend das Rot des Anzugs, den sie trug. Die Madame betrachtete ihren schnurrbärtigen Mann, der anstelle seines Seersuckers heute eine weitgehend zerrissene Shorts und das alte Rugby-Trikot trug. Er sah sich um und zwinkerte ihr zu, ganz leicht in Richtung dieses Anzugs nickend. Sie wusste sofort, dass es gar keine andere Möglichkeit gab.

»Dann essen wir doch bei Mutti«, sagte sie.

Der Laden führte vor allem Plastik in allen nur erdenklichen Formen: Blumensträuße, Ritterburgen, Planschbecken und blinkende Toilettensitze. Umso verwunderlicher war es, dass ausgerechnet der Anzug nicht einmal einen Polyesteranteil hatte. Reines Leinen strich dem Schnurrbärtigen nur Minuten später angenehm rau über Arme und Beine.

»Mein Gott!«, stöhnte die Madame.

Mit weit aufgerissenen Augen hielt sie sich die Hand flach vor den Mund, als stünde sie Jahrzehnte zuvor dem King persönlich gegenüber. Er grinste in Richtung eines komplett verspiegelten Pfeilers in der Mitte des Ladens.

»Gut, oder?«

»*Fantastisk*! Ja! Ich möchte weinen.«

»Weinen? Wirklich? Warum?«

»*Älskling*, vielleicht gibt es dich gar nicht. Wärst du nicht so viel besser als alles, was sich mein kranker Geist ausdenken könnte, würde ich dich für eine Einbildung halten. Es ist wie damals mit dem König, nur eben gut und völlig anders. Du bist mein König! Wie kann eine Frau wie ich so viel Glück haben?«

»Du hast kein Glück, du hast gehandelt«, sagte er. »Und du bist eine echte Schwedin, was in Amerika viel zählt.«

»Aber du könntest jede haben. Ein ganzes Schiff voll Frauen könntest du mit zurück in die Heimat nehmen!«

»Nur wer groß ist, darf sich so klein machen. Und welche andere Frau würde mir diesen Anzug kaufen?«

Hose und Sakko kosteten kaum mehr als ein Mittagessen. So günstig war das Glück zu haben, dachte sie und zahlte. Dann nahm sie die Plastiktüte mit seiner Hose und überließ ihm ihren Arm, damit er sie nach draußen führen konnte.

Kaum wieder auf der Straße, sah sie die Werbung für das *Aftonbladet* über einem Zeitungsladen hängen. Ihr gerade noch so leicht erworbenes Glück verflüchtigte sich mit einem Schlag. Warum konnte sie diese Geschichte mit dem König und Hans Alfredsson nicht einfach vergessen?

Was hatte sie denn zu befürchten? Sie grübelte und war auf dem besten Weg in eine kleine Depression, als sie jemanden ihren Namen rufen hörte. Spielend übertönte die von vielen Jahren auf der Bühne geschulte Stimme die Straßengeräusche. Verunsichert sah die Madame sich um, als zweifle sie an ihrer Wahrnehmung. Dann entdeckte sie erleichtert die Quelle des Geschreis: Wild mit den Armen rudernd, saß eine ihrer besten Freundinnen von früher vor einem der gesichtslosen Sandwichläden. Sie immerhin war ein Stück Heimat, vor dem sie nicht gleich fliehen wollte.

»*Visa pattarna!*«, skandierte Hannah. »*Visa pattarna!*«

Was war das früher für ein Spaß gewesen, wenn sie zum Spaß die T-Shirts hochgerissen hatten, um sich über die Reaktion der Männer zu amüsieren. Dazu war die Madame jetzt aber nicht mehr bereit. Sie packte Cassadys Hand und eilte mit ihm über die Straße.

»*Halluuuu!*«, rief sie.

Gern ließ sie sich als frigide Spießerin beschimpfen, kaum lag sie ihrer Freundin in den Armen. Der altbekannte Duft in diesen langen, schwarzen Locken. Schnell stellte sie ihren Geliebten vor, und zwar als den Mann, der es einfach sei, was einige genauso vielsagende wie unverständliche Anspielungen, ihre Vergangenheit betreffend, nach sich zog. Um abzulenken, fragte Greta schnell, was Hannah gerade denn so spiele, woraufhin die loslegte, von Fräulein Julie, die sie für ein Off-Theater in Stockholm neu schreibe, um sie dann auch zu spielen, einem New-Dogma-Film in Dänemark, in dem sie sich beim Casting für die Rolle eines Transvestiten gegen drei Männer durchgesetzt habe, deren Namen sie hier jetzt nicht nennen werde, und nicht zuletzt von einer internationalen Produktion, für die sie auch in Deutschland drehen werde, irgendetwas im Dreißigjährigen Krieg mit viel

Blut und Gemetzel, jedenfalls sehr historisch. Hand in Hand standen die beiden vor ihr und hörten zu, fasziniert davon, dass jemand derart begeistert von seinem beruflichen Schaffen sein konnte. Nach einer Weile siegte der Hunger aber auch über dieses Interesse. Schon lagen sie sich zum Abschied in den Armen, als Hannah vorschlug, dass sie am nächsten Abend vorbeikommen könne, und Greta stimmte einfach zu. Noch einmal drückte Hannah sie an sich, und Greta musste an so viele komische Momente denken. So viel Unsinn und Spaß und Schweinereien, und Hannah immer schon begeistert. Ja, sie mussten sich treffen. Nachdem das abgemacht war, eilten sie los zurück zum Auto.

»Müssen wir Montag nicht zur Spätschicht zurück sein?«, fragte Cassady.

»Doch«, sagte sie. »Aber vielleicht ist diese Reise nicht so dumm, wie ich dachte.«

»Wir könnten sicher ein paar Tage Urlaub nehmen«, grinste er. »Wenn du es hier wirklich noch länger aushältst. Das wäre doch großartig!«

»Ja, das habe ich mir gedacht. Heute kommt übrigens Linda zum Essen. Eine etwas blödere Freundin von früher. Sie hat vorhin angerufen, woher auch immer sie erfahren hat, dass wir hier sind. Das Land ist voller Spitzel. Morgen könnten wir meinen Vater treffen. Wo wir schon einmal hier sind, sollten wir die Zeit ja nutzen. Und unser Freund braucht eine Schwedin. Das haben wir ihm doch versprochen. Wenn er mit Linda nichts anfangen kann, muss er Hannah kennenlernen. Sie passt sowieso besser.«

»Sie ist sehr hübsch.«

»Und nett.«

»Ja, hübsch und nett.«

»Und auch ziemlich versaut.«

»Und die Kiste?«

»Für die bleibt uns noch genug Zeit.«

≈

So schön der Anblick auch war, ein kristallklarer Pool wäre dem Halben Belgier sehr viel lieber gewesen als dieser See. Nur wenige Minuten nach einem eher kühlen Abschied von Klaas Ramelow rann ihm der Schweiß schon wieder den Rücken hinunter bis in die Unterhose. In dieses Seewasser würde er auf keinen Fall auch nur einen Fuß setzen, da konnten die Kinder noch so unbekümmert in Ufernähe spielen. Wie aus dem Nichts waren die aufgetaucht. Sowenig er wusste, was er noch vorhatte in diesem Leben, so wenig wollte er jetzt schon sterben und in den Tiefen eines nordischen Sees schon gar nicht. Allein der Gedanke. Nein, Hoffnung trug er noch in sich, warum genau auch immer. Statt einer schwedischen Schönheit ein deutscher Verleger, das war schon hart. Das musste besser werden. Noch war der Urlaub aber nicht vorbei.

Dem Uferweg folgend, reduzierte er nach einer Weile die Geschwindigkeit so, dass er gerade noch weiterfuhr, ohne aus dem Gleichgewicht zu kommen. Ja, seine Energie ließ spürbar nach, und dieser Anblick hätte einem Außenstehenden durchaus sinnbildlich erscheinen können in Bezug auf seine Lebensweise. Diese Reise in den Norden war an sich für ihn schon viel zu viel Bewegung, und er kam nicht zur Ruhe, wobei er ja aus freien Stücken losgefahren war, wahrscheinlich noch besoffen. Die letzten beiden Tage hatten ihm äußerlich und innerlich mehr abverlangt als Wochen, wenn nicht Monate seines Berliner Lebens, das sich tagsüber im Wesentlichen zwischen seinem Hinterhof, einem Supermarkt und einem Flecken

Gras im Park abspielte, wenn er nicht ins Museum musste. Und auch da stand er völlig unbewegt auf seinem Posten. Erst abends wurde er gelegentlich aktiv, getrieben von der Hoffnung, sich nicht nur wieder einmal zu verlieben, sondern die Auserwählte auch von sich zu überzeugen. In Begleitung irgendeines anderen Suchenden schleppte er sich dann von Kellerbar zu Kellerbar, immer kurz davor, einer der Spanierinnen zu gestehen, wie groß die Zukunft war, die sie gemeinsam hatten.

Im Fall seiner beiden Mitreisenden hatte er aus nächster Nähe beobachten können, wie unerwartet plötzlich die Liebe klappen konnte. Und das in diesem Museum, in dem es seiner Einschätzung nach wirklich einige Frauen gab, mit denen er sich viel vorstellen konnte im Verlauf so einer sechsstündigen Schicht: Kaum eine der Kolleginnen hatte er in Gedanken noch nicht verführt, geliebt und ja, sogar geheiratet, nur war es ihm, sosehr er sich bemühte, noch nie gelungen, die Wirklichkeit mit auch nur einem dieser Vorhaben zu konfrontieren. Selbst sein immerhin leicht ausgeprägter Liebes- und Fortpflanzungstrieb zwang ihn nicht zu übermäßiger Aktivität, worin er letztlich vielen anderen Säugetieren und Berlinern glich.

Die Situation hier in Schweden war anders, weil er, so langsam er auch fuhr, sich eben doch auf einem alten Damenrad an einem See entlangbewegte. Niemals hätte er geglaubt, dass ausgerechnet ein Totalbesäufnis in einer schwedischen Scheune mit folgendem Fischfrühstück und kalter Dusche ihn so weit bringen würde. Anscheinend genügte es, irgendeinen Schritt zu machen, damit weitere ganz wie von selbst folgten. Er schwitzte kaum noch und genoss wieder die heiße Luft, die ihn umfing. Mit einem Gefühl von Geborgenheit bog er vom Uferweg ab und fuhr durch idyllisch angelegte Wohnstraßen. Harmonisch aneinandergereiht, zeugten all die pastellfarbenen Holzhäuser von viel gelebtem Glück. Gretas Reden schienen jeder Grundlage zu entbehren. Wo, wenn nicht hier, sollte man friedlich leben können, vorausgesetzt, man hatte seinen einen Menschen an der Seite?

Seinen ganz persönlichen Frieden störte – abgesehen von der Abwesenheit der Traumfrau – eine ganz leichte Steigung, die sich zunächst noch unbemerkt unter die Straße geschlichen hatte, ihm langsam aber zu schaffen machte. Weiter hinten ging es noch etwas steiler hoch auf einen Berg. Dessen Anblick allein wäre normalerweise mehr als genug Grund zur Umkehr gewesen, hätte er nicht auch hier die Kinder spielen sehen: Fröhlich kreischend rasten sie auf ihren kleinen Fahrrädern eine Hauseinfahrt hinunter, die blonden Haare wild im Fahrtwind wehend. Fasziniert von so viel Bullerbü, trat er feste in die Pedale. Zügig kam er ihnen immer näher, die ihrerseits mit irrem Tempo hinunter auf die Straße rasten, auf der zum Glück keine Autos fuhren. Die Kinder lachten und kreischten, und er erinnerte sich, wie er selbst es geliebt hatte, sich Abhänge hinunterzustürzen, ohne Angst und voller Freude am Fahrtwind und an den Vibrationen, die durch den Lenker in den Körper fuhren. Als er sich der Auffahrt bis auf wenige Meter genähert hatte, sah er sich um. Unter ihm lag der See, auf dem jetzt einige Segel in der Sonne strahlten. Jetzt freute er sich, dass er mit dem Verleger mitgefahren war, auch wenn er dieses Abenteuer bestimmt nicht wiederholen wollte.

Als er wieder nach vorne blickte, sah er die Kinder gleich vor sich plötzlich in einem Kreis versammelt. Kurz hielten sie inne, liefen dann auseinander, hoch zum Haus und gleich auf ihn zu, als würden sie ihn einbeziehen in ihr Spiel. Er begriff nicht, was geschehen war.

»*Hjälp! Snälla! Hjälp!*«, rief ein Mädchen und wies hinter sich.

Das Fahrrad zwischen seinen Beinen, sah er sich hektisch um, ob hier denn kein Erwachsener war. Etwas in ihm wollte sich erinnern: stabile Seitenlage – Blutungsstillung – Wiederbelebung. So oft drücken, dann Beatmen und so weiter. Ein Kind lag auf dem Boden, um den Kopf so viel Blut.

»*Where are your parents?*«, fragte er. »*Where are the adults?*«

»*You!*«, sagte das Mädchen und griff nach seiner Hand.

Er stieg ab und schob das Fahrrad zum verletzten Kind. Es lag auf dem Rücken, über dem Auge eine klaffende Platzwunde, die Wange aufgeschürft. Striemen, in denen Schottersteinchen steckten. Die Haare strahlend weiß im Sonnenschein, darunter sattes Rot. Wieder sah er in Richtung des Hauses, aus dem endlich ein Mann gelaufen kam, und er hatte noch immer nichts getan. Auch aus den Nachbarhäusern kamen Erwachsene gerannt, und er wollte helfen, wusste nicht, wie. Alle kümmerten sich um das Kind, als hätte ihn niemand bemerkt. Als wäre er gar nicht anwesend. Um ihn kümmerte sich niemand.

Mit zitternden Knien stieg er auf sein Fahrrad und fuhr los, ohne sich umzusehen. Stehend kämpfte er sich die Steigung hoch, immer wieder unsicher, ob er nicht umkehren müsse. Stattdessen ging er bis an die Schmerzgrenze, als könnte er sich so auf eine Art und Weise bestrafen, die ihm als Sühne angerechnet würde, wobei in ihm auch Unzufriedenheit und Ärger waren: Warum ließ man ihn nicht in Ruhe? Was musste dieser Ramelow ihn auf sein Boot entführen? Was passten diese Kinder denn nicht auf, wenn sie sich auf den Rädern diesen Berg hinunterstürzten? Es war doch nur ein völlig irrer Zufall, der ihn herverschlagen hatte! Die Kiste und die Laune seines Freundes und der Schnaps. Die Welt musste schließlich auch ohne ihn zurechtkommen.

Am Ende der Steigung erwarteten ihn zwei Pferde hinter einem Zaun. Sie sahen ihn in seinen letzten Mühen kämpfen und konnten nichts wissen von dem, was am Fuße des Berges geschah. Dennoch verwirrte ihn ihr Blick.

»Was?«, keuchte er, endlich auf der Kuppe angekommen. »Was wollt ihr von mir?«

Wenn die Pferde überhaupt etwas wollten, dann eine Erklärung dafür, dass sich dieses seltsame Wesen mit Hilfsgerät den Berg hochschleppte, ganz ohne äußerlichen Antrieb. Sie wussten nichts von Sporen und Peitschen in ihm, schnaubten nur mürrisch auf seine aggressive Frage hin und wandten sich ab, um Schatten zu suchen.

Würde ein Pferd dem anderen helfen? Wäre es nicht ein Leichtes, umzukehren, den Berg hinabzurollen, um doch noch ein guter Mensch zu werden? Er sah sich um. Die Straße führte an der Weide entlang immer weiter geradeaus und machte auf sichtbare Distanz keinerlei Anstalten, in Richtung Rückweg abzubiegen. Er hatte keine Wahl. Das Schicksal zwang ihm eine zweite Chance auf.

Herrlich kühlte der Fahrtwind den Schweiß auf seiner Haut, obwohl er bemüht war, mit angezogenen Bremsen so langsam wie nur möglich um die Kurve zu fahren. Sein Herz schlug wild. Er hatte Angst vor dem, was ihn erwarten würde. Hieß Leben wirklich Mitleben, wie er als Schüler bei Camus gelesen hatte? Hatte er dazu überhaupt die Kraft? Konnte er anders als kleinmütig sein? Er wollte, ja, und er hoffte, dass er hinter der Kurve erkennen würde, was zu tun war.

Die Straße vor ihm lag verlassen da. Wo gerade noch das Kind in seinem Blut gelegen hatte, trocknete ein Rest Wasser. Kein Mensch war zu sehen, kein Schreien und kein Lachen zu hören, nur die Rotoren eines Hubschraubers, und die gegeneinander versetzt singenden Sirenen mehrerer Einsatzwagen, die näher kamen. Schnell fuhr er weiter, nur weit weg.

Die Rettungskolonne begegnete ihm auf der Uferstraße. Sechs Krankenwagen und ein Rettungshelikopter. In diesem Land schien die Gesundheit der Menschen nicht von der Hilfsbereitschaft Einzelner abzuhängen. Natürlich hatte jemand die Nummer der Rettungskräfte wählen müssen. Er aber nicht. Er hatte ja kein Telefon.

≈

Als die Madame und der Schnurrbärtige aus der Stadt zurückkehrten, stand die Haustür weit offen. Keine Spur von der Mutter. Noch nicht einmal die Nachbarn ließen sich blicken.

»Am Ende führt die Bespitzelung dazu, dass man meint, nichts mehr verbergen zu müssen«, sagte Greta.

»Oder deine Mutter fühlt sich einfach sicher«, meinte Cassady.

»Genau das ist das Allerschlimmste.«

»Aber sie ist sehr nett.«

»Ja, ich bin auch verwirrt, dass ich noch nicht wieder geflohen bin oder zugeschlagen habe. Es ist unglaublich, wie geil sie dich anstarrt.«

»Tut sie das wirklich?«

»Mein Gott, sie fängt fast an zu sabbern! Und ich dachte, sie hätte das hinter sich.«

»Hat sie denn keinen Freund?«

»Selbst wenn es jemand mit ihr aushalten würde, ist sie viel zu frustriert.«

Von der Mutter war nichts zu sehen und zu hören, auch nachdem Greta nach ihr gerufen hatte. Schulterzuckend schloss sie die Tür und ging die Treppe runter, dann durchs Wohnzimmer und auf die Terrasse. Die Mutter war im Garten: Auf allen vieren krabbelte sie durchs Gras, an ihrer ganz persönlichen Front im Kampf gegen die Nacktschnecken, bewaffnet mit einer antiken Papierschere, deren Messer sie nach jeder erfolgreich geführten Attacke an einem Küchenhandtuch abwischte. Die Kadaver sammelte sie in einem angestoßenen Emaille-Eimer. Genauso hatte ihre Großmutter im Gras gekniet. Schnecken, Frösche und gelegentlich Vögel zerschnitten.

»*Love, peace and understanding*«, sagte Greta.

»Ich habe sie nicht zu mir gebeten«, sagte die Mutter. »Und außerdem war ich privat noch niemals Pazifist.«

»Ja, so wie Oma damals.«

Erst jetzt sah die Mutter auf und entdeckte neben ihrer Tochter den schmucken jungen Mann, dessen Anblick sie alle Schnecken vergessen ließ.

»Mein Gott, was für ein Anzug!«, rief sie und war schon auf den Beinen. »Du hast sicher Hunger, und Zeit für so ein kleines Bier ist es wohl auch.«

Greta konnte es nicht fassen: Seit der Scheidung war ihrer Mutter kein Mann ins Haus gekommen. Auch die Freundinnen, die es noch in ihren zerrütteten Ehen hielt, mussten sie seitdem alleine besuchen. Und jetzt mutierte sie zum Mütterchen. Schnell mussten Karotten und Kartoffeln in die Mikrowelle, die gebratenen Fleischwurstscheiben noch einmal in viel Butter auf den Herd. Bierdosen hatte sie längst kalt gestellt. Selbst hungrig von ihrem Ausflug in die Stadt, verkniff Greta sich aber jede Kritik. Der Schnurrbärtige aß mit großem Appetit und spülte jeden Bissen glücklich mit einem großen Schluck Bier hinunter. So schlecht war es tatsächlich nicht bei Mutti, solange er an ihrer Seite war.

»Hervorragend«, sagte er. »Auch eines der Nationalgerichte?«

»Eine eigene Kreation.«

»Im Sozialismus lernt man, auch aus wenigem etwas zu machen«, sagte Greta.

Ehe sie weiter auf die kulinarische Dimension des Kalten Krieges hätten eingehen können, tauchte am Gartenzaun der Halbe Belgier auf. Seinem Aussehen nach zu urteilen, machte ihm noch immer der Alkohol des Vorabends zu schaffen.

»Der Wandervogel, endlich!«, rief die Mutter und sprang schon wieder auf. »Auch du hast sicher Hunger.«

Schweigend stieg der Angesprochene vom Fahrrad, wankte durchs Gartentor und fiel auf den Stuhl, den sein Freund ihm mit der einen Hand hingeschoben hatte, während die andere schon eine Dose Bier aufzischen ließ.

»Ich weiß nicht«, stammelte der Halbe Belgier.

»Aber ich«, sagte Cassady und reichte ihm die Dose.

»Recht hat er«, sagte die Mutter, die mit einem weiteren Teller zurück auf den Balkon trat. »Dann lasst uns also trinken!«

Während sie weiteraßen und -tranken, waren in der Ferne die Sirenen der Rettungswagen zu hören, dann auch das flatternde Rotieren des Helikopters.

»Wieder einer, der nicht mehr konnte«, sagte Greta.

»Ein Selbstmord bei dem Wetter?«, fragte Cassady.

»Ein Fahrradunfall«, sagte der Halbe Belgier.

»Wie bitte? Hier?«

»Ja, hinten an einem Berg. Ein Kind. Ich war dabei.«

»Und bist jetzt hier?«

»Natürlich ist er hier«, sagte die Mutter.

»Obwohl du da warst?«

»Mein Gott, warum sollte er nicht hier sein, wo er doch Hunger hat? Nach dieser Nacht?«

»Ja«, meinte auch Cassady. »Warum denn nicht?«

»Ich konnte eh nichts tun«, sagte der Halbe Belgier,

Fleischwurst kauend. »Als ich zurückkam, war sogar das Blut schon weggewaschen. Da waren ja Erwachsene.«

Verunsichert von der panischen Fassungslosigkeit im Blick seiner Freundin, erklärte er ihnen dann die ganze Sache, wie sie sich wirklich zugetragen hatte, mit ihm als völlig unbeteiligtem Zuschauer. Gretas Lippen wurden nur noch blasser.

»Weißt du, was das bedeutet?«, fragte sie leise.

»Ich finde, wir sollten jetzt Kaffee trinken«, sagte die Mutter.

»Was bedeutet es denn?«, fragte Cassady und nickte der Mutter mit einem breiten Lächeln zu.

»Er hat Hilfe unterlassen. Er hat einem Kind die Hilfe verweigert!«

»Da waren andere und dann sechs Krankenwagen und der Helikopter!«

»Aber du hast falsch gehandelt! Den Menschen hier geht es ums Prinzip. Immer! Außerdem machst du sie so aufmerksam auf uns. Und das gerade jetzt, wo wir noch länger bleiben wollen.«

»Jetzt lass ihn doch endlich in Ruhe mit deinem Verfolgungswahn«, sagte die Mutter und verschwand im Haus, um Kaffee zu kochen.

»Ja, *älskling*, vielleicht übertreibst du doch ein wenig«, sagte Cassady und legte ihr eine Hand auf die Schulter.

»Verdammt, nein! Ihr wisst ja nicht, wo ihr gelandet seid! Wer hier kein guter Mensch ist, der ist schlecht. Da gibt es nichts dazwischen! Haben sie dich gesehen?«

»Natürlich. Aber warum bleiben wir länger?«

»Das ist doch jetzt egal«, sagte sie wütend.

»Ich will aber nicht länger bleiben! Ich will zurück nach Hause!«

»Du trinkst jetzt erst mal noch ein Bier.«

Sosehr der Schnurrbärtige und die Mutter auch versuchten, die Madame davon zu überzeugen, dass sie sich da in etwas verrannte, sie blieb bei ihrer Meinung und bestand darauf, dass sie das Fahrrad sofort im Keller versteckten. Dann forderte sie den Halben Belgier auf, ihr nach oben ins Badezimmer zu folgen, womit sie alle noch weiter verwirrte, ja, langsam auch verärgerte, weil man es hier auf der Veranda wirklich gut hatte. Sie aber packte ihr Opfer an der Hand und schleppte ihn hinter sich her die Treppe hoch. Ins Badezimmer. Auf einen Hocker vor dem Waschbecken. Mit einer Nagelschere stutzte sie die mittellangen Haare auf militärisches Niveau, ehe er überhaupt begriff, was da mit ihm geschah. Und kaum war sie mit der Schere fertig, massierte sie ihm einen übelstinkenden Schaum ins Haar, den er da jetzt gefälligst eine Weile wirken lassen sollte. Cassady und die Mutter verfolgten das Spektakel halbwegs amüsiert von der Tür aus.

»Und du bist glücklich mit dieser Frau?«, fragte die Mutter.

»Es trifft ja nicht mich«, sagte er. »An meine Haare würde sie sich niemals wagen.«

»Du lässt ja auch keine schwedischen Kinder verbluten«, sagte Greta, die aufmerksam den eingeschäumten Kopf des Halben Belgiers inspizierte.

»Ich habe doch gesagt, dass ich nichts hätte machen können!«, versuchte der sich zu verteidigen.

»Siehst du jetzt, dass er mindestens ein halber Deutscher ist?«, fragte Cassady. »Gleich fängt er damit an, dass seine Großväter im Widerstand waren.«

»Sei ruhig«, wies ihn Greta zurecht. »In einer halben Stunde könnt ihr ja in Ruhe weitertrinken. Und jetzt kein Wort mehr von dem blöden Unfall.«

Nachdem Greta dem Halben Belgier die Haare noch einmal durchgewaschen hatte, ließen sie ihm einen Moment, damit er sich mit seinem ungewohnten Spiegelbild anfreunden konnte. Dann gingen Cassady und die Mutter zurück nach unten auf die Veranda. Greta blieb im Badezimmer und erklärte ihm, warum genau er nicht sofort zurück in sein Berliner Bett kommen werde.

»Ich werde euch mein altes Leben zeigen. Menschen, die ich lange nicht mehr gesehen habe. Auch ein paar Schulfreundinnen. Davon könntest du profitieren.«

»Könnte ich?«, fragte er.

»Ich denke schon, dass ihr gemeinsame Interessen habt.«

Er suchte ihren Blick im Spiegel, unsicher, wie ernst sie das meinte. Sie lächelte freundlich, und langsam freundete er sich auch mit dem neuen Bild an, das er abgab. Zumindest äußerlich war er ein anderer geworden! Was hatte er da zu verlieren?

»Gut«, sagte er schließlich.

»Ja?«, fragte sie.

»Ja, warum nicht?«

»Du hast also gar nichts dagegen?«

»Nein«, grinste er. »Bis zu dem Unfall habe ich mich ja auch ganz wohl gefühlt. Und das nach all dem Schnaps!«

»Das allerdings ist eine Überraschung«, sagte sie, nahm ein Handtuch und rubbelte seine Haare trocken. »Ich hatte schon fast ein schlechtes Gewissen, dass wir dir das angetan haben. Vielleicht ist ja schon Linda nach deinem Geschmack.«

»Linda?«

»Eine Freundin, die mit uns zu Abend essen wird. Sie hat sich selber eingeladen, und sie kommt alleine.«

»Mag sie denn blonde Männer?«

»Andere sieht sie gar nicht an. Da ist sie sehr viel schwedischer als ich.«

≈

Am Nachmittag machten sie sich auf den Weg in den Supermarkt, um für das Abendessen einzukaufen. Die Mutter unterstützte sie gern: Sie fuhr den Wagen und würde bezahlen. Auf dem kurzen Weg zur Schnellstraße umrundeten sie fünf offenbar erst kürzlich angelegte Kreisverkehre, deren Inneres akkurat mit Zierpflanzen dekoriert war.

»Als wäre es im Winter nicht auch so schon dunkel genug«, sagte Greta.

»Was meinst du?«, fragte Cassady.

»Sie ersetzen die Ampeln durch Kreisverkehre.«

»So spart man Strom und der Verkehr läuft besser«, sagte die Mutter. »Alles mit Unterstützung der EU!«

»Sie werden noch dafür bezahlen, dass man das Leben komplett sein lässt.«

»Ich mag es«, sagte die Mutter und drehte eine Extrarunde um das nächste Rondell. »Ein bisschen wie Paris! La Place de la Concorde!«

Dann fuhr sie auf die Schnellstraße, die wenig später direkt auf den Parkplatz des Supermarktes führte. Mit einem Einkaufswagen in Größe einer Vespacar erreichten sie die Verkaufsfläche, wo sie alles einpackten, was sie sich sonst nicht leisteten – vor allem aber große Mengen Fleisch: Hühnerschenkel, Hühnerflügel, Hühnerbrüste und von der Exotiktheke sogar Hühnerfüße. Außerdem ließen sie einige Kilo Rippchen aus dem Kühlhaus kommen, und die Mutter ergänzte noch eine extragroße Fleischwurst. Zuletzt luden sie einige Säcke Holzkohle in den Wagen. Der Rechnungsbetrag, den die Kasse am Ende anzeigte, entsprach fast einem Wochenlohn im Museum.

»Früher haben sich die erwachsenen Kinder um ihre Eltern gekümmert«, sagte Greta, als die Mutter ihr Portemonnaie zückte. »Wir sind eine kaputte Generation.«

»Wie soll man in diesen Zeiten auch etwas schaffen?«, sagte die Mutter. »Warum soll man sich Mühe geben, wenn es gar keine Hoffnung gibt? Und wer heute noch Arbeit findet, hat keine Freizeit mehr.«

Die beiden Männer sahen sich an, überrascht von so viel Verständnis gegenüber ihrer so ganz und gar nicht ehrgeizigen Lebensform und gleichzeitig beschämt. Dieses Gefühl bekämpften sie mit wildem Aktionismus, indem sie die Massen an rohem Fleisch hastig in Plastiktüten packten, die sie mit den Holzkohlesäcken raus zum Auto trugen. Zum Glück war es noch heiß genug, um sie schwitzen zu lassen. Man hätte meinen können, dass sie die Tiere selbst geschossen hatten, so engagiert gingen sie zur Sache. Mutter und Tochter folgten ihnen amüsiert. Greta wusste nicht, wann sie zuletzt so friedliche Minuten mit ihrer Mutter verbracht hatte.

»Wir bleiben noch zwei Nächte«, sagte sie.

»Müsst ihr denn nicht zu Kerstin und Lars-Gunnar? Und dann zurück in euer fröhliches Museum?«

»Wir nehmen uns noch etwas Zeit. Morgen kommt Hannah, und vielleicht sollte ich Vati besuchen.«

»Wird das jetzt doch eine Versöhnungsreise?«

»Du musst dich nicht darüber lustig machen, nur weil dich Männer nicht mehr interessieren.«

»Ja, da hast du wirklich ein Prachtstück mitgebracht.«

Die beiden Männer hatten mittlerweile das Auto erreicht. Der Schnurrbärtige bückte sich, um die Tüten abzusetzen. Die rote Anzughose saß hauteng.

»Es ist kaum zu übersehen, dass er dir gefällt.«

»O ja!«, lachte die Mutter. »Aber sei unbesorgt, ich komme dir nicht in die Quere.«

»Hast du eigentlich noch einmal was gehört von Kerstin und Lars-Gunnar?«, wechselte Greta das Thema.

»Seit wir das Sommerhaus verkauft haben, war ich nicht

mehr da draußen. Vorbei ist vorbei, oder nicht? Aber sie waren schon damals sehr alt. Ich habe nie verstanden, was du an ihnen fandest.«

»Sie waren glücklich, was für euch andere ja nicht unbedingt galt.«

»Wir hatten unseren Spaß.«

»Das habt ihr euch nur eingeredet.«

»Ja, du warst immer sehr vernünftig, wenn wir gefeiert haben. Und jetzt reist du mit dieser Kiste durch die Welt, ohne zu wissen, was drinsteckt. Ehrlich gesagt, macht mir das Hoffnung.«

≈

Zurück zu Hause, rief Greta im Museum an, um sie für die kommenden Tage zu entschuldigen. Von der Sekretärin wurde sie mit der Chefin verbunden, die wiederum ihre Partnerin konsultierte, ehe, nach langem Hin und Her, der Sonderurlaub bewilligt wurde, auch wenn das eigentlich gegen die Vorschrift war.

»Man weiß ja, wohin das in Deutschland so führt, wenn alle sich an die Vorschriften halten«, sagte Greta.

Die reflexhaft folgende Ermahnung, dass auch sie als Ausländerin mit solchen Dingen nicht spaßen solle, ließ sie gerne über sich ergehen. Samstag würden sie zurück sein. Und das definitiv.

Die beiden Männer zogen sich unterdessen in die Küche zurück. Der Schnurrbärtige mixte mit Grapefruit verfeinerte Gin Tonics und widmete sich dann der Barbecue-Sauce.

»Die ist das Wichtigste«, sagte er und kippte mehrere Flaschen Ketchup in eine Schüssel.

»Nicht das Fleisch?«, fragte der Halbe Belgier.

Interessiert verfolgte er, wie sein Freund Honig auf dem

Herd erhitzte. Dann verquirlte er Worcestersauce mit Minzblättern, die er mit Rum flambierte, ehe er Nelken und Chilischoten zerstieß und vermischte. Bei allem hochkonzentriert mit leicht schwingender Hüfte.

»Nein«, sagte Cassady und erinnerte sich an seine kurze Karriere in der Gastronomie. »Am Fleisch selbst kannst du als Koch nichts ändern.«

Das ausdrückliche Verbot seiner Eltern ignorierend, hatte er nach der High School in einem schäbigen Restaurant in Bywater gearbeitet. Jeden Tag hatte die alte Köchin ihm ein weiteres Geheimnis der Sauce anvertraut, in der die Hühnchenteile mindestens drei Tage liegen mussten. Abgesehen von den Zutaten war entscheidend, mit welcher Haltung man sich der Aufgabe widmete.

»*A chick is a chick is a chick*«, hörte er den verrauchten Singsang ihrer Stimme. »*And what ya make of it.*«

Seine Mutter hasste den würzigen Geruch, der nach und nach nicht nur seine Kleider, sondern seinen ganzen Körper imprägnierte. Cassady war nach all den aufgeklärten Jahren fasziniert von so viel handfester Spiritualität, und zog schließlich sogar in eine feuchte Kammer gleich hinter der Küche des Restaurants. Den ausschließlich schwarzen Gästen fiel er nicht auf, weil er die Küche so gut wie nie verließ, immer über den Topf mit der Sauce gebeugt, wie von Sinnen, was sicher auch am Kiffen lag. Jedenfalls hätte er in dieser Küche alt werden können, wenn seine Mutter nicht eines Tages seinen großen Bruder losgeschickt hätte, um ihn da rauszuholen. Am Ende siegte der Bruder, weil er den Restaurantbesitzer davon überzeugte, dass diese Arbeitskraft die Probleme nicht wert sein konnte, die er sich durch sie noch einhandeln würde. Nur unter Protest hatte Cassady seinen Arbeitsplatz verlassen und sich in einem sehr liberalen und teuren College an der Westküste eingeschrieben, um den Karriereambitionen seiner Eltern zu entkommen. Er hatte seine Bestimmung längst gefunden und verfolgte sie jetzt im Privaten, weil man ihn anders nicht gelassen hatte. Das war sein inneres Exil. Eines Tages würde er seinen eigenen Hähnchengrill eröffnen. Mit Greta. Das war sein Paradies.

Jetzt verteilte er die Hähnchenteile auf einem Backblech und massierte sie mit der Sauce, dass es nur so schmatzte. So schlimm ihr Leben auch gewesen sein mochte, verdienten die Hühner zumindest im Tod eine respektvolle Behandlung. Drei Tage würden sie hier nicht ziehen können, aber wie jede Religion musste man auch diese so praktizieren, wie es die Umstände erlaubten.

»Prost«, sagte er schließlich und stieß den Halben Belgier an, um ihn aus der Trance zu wecken, in die ihn die Saucenzubereitung versetzt hatte. »Auf die neue Frisur.«

»Ja, Prost«, stammelte er und strich sich übers Haar.

Immer noch leicht abwesend, folgte er seinem Freund in den Garten. Den Grill fanden sie unter der Veranda. Ein fettiges, verdrecktes Stück Metall mit drei Beinen und schwarz verkrustetem Rost.

»Wirklich antik!«, rief die Mutter von der Verandatür. »Noch aus den Siebzigern.«

»Die Platten haben sich besser gehalten«, sagte der Halbe Belgier.

»Du siehst, auch damals war nicht alles gut«, lachte die Mutter.

Nachdem sie Grill und Rost halbwegs gereinigt hatten, holte der Schnurrbärtige auch den mit Schneckenkadavern gefüllten Emaille-Eimer unter der Veranda hervor. Er leerte ihn in die Mülltonne und spülte ihn kräftig mit Wasser aus. Fasziniert verfolgte der Halbe Belgier dieses völlig selbstvergessene Tun, an dessen Ende der Eimer, auf dem Kopf stehend, als Grilldeckel Verwendung fand.

»Huhn darf niemals nur mit direkter Hitze garen«, erklärte Cassady. »Wie Frauen, das habe ich damals gelernt: Von der einen Seite musst du sie heiß machen und ihnen andererseits warme Geborgenheit bieten.«

Der Halbe Belgier überlegte, inwiefern sein persönliches Balzverhalten noch zu verbessern war.

»Mein Gott, ist das ekelhaft!«, lachte Greta vom Fenster aus. »Ein Schneckenkrematorium.«

»Die sind im Müll«, sagte der Halbe Belgier.

»Darauf müsst ihr unbedingt trinken«, meldete sich die Mutter von der Veranda und reichte ihnen zwei große Dosen *Folköl*.

Die beiden Männer griffen zu, ließen die Dosen zischen und tranken, soviel sie in einem Zug schafften. Dann schütteten sie Kohle in den Grill, gossen Petroleum darüber und betrachteten schweigend die im Schein der Sonne kaum sichtbaren Flammen.

≈

Mit der Dämmerung kamen die Mücken und erklärten den beiden Männern, warum Mutter und Tochter im Wohnzimmer gedeckt hatten. Mit Linda saßen sie am Tisch. Wesentlich kleiner als Greta, trug sie ihre blonden Haare glatt bis weit unter die Schultern. Ihre schmalen Lippen entblößten dauerlächelnd makellose Zähne. Die Augen strahlten interessiert. Linda trank Wasser, weil sie später nach Stockholm fahren wollte, wo sie als Unternehmensberaterin arbeitete. Noch heute Nachmittag, berichtete sie, habe sie für den Marathon trainiert, wozu sie viel zu selten komme, weil ihr die Arbeit viel zu wichtig sei. Und dann die Wohnung, die sie sich gekauft habe und die jetzt eingerichtet werden wolle, wobei natürlich alles gut bedacht sein musste.

»Was einmal steht, das steht«, lächelte sie.

Greta überlegte, ob sie die Vorlage nutzen sollte zu einer Anspielung auf die Vergangenheit: Als »Lustful Linda« hatte ihre Freundin sich damals einen Namen gemacht. Lange hielt es niemand mit ihr aus, und doch berichteten viele zufrieden. Vielleicht, dachte Greta und sah aus dem Fenster, könnte der Halbe Belgier dem Abend ja in dieser Hinsicht wirklich noch etwas Gutes abgewinnen.

Mit erdverkrusteten Arbeitshandschuhen hob er gerade den Eimer vom Grill, damit sein Freund die Hühnchenteile mit Soße bestreichen konnte. Von seiner Geliebten instruiert, hatte der Schnurrbärtige die Unterhaltung längst in Richtung Linda gelenkt, indem er ausführlich die erregende Wirkung seines Barbecue-Chickens erläuterte. Je liebevoller man das Huhn behandele, desto mehr Lust mache es denen, die es aßen.

»Das ist afroamerikanisches Aphrodisiakum. Auch Aphrodite stammte ursprünglich aus Afrika. Daher hatte sie ihren Namen.«

»Bist du sicher?«, fragte der Halbe Belgier. »Hat sie denn einen Freund?«

»Wer?«

»Linda.«

»Wäre das denn schlimm?«

»Ich weiß es nicht.«

»Wenn du sie willst?«

»Dann nicht. Dann wäre sie vergeben. Damit könnte ich leben.«

Der Amerikaner trank und rauchte.

»Das ist feige, und außerdem soll sie im Bett phantastisch sein«, sagte er.

»Wirklich?«

»Ich weiß nur, was man mir erzählt.«

»Und das klang gut?«

»Das wäre untertrieben.«

Der Halbe Belgier schluckte.

»Und noch hat sie kein Stück von meinem Huhn gegessen«, fügte Cassady hinzu. »Wenn sie einen von den Füßen isst, kannst du gar nichts falsch machen.«

»Von den Füßen? Wirklich?«

»Oh ja, die machen sie verrückt.«

Mit einem wohligen Ziehen im rechten Hoden stellte der Halbe Belgier den Eimer auf die Wiese, um sich eine Zigarette anzuzünden. Er war aufgeregt, obwohl er wusste, dass sie wieder ein Spielchen mit ihm trieben, von wegen immer geile Schwedinnen. Aber was hatte er zu verlieren? Wenn man davon träumte, Jeanne Moreau in einem Haus im Hinterland von Cannes zu begegnen – und zwar der jungen Jeanne –, dann konnte man sich auch darauf einlassen, womöglich einer ganz realen liebeslustigen Schwedin zugeführt zu werden. Ein bisschen Mut zur Gegenwart, die nun einmal der einzige Ort war, an dem man ganz konkret Frauen begegnete, würde ihm schon nicht schaden. Hoffte er.

»Dann lass uns mal essen«, sagte der Schnurrbärtige.

Die Zigarette des Halben Belgiers landete auf der Wiese und glühte weiter vor sich hin wie seine Vorstellung vom Verlauf des späteren Abends: Linda würde nicht wie geplant die Nacht durch nach Stockholm fahren, sondern hier übernachten. Natürlich überließ er ihr das Bett, um selber auf dem Boden zu schlafen, wo er dann mitten in der Nacht plötzlich erwachte, sie auf ihm drauf, ganz nackt, die Haare ihre aufstrebenden Brüste rahmend. So sang sie *Puff The Magic Dragon*.

»Kommst du?«, fragte Cassady, den Teller mit den Hähnchenteilen in der Hand.

»Ja«, seufzte der Halbe Belgier. »Ich stell nur schnell den Eimer wieder hoch.«

Dann folgte er dem Schnurrbärtigen ins Wohnzimmer, drückte kurz Lindas sehr zarte Hand und setzte sich ihr gegenüber. Nach einem kurzen Toast legten sie los, und das Huhn verfehlte seine Wirkung nicht: Gierig schmatzend konnte er seine Augen schon nach wenigen Bissen nicht mehr von Linda lassen, die ihrerseits nur leider gar kein Fleisch aß.

»Mein Gott, er ist so geil auf blonde Schwedinnen!«, lachte Greta, woraufhin der Halbe Belgier sich ertappt hinter seine Bierdose flüchtete.

»*Fy fan!*«, schimpfte die Mutter. »Was sollen diese Schweinereien? Als wäre die Haarfarbe einer Frau von Bedeutung.«

»Er möchte eine Arierin«, sagte der Schnurrbärtige. »Reines Blut und schmutzige Gedanken.«

»Das ist schon wieder Dialektik«, sagte die Mutter. »Und außerdem sexistisch.«

»Guter Sex ist dialektisch«, sagte Greta.

»Und ihr gebt einfach auf, wofür wir jahrelang gekämpft haben.«

»Was geben wir denn auf?«

»Weibliche Selbstbestimmung.«

»Selbstbefriedigung vielleicht. Ewige Selbstbefriedigung einer in sich selbst verliebten Generation.«

»Immer nur Schweinereien.«

»Ja, Mutti, aber wozu sonst gibt es denn die Männer?«

Linda verstand kein Deutsch, lächelte aber interessiert, als präsentiere man ihr ein neues Jalousiensystem für ihre Wohnung. Da fragte Greta sie einfach, ob sie den Halben Belgier nicht mit nach Stockholm nehmen könne, damit der auch die Hauptstadt kennenlerne.

»*Oh yes, of course!*«, lachte sie auf. »*You have to see Stockholm! It is sooo beautiful!*«

Der Schnurrbärtige zwinkerte seinem Freund zu, dem

die Madame erklärte, dass er diese Gelegenheit einfach nutzen müsse, die Linda ihm so freundlich biete. Sein kindlich geiles Grinsen war das Komischste, was sie seit sehr langem gesehen hatte. Sie wünschte ihm wirklich, dass Linda in dieser Hinsicht noch die Alte war.

»Das hier sind übrigens Mangrovenwurzeln«, sagte Cassady und reichte Linda die Hühnerfüße. »Die Soße ist völlig vegan.«

Sie schaute skeptisch, griff dann aber zu und kaute auf dem Knorpel rum.

»Du auch?«, fragte Cassady den Halben Belgier und trat ihm unterm Tisch gegen das Bein, woraufhin er sich an seinem Speichel verschluckte.

»Ja«, hustete er und steckte sich einen der Füße in den Mund. »Ich liebe Wurzeln.«

Linda lächelte. Der Halbe Belgier lächelte. Die Madame musste heftig rauchen, um nicht laut loszulachen.

»Und dann trinken wir endlich einen alten Dänen«, beendete die Mutter diese wenig diskrete Liebesanbahnung und stellte vier kleine Gläser auf den Tisch. Die füllte sie mit dunkelbraunem *Gammeldansk* aus einer noch dunkleren Magnumflasche. Dann ging sie zum Plattenspieler, um Bob Dylan aufzulegen: *Lay Lady Lay*.

»Auf die ewige Jugend!«, sagte sie.

»Sprach der Papst zu den Kardinälen«, ergänzte Greta.

Schicksalsergeben seufzte die Mutter und stieß mit den beiden Männern an. Sie kippten das muffig vergorene Zeug in sich rein. Im Anschluss gleich noch eine Runde.

»Ich mache noch ein bisschen Huhn«, sagte Cassady dann und stand auf.

»Und rauchen müssen wir!«, rief Greta.

»*No, thank you*«, sagte Linda, als der Halbe Belgier ihr Gretas Schachtel reichte. »*I haven't even tried a single drag.*«

»Ja, sie bläst lieber!«, lachte Greta und zwinkerte dem Halben Belgier zu.

Später aßen sie noch mehrere Lagen Hühnchen, tranken *Folksöl* und *Gammeldansk* und stritten darüber, wie lebenswert die Welt war und gewesen war und vielleicht ja noch einmal würde. Schließlich stand Linda auf, gerade als der Halbe Belgier nach dem fünften Schnaps auf den Geschmack gekommen war und immer stärker mit der Mutter sympathisierte: Was machten sie, die alles hatten, weil Eltern und Großeltern so viel aufgebaut hatten? Was blieb ihnen noch, als zu erben? Musik, Bücher, Häuser, Wohlstand und verrückte Lebensläufe, all das gab es zur Genüge, während der Mars noch unerreichbar irgendwo da draußen lag. Ein Blick auf Lindas sehr sportlichen Hintern reichte jedoch aus, um ihn das Denken sein zu lassen. Das war der Moment, den Windschatten zu verlassen. Das Leben zu jagen. Linda ließ ihn hoffen, dass auch die Gegenwart etwas zu bieten hatte.

Sie hatte es plötzlich eilig. Die Fahrt war lang, und sie brauchte zumindest etwas Schlaf. Schnell lief Greta nach oben und reichte dem Halben Belgier kurz darauf ihren Reisekoffer, darin ein frisches T-Shirt und eine Zahnbürste. Die Mutter und Cassady grüßten vom Tisch aus. Vor der Haustür hielt Greta noch einmal inne und drückte dem Halben Belgier den fischförmigen Zettel mit Hans Alfredssons Adresse in die Hand.

»Wir haben diesen Journalisten in der Stadt nicht getroffen«, flüsterte sie. »Er ist in Stockholm, in Kur. Das ist die Adresse. Du musst ihn besuchen und fragen, wie es um mich steht. Du weißt schon, die Sache mit dem König.«

Der Halbe Belgier versuchte, die Schrift der Sekretärin im Halbdunkel des Fußwegs zu entziffern.

»Die Sache, wegen der du nicht einreisen darfst?«

»Wahrscheinlich ist es längst vergessen, aber dann fühle ich mich besser. Und du hast Zeit, Linda kennenzulernen. Sie ist wirklich sehr offen.«

»Ich frage diesen Hans also, wie die Sache mit dem König steht?«

»Hans Alfredsson, genau«, sagte die Madame leise. »Und kein Wort von der Kiste, zu niemandem, ganz gleich, was Linda noch mit dir anstellt.«

»Was ist denn mit der Kiste?«

»Nichts, vermutlich, aber wir sollten jetzt nichts mehr riskieren. Morgen nimmst du den Zug zurück, so früh es geht.«

Dann drückte sie ihm zwei Packungen Marlboros in die Hand. Sie standen sich gegenüber, unsicher, wie sie sich verabschieden sollten.

»Danke«, sagte er, winkte und stieg in den Wagen.

Der Motor lief, und Linda lachte.

DRITTER TAG

Der Halbe Belgier grübelte. Versuchte zu verstehen. Wo war er da hineingeraten? Linda, ja, sie hatte gewollt, wenn auch nicht unbedingt begeistert: *A blood-dick!*, hatte sie gerufen, kaum lag er unten ohne auf dem Bett, gerädert von der Autofahrt: Electrobeats nonstop, die ihr im Urlaub auf Ibiza gut gefallen hatten. Hochgeschreckt war er, panisch, weil Blut nichts Gutes verheißen konnte. Sie lachte nur, erklärte ihm den Unterschied, ganz sachlich weiter seine eine Zitze melkend. Sie war gespannt darauf, was er zu bieten habe, weil letztlich Meter pro Sekunde zählten, sie jedenfalls sei so gebaut. Am Ende hatte er zwar funktioniert, nur hätte er wohl noch mehr Voodoo-Hühnchen essen müssen, um selbst auch Lust zu haben. Er hatte es nicht fassen können, so wirr war der Dissens zwischen Körper und Geist. Da träumte er seit Wochen von, wenn er ehrlich war, irgendeiner Frau, und dann passierte das: Er wollte nicht, obwohl er wollen wollte. Und sie verbannte ihn ins Wohnzimmer! Da hörte er ihren Vibrator summen, der vielleicht doch nur die Belüftung war. Irgendwann war er eingeschlafen.

Jetzt sprang er hastig auf. Nur nicht daran denken! Die Wohnung schien leer. Linda war schon unterwegs. Er stürmte ins Bad unter die Dusche und begann, laut zu singen. Wieder weckte das Wasser schlummernde Kräfte. Nackt und nass sprang er durch den Flur und zurück ins Wohnzimmer. Da riss er seinen Koffer auf und staunte: *SWEDISH BIKINI TEAM* stand in so dicken gelben Lettern auf dem blauen T-Shirt, dass es kaum helfen würde, es linksherum zu tragen. Lieber noch einen Tag *Miami Vice?* Ein kurzes Schnuppern reichte aus: Auf jeden Fall das frische Shirt. Brot und Kaffee suchte er vergeblich. Also schnell weg und raus und runter auf die Straße. Nur war das nicht so leicht.

Bestrafte sie ihn? Für sein geistiges Versagen? Egal wie er die Klinke zog oder drückte, ob er das golden glänzende Zweitschloss links oder rechts herumdrehte, nichts rührte sich. Er wollte positiv denken. Wenn sie ihn nicht eingeschlossen hatte, stimmte hier etwas nicht oder lief völlig anders. Immerhin hatte es ihn in ein fremdes Königreich verschlagen. Ruhig bleiben! Nur nicht das frische T-Shirt zu schnell durchschwitzen! Tief in seinen verspannten Bauch atmend, suchte er das Telefon, um seine Freunde anzurufen, deren Nummer er aber gar nicht hatte. Und wen sollte er sonst um Hilfe bitten? Wie sollte er jetzt wem auch immer erklären, was er in dieser Wohnung machte?

Er legte sich auf den Boden und starrte die Decke an. Klares Denken war gefragt: Niemand hatte weder Grund noch Anlass, ihn in dieser Wohnung einzusperren. Also war er zu dumm, um diese Tür zu öffnen. Er musste alle möglichen Bewegungen der Klinke und des Schlosses ausprobieren, kombinieren, verifizieren und falsifizieren,

Trial and Error, einfach machen. Denken half gar nicht weiter, wie Cassady ihm jetzt sicher geraten hätte. Ja, er wollte Amerikaner sein! Also sprang er auf und drückte und zog nach oben, unten, vorn, hinten, rechts und links und dann in alle Zwischenrichtungen. Dazu steckte er den Schlüssel in alle nur erdenklichen Tiefen und drehte rechts und links herum. Wenn so ein Schloss nicht normal funktionierte, gab es unendlich viele Möglichkeiten, wie es zu bedienen war. Und er war schon auf dem Klo der Madame gescheitert! Immer wieder lauschte er nach Geräuschen im Treppenhaus. Dass hier nur niemand auf ihn aufmerksam wurde! Wenn Greta ihnen etwas über ihre Heimat beigebracht hatte, dann, dass die Menschen hier nichts so sehr schätzten wie Ruhe und Sicherheit. Da konnte man ganz sicher kein verzweifeltes Rütteln an einer Wohnungstür gebrauchen! Auch wenn es ein Innenrütteln war, das einen Wohnungseinbruch zumindest unwahrscheinlich erscheinen ließ, aber wer konnte schon wissen, wie sie hier dachten? Trotzdem musste er sein Glück weiter versuchen, vorsichtig und zugleich mit vollem Engagement, das eine gute halbe Stunde später auch endlich belohnt wurde: Die Klinke hatte er in etwa fünfundvierzig Grad nach oben gerichtet und den Schlüssel auf Anschlag im Schlüsselloch nach rechts gedreht. Wie zart klang dieses gutgeölte Klacken!

Im Treppenhaus stand eine ältere Frau in grauem Wollmantel und starrte ihn an. Er grinste, rannte dann zurück in die Wohnung, um den Koffer zu holen. Sie stand immer noch da. Vollkommen steif. Er musste dringend Kaffee trinken, und er hatte keine Zeit zu verlieren, wenn er noch etwas sehen wollte von der Stadt. Erst einmal diesen Journalisten finden, ehe er nachmittags zurück in Richtung Westen musste, da sie schon morgen weiterreisen würden, um ihre Kiste abzuliefern. Was sollte er jetzt mit dieser Frau anfangen? Er zog die Tür hinter sich zu, lächelte noch einmal und rannte dann die Treppe runter. Sollte sie denken, was sie wollte, er hatte einen Auftrag zu erfüllen.

Gleich um die Ecke fand er ein Café. Es dauerte eine Weile, bis er begriff, dass er sich zwischen vier Bohnensorten entscheiden musste. Dann aber bekam er in etwa, was er wollte. Zum Cappuccino aß er ein Stück Gebäck und war sofort weit weg im Süden: Mailand Hauptbahnhof – *Stazione Centrale* – früher Morgen. Am blank polierten Tresen Müllmänner und Polizisten und der Postbote, damals alle noch rauchend. Er mittendrin, fremd und mit dem festen Willen, Teil dieser Männerwelt zu sein. Im Urlaub mal ein anderer. Hier in Stockholm saßen am Fenster zwei Mädchen in weißen Röcken, amerikanische Romane lesend. Er musste sich auf seinen Auftrag konzentrieren.

Hastig stürzte er den Kaffee hinunter, verschlang das Teilchen und zeigte dem vollbärtigen Kellner die Adresse auf dem fischförmigen Zettel. Der grinste, lobte sein T-Shirt und schickte ihn Richtung Hafen, angeblich der schönste Ort dieser Stadt. Der Halbe Belgier zahlte und verließ das Café. Nicht mehr ablenken lassen.

So mancher Blick des einen oder anderen Passanten verriet ihm, dass er eine nicht ganz gewöhnliche Erscheinung war. In einem Schaufenster sah er: die goldenen Stoppelhaare – das viel zu enge und auf links getragene Hemd – den angestoßenen Reisekoffer. Seine für Berlin so normale originelle Hässlichkeit fiel völlig aus dem Rahmen. Alles um ihn herum war schick oder pragmatisch. Vielleicht wies man ihm deshalb so mitleidigfreundlich den Weg zum Hafen und zum Anleger, von dem aus eine Fähre zu der Insel fuhr, auf der Hans Alfredsson weilte. Er zahlte gleich für Hin- und Rückfahrt und suchte sich einen schattigen Platz, an dem niemand sich die Mühe machen würde, den Schriftzug auf seiner Brust zu entziffern. Dann ließ er den Blick schweifen über die warm strahlende Stadt, die gar nicht nordisch wirkte.

≈

Nach einem ausgiebigen Frühstück stiegen die Madame und der Schnurrbärtige ins Auto und fuhren aus der Ortschaft raus in die Hügel, um den Vater zu besuchen. Er bewohnte einen alten Bauernhof, gleich neben dem Grundstück seiner Mutter. Die langgezogenen Holzhäuser waren rauchgeschwärzt, umgeben von sauber gepflegtem Rasen, saftig und weich wie ein Flokati. Sie parkten an der Straße und legten die letzten Meter zu Fuß zurück. Der Schnurrbärtige – er trug jetzt wieder den Seersucker – zog sofort die Schuhe aus, um sich die Fußsohlen liebkosen zu lassen. Erfrischend kühl schoben sich die Halme zwischen seinen Zehen hindurch, kitzelten die Grasspitzen seinen Fuß, so dass es ihn wohlig bis in den Nacken schauderte.

»Vielleicht redet er gar nicht mit dir«, sagte Greta. »Dann fahren wir einfach zurück.«

»Keine Sorge«, sagte Cassady. »Dein Vater darf fast alles.«

Der sortierte allerdings noch seine Schrauben, wobei man ihn auf keinen Fall stören durfte. Durch das offenstehende Garagentor sahen sie ihn über eine Werkbank gebeugt, die Wand dahinter ein Altar aus Schraubenziehern, Zangen, Sägen, Stecheisen, Meißeln, Hämmern, Wagenhebern, Wasserwaagen und Winkeln, alle symmetrisch geordnet und glänzend poliert bis hoch unter die Decke. Rechts der Werkbank stand ein Metallschrank, aus dem eine Schublade herausragte – der Ort, an dem die Schrauben lagerten. Sie ließen ihn, ohne sich bemerkbar zu machen, und gingen nach nebenan zur Großmutter, die nach wiederholtem Rufen ihres Namens aus den Johannisbeersträuchern auftauchte. Ihre sonnengegerbte Haut schien direkt auf die Knochen gespannt zu sein. Von Fleisch oder Fett war nichts zu sehen. Es dauerte eine Weile, bis sie begriff, wer sie da besuchen kam, und die Madame bereute es schon wieder, überhaupt gekommen zu sein.

»*Är det en neger?*«, fragte die Großmutter, ihre Nase nur wenige Zentimeter vom Gesicht des Schnurrbärtigen entfernt.

»*Nej, farmor, han är en jude*«, schrie Greta ihr ins Ohr. »*En amerikanisk jude*!«

»*Gud i himmelen, vad mörk han är!*«

Die Alte schüttelte den Kopf und wandte ihnen den Rücken zu, um weiter Johannisbeeren zu pflücken.

»Sie findet dich zu dunkel«, sagte die Madame leiser.

»Ist sie ein Nazi?«

»Nein, das hat damit nichts zu tun. Das ist hier rein ästhetisch.«

»Sollen wir gehen?«

»*Nej, älskling!* Sie sagt ja wenigstens mal, was sie denkt. Muttis Mutter hätte dich längst vergiftet, aber die ist schon tot.«

Die Großmutter kam da schon wieder zwischen den Johannisbeersträuchern hervor und reichte ihnen den Blechteller voller saftig roter Beeren. Cassady griff zu und lächelte. Die Großmutter murmelte etwas vor sich hin.

»Was sagt sie?«, fragte er.

»Lass uns mal schauen, was Vati mit den Schrauben macht«, wich Greta aus.

»Erst will ich wissen, was sie sagt.«

Die Madame seufzte.

»Sie meint, dass du sie frisst, so wie ihr schon das Blut des Herrn getrunken habt. Und dass du dran ersticken sollst.«

»Oh«, sagte er da. »Das ist wahrscheinlich auch ästhetisch motiviert.«

»Wie alles hier: Gut ist, was nicht auffällt, ganz im Sinne der Ordnung. Du siehst, ich bin nicht ohne Grund geflohen. Aber mein Vater redet nicht so einen Müll. Er war und ist Sozialdemokrat, und außerdem spricht er wie gesagt sowieso kaum.«

Also ließen sie die Großmutter weiter vor sich hin murmeln und gingen zurück zum Haus des Vaters. Der erwartete sie schon im kiesbedeckten Innenhof vor seiner Haustür. Dank seiner zwei Meter war er auch leicht gebückt noch von stolzer Statur. Die grauen Haare waren wesentlich kürzer als der Rasen geschnitten. Augen und Zähne lagen gut verborgen hinter zusammengekniffenen Lidern und Lippen.

»*Hej*«, sagte er und hob die Hand, um sie gleich wieder fallen zu lassen, wie eine Marionette, deren Spielern plötzlich die Lust vergangen war.

Gleich mehrere spitze Steine stachen Cassady in die Fußsohlen. Er verzog keine Miene. Mit ausgestreckter Hand ging er auf den Vater zu, der keine Anstalten machte, zuzugreifen.

»Das ist Cassady«, sagte die Madame.

»Ja, das habe ich mir gedacht«, sagte der Vater. »Trinkst du ein Bier?«

Ohne eine Antwort abzuwarten, wandte er sich ab und verschwand im Haus.

»Du gefällst ihm«, sagte sie.

»Ja?«

»Ja, und jetzt lass uns rauchen.«

Sie setzte sich an den alten Gartentisch gleich rechts der Haustür. Cassady nahm neben ihr Platz und bat um eine Zigarette. Dann lehnte er sich zurück und blickte zwischen den Häusern hindurch, die diese Postkartenansicht einer Landschaft rahmten. Alligatoren gab es hier sicher nicht.

Wenig später servierte der Vater auf einem Tablett eine gelb-rote Konservendose, die, als eindeutiges Zentrum des Arrangements, zwischen drei Dosen Bier der Marke *Norrlands Guld*, einer Schale gehackter Zwiebeln, einem Topf saurer Sahne und einigen Scheiben Brot auf einem Tablett lag.

»Er mag dich wirklich«, seufzte Greta.

»Was meinst du?«

»*Surströmming.*«

»Ja, und?«

»Magst du denn Fisch?«, fragte der Vater.

»Ich komme aus New Orleans.«

»Das hier isst man im Norden.«

Der Vater setzte an, die Dose zu öffnen.

»Ich hole mir ein Wasser«, sagte Greta. »Du musst jetzt stark sein, *älskling.*«

Schnell tätschelte sie ihrem Geliebten die Schulter und lief ins Haus, da zischte schon die Dose. Der Gestank traf den Schnurrbärtigen genauso unvorbereitet wie der wachsame Blick des Vaters. Sofort war die Erinnerung da: ein Ausflug in die Sümpfe – als Kind – ein Summen – ein schwarzes, waberndes Etwas – Fliegen – in einem Tümpel der Kadaver eines Hirschs. Die Kopfhaut spannte sich und zog die Augenbrauen hoch. Der Magen verlor an Boden, sackte bis in die Hoden.

Der Vater nahm die vergammelten Fischstücke aus der Dose und legte sie mit Zwiebeln und saurer Sahne auf eine Scheibe Brot, die er ihm mit ernster Miene reichte. Machte er sich einen Spaß? Wollte er ihn erniedrigen dafür, dass er sich als Ausländer an seiner Tochter verging? War er doch auch Antisemit wie seine Mutter? Konnte es einen anderen Grund geben, etwas derart Verfaultes auch nur in die Nähe eines Menschen zu bringen? So gut es ihm gelang, die Haltung zu wahren, fand der Schnurrbärtige keine andere Erklärung dafür, dass man ihn diesem Ekel aussetzte. Dann sah er aber, dass der Vater auch sich selbst ein Brot belegte, wesentlich großzügiger, was den Doseninhalt betraf. Schnell hielt er ihm sein Brot noch einmal hin.

»Könnte ich noch etwas haben?«

Der Vater musterte ihn, brachte den linken Mundwinkel um wenige Millimeter aus der Horizontalen und gab ihm schließlich einen ordentlichen Nachschlag. Dann nahm auch er noch einmal nach.

»Mehr?«, fragte er dann.

»Gerne, so viel wie möglich. Es stinkt wirklich phantastisch.«

»Ja, das ist wahr.«

»So etwas Widerliches haben wir leider nicht.«

»Gibt es denn in Amerika nicht alles?«

»Fast alles, das aber nicht. Gibt es noch mehr?«

»Wir teilen unter Männern.«

Nach drei weiteren Runden türmte sich der komplette Doseninhalt auf ihren Broten.

»Mein Gott«, sagte die Madame, als sie die beiden von der Haustür aus so sitzen sah. »Gammelfischdöner.«

Zeitgleich hoben die beiden Männer die Brote zum Mund und bissen gierig hinein. Sie kauten, schluckten, bissen wieder ab, kauten und schluckten, tranken Bier und bissen wieder kräftig in die schmatzige graue Masse hinein und kauten und schluckten und kauten, dass sie allein vom Anblick hätte kotzen müssen, wenn sie sich nicht so sehr gefreut hätte, dass ihr Vater ihren Geliebten mochte.

»Herrlich!«, schmatzte der Schnurrbärtige.

»Ja«, sagte der Vater. »Wie der Schoß einer Hundertjährigen.«

»Ein Leichenschmaus.«

»Nur durch den Tod lässt es sich leben.«

Und weiter ging es, bis nichts mehr übrig war und der Gestank nur noch eine Erinnerung. Der Vater stand auf und verschwand wieder im Haus.

»Unglaublich, wie schnell du dich assimilierst«, sagte Greta.

»Hoffen wir, dass es heute in Schweden mehr bringt als damals in Deutschland.«

»So viel, wie er redet, ist er richtig verliebt.«

Dann kam der Vater zurück, mit einer Flasche und zwei Gläsern, die er randvoll schenkte. Eins reichte er seinem Gast.

»*Skål!*«, sagte er. »Willkommen in Schweden.«

Dann tranken sie und saßen schweigend um den Tisch. Immer wieder füllte der Vater die Gläser und prostete Cassady wortlos zu. Ein leichter Wind kam auf. Spatzen kamen herbeigeflogen, ließen Brotkrümel jedoch liegen. Hin und wieder fuhr ein Auto vorbei.

»Alexander fährt einkaufen«, kommentierte der Vater oder: »Jörgen bestellt im Internet und lässt liefern.«

Ansonsten sprachen sie nicht viel. Die Madame rauchte. Mit Blicken beruhigte sie ihren Freund, der immer wieder meinte, Konversation machen zu müssen. Nervös suchte er die Enden seines Schnurrbarts.

»Beredtes Schweigen«, sagte sie.

»Ja«, sagte der Vater. »Aber wenn ich trinke, ist mein Deutsch besser.«

Gleich schenkte er noch einmal nach, prostete dem

Freund seiner Tochter zu und kippte sein Glas schon fast wieder im Stehen.

»Ich habe noch etwas«, sagte er dann.

Die Madame hatte keine Ahnung, welche Grausamkeit noch folgen könnte, und war erleichtert, als ihr Vater nur den Grill und Kohle aus der Garage holte. Verbranntes Fleisch war in jedem Fall genießbarer als verdorbener Fisch. Über seine Schulter hing eine Art Kanister in Tarnfarben.

»Es geht schnell«, sagte er.

Plötzlich hatte er ein längliches Rohr in der Hand, mit dem er auf den Grill zielte, der dann in einem Feuerball verschwand. Bis an den Tisch wurde es spürbar wärmer. Die Madame wich hinter Cassadys breite Schultern zurück, dem diese Vorführung nach einem kurzen Schreck gut gefiel.

»Aus russischen Armeebeständen«, sagte der Vater, als die Kohlen nach wenigen Augenblicken weiß glühten, und zeigte dem Schnurrbärtigen das Gerät. »Sonst wartet man zu lange.«

»Ja«, sagte Greta. »Die Zeit ist sicher knapp, um Schrauben zu sortieren.«

»So ist es«, sagte der Vater, trank einige Schlucke Bier und ließ sie schon wieder alleine.

»Auch das ist eine Ehre«, sagte Greta. »Er isst eigentlich kalt, und wenn warm, aus der Mikrowelle.«

»Und er wird nicht betrunken.«

»Er ist immer betrunken, nur macht das keinen Unterschied.«

»Sie übertreibt«, meldete sich ihr Gastgeber aus der Haustür. »Man muss nur genug essen.«

Diesmal balancierte er drei Haufen Hackfleisch, einige Scheiben Toastbrot und jeweils eine Flasche Senf und Ketchup auf einem schwarzverkohlten Grillrost.

»Jetzt feiern wir die schwedisch-amerikanische Freundschaft«, sagte er. »Magst du Elche?«

»Noch habe ich keinen gesehen.«

Der Vater hielt den Rost so, dass die Madame das Brot und die Flaschen herunternehmen konnte. Das Gitter mitsamt dem Fleisch legte er auf den Grill. Der Schnurrbärtige hatte schon oft genug in Deutschland gegrillt, um zu wissen, dass man es in Europa einfach nicht besser konnte.

»Den hier habe ich vor zwei Jahren geschossen. Im Norden.«

»Gut, dass unser Freund nicht hier ist«, sagte Greta. »Auch wenn er halber Belgier ist: Die Deutschen lieben Elche.«

»Ist das so?«, fragte der Vater und versuchte, die auflodernden Flammen mit Bier zu löschen.

»Die Kinder haben Kuschelelche, die Väter kleben Elchwarnschilder auf die Autos, die Frauen haben kleine Elchpuppen als Schlüsselanhänger.«

»Ich war lange nicht mehr in Deutschland. Damals habe ich davon nichts bemerkt. Da gab es überall sehr günstig Alkohol.«

»Manche mögen auch lieber Schilder mit Kängurus«, sagte der Schnurrbärtige. »Die Deutschen mögen seltene Lebewesen auf gelben Schildern. So zähmen sie das Andersartige, wie die Juden damals.«

»Haben sie die nicht umgebracht?«

»Was würden sie mit Elchen machen, wenn die in Deutschland leben wollten?«

»Ihn lassen sie bis jetzt aber in Ruhe«, meinte die Madame, an ihren Vater gewandt. »Aber er ist ja auch Amerikaner.«

»Das macht es kompliziert«, gab Cassady zu. »Da schlagen zwei Herzen in ihrer Brust.«

Der Vater signalisierte mit einem schmalen Grinsen, dass sie ihm alles erzählen konnten, wenn es ihnen Freude bereitete. Er konzentrierte sich auf seine Frikadellen, die so tief über der Glut lagen, dass sie schon jetzt fast schwarz verbrannt waren. Noch einmal löschte er mit Bier. Dann ein zufriedener Blick. Die Madame fand diesen Mann zum ersten Mal in ihrem Leben komisch. Seltsam, dass es damals mit ihm nicht lustiger gewesen war. Hatte er sich verändert oder hatte sie als Kind seine Art nicht verstanden? Tatsächlich war es schwer vorstellbar, dass sich ein Kind so einen verkohlten Fleischhaufen schöntrinken oder -reden könnte, wie sie es wenig später taten, als seine Frikadellen zwischen Toastbrotscheiben lagen. Insofern war es gut, dass sie ihm noch eine Chance gegeben hatte.

»Elchburger«, sagte er. »Von den Soßen nehmt ihr euch selbst. Ich nehme Senf und Ketchup.«

≈

Den Schweden und ihrer Hauptstadt war er erst einmal entkommen: Um den Halben Belgier herum tummelten sich Amerikaner, Deutsche, Japaner, Franzosen, Spanier, Italiener und Russen auf dem Ausflugsdampfer. Die Schönheit des Nordens hatte sich offenbar herumgesprochen, und tatsächlich fand auch er, die Aussicht in der Ägäis oder vor Capri hätte nicht besser sein können. Ja, bei aller Aufregung und Anstrengung sah er gar keinen Anlass mehr, sich in den Süden fortzuwünschen. Diese Schifffahrt stimmte ihn richtig fröhlich! So viele prachtvolle Villen standen auf den kleinen Inseln, dass man hätte meinen können, sie seien gar nichts Exklusives. In diesem Königreich bewohnte wirklich jeder sein eigenes Paradies. Auf dem Wasser herrschte ein buntes Treiben:

Hunderte Segelschiffe tummelten sich in dem wie ausgedachten Wasserland. Immer wieder war er sicher, dass die Fähre direkt auf eine Felswand zusteuerte, in der sich dann aber doch wieder eine Lücke auftat, durch die sie hindurchglitten mit leise stampfenden Maschinen. Insel um Insel passierten sie, bis er plötzlich ein Schloss erblickte, wie er noch nie eines gesehen hatte. Hier lebte sicherlich der König.

Der Kapitän drosselte die Maschine. Die Passagiere sollten wohl Zeit zum Staunen haben. Sich für einige Minuten in so ein Königsleben träumen. Dann aber steuerte er immer näher ran an den Anleger, an dem sie schließlich festmachten. Ortskundige Touristen gingen einfach an Land. Andere näherten sich zögernd der Landungsbrücke. Sie durften hier wirklich von Bord gehen? Der Halbe Belgier folgte ihnen. Auf Nachfrage hin wies ihm ein Matrose den Weg zum Haus der Journalistenhilfe.

Er vermutete das Ziel seines Ausflugs in unmittelbarer Nähe des Schlosses und fand es in genau diesen prachtvollen Räumlichkeiten. Das erfuhr er von einem Schild, das außerdem auf Englisch kundtat, dass Touristen leider keinen Zugang hatten. Er klingelte. Mehrmals. Endlich erschien ein hagerer Mann in Strickjacke.

»Kein Zutritt für Touristen«, sagte er und wies auf das Schild.

»Ich sehe nur so aus«, sagte der Halbe Belgier. »Ich muss mit Hans Alfredsson sprechen. Es ist beruflich.«

»Den Weg hätten Sie sich sparen können«, sagte der Strickjackenträger. »Informanten sind noch viel weniger willkommen als Touristen. Das hier ist schließlich ein Erholungsheim. Fern von Krieg und Leid schöpfen die besten Journalisten unseres Landes Kraft, um uns anschließend wieder die Welt zu erklären. Alles wird kompliziert, nichts mehr ist sicher. Umso besser müssen wir die behandeln, mit deren Augen und Verstand wir auf die Dinge blicken.«

»Ich bin auch kein Informant. Es geht um eine alte Geschichte. Etwas beruflich Persönliches.«

»Ja, diese Dinge sind oft nicht so leicht zu trennen, vor allem für Journalisten. Und genau deshalb gibt es diese Kur, und wir machen keine Ausnahme.«

Der Mann steckte sich eine Zigarette an.

»Ich weiß, hier geht es ums Prinzip.«

»Genau.«

Sie sahen sich an, und der Halbe Belgier wollte schon aufgeben, so uneinnehmbar schien die Position des Mannes auf der anderen Seite des Tors. Nur hatte er all die Strapazen dieser Nacht sicher nicht auf sich genommen, um unverrichteter Dinge zurückzureisen. Er räusperte sich und winkte den Mann näher zu sich heran.

»Bei dieser Sache«, flüsterte er, »da geht es um den König.«

Die Augen des Mannes weiteten sich. Nervös sah er sich um.

»Den König?«, fragte er.

»Ja. Eine alte Geschichte.«

»Und woher wissen Sie, dass Hans Alfredsson hier ist?«

»Man hat es mir gesagt. Es ist wichtig.«

Der Mann bat ihn, zu warten, und eilte zurück in das Gebäude. Kurz darauf erschien er mit einem weiteren Mann auf der Freitreppe und wies in Richtung des Tors. Der Mann war auffällig blond und trug einen Spitzbart. Anscheinend gab er dem Strickjackenträger Anweisungen, da der dann wieder zu ihm ans Tor gelaufen kam, um ihn einzulassen.

Sie gingen am Schloss vorbei in den Garten. Am Rande einer großen Terrasse sollte der Halbe Belgier noch einmal warten. Ein gutes Dutzend Männer und Frauen saßen an den gusseisernen Tischen. Bohrend spürte er ihre Blicke. Sie hätten sicher viel gegeben, um ihn fragen zu dürfen, was er hier wollte. Aber sie zügelten sich, rührten in ihren Teetassen und atmeten tief. Die Aussicht auf das Meer schienen die wenigsten von ihnen zu genießen.

Nach einer Weile winkte ihn der Strickjackenträger an einen der Tische. Ein untersetzter Mann um die sechzig mit spärlichem Haar bat ihn, Platz zu nehmen.

»Sie sind der Erste, der es reingeschafft hat, seit ich hier bin. Ich hoffe, Sie haben den König nicht unbedacht ins Spiel gebracht. So etwas ist hier meldepflichtig.«

»Sie sind Hans Alfredsson vom *Aftonbladet*?«

»Absolut.«

»Könnten Sie sich vielleicht ausweisen?«

Ohne zu zögern, reichte Hans Alfredsson ihm seinen Presseausweis. Anscheinend hatte alles seine Richtigkeit. Also erklärte er Alfredsson, wie und warum er von seinem Aufenthaltsort erfahren hatte und mit welcher Mission Greta ihn geschickt hatte.

»Ja, ich erinnere mich. Das war eine komische Geschichte«, sagte der Journalist. »Erst recht, wie es sich heute zeigt.«

»Was meinen Sie?«

»Die Wirklichkeit hat dem Wahn Ihrer Freundin recht gegeben und ihn sogar noch übertroffen.«

»Worum genau ging es denn überhaupt?«

»Sie hatte sich etwas zusammengereimt über ein Schattenleben unseres Monarchen und ist so ins Visier des Staatsschutzes geraten, der die Sache damals aber nicht allzu ernst genommen hat. Ich habe mir das vor wenigen Monaten noch einmal angesehen: Fotos, Seiten aus Zeitschriften und Zeitungen, alles ziemlich explizites Material, wenn Sie verstehen, und immer mit Darstellern, die zumindest entfernt dem König ähneln. Sie muss da eine unfassbare Arbeit reingesteckt haben und damals auch viel Geld, weil es das Zeug ja noch nicht in dem Maß im Internet gab.«

»Und was ist jetzt passiert?«

»Ja, das ist komisch«, lachte Hans Alfredsson. »Offenbar lesen Sie nicht gerne bunte Blätter. Haben Sie wirklich nichts davon mitbekommen, dass der König die halbe Unterwelt Stockholms bemüht, ihm nette Frauen zuzuführen? In Schweden erscheinen kaum noch Bücher zu anderen Themen! Der Staat verwendet heute sehr viel mehr Kräfte darauf, die Geschichte zu beenden. Ein bisschen Spaß muss sein, aber das Land hat doch zu funktionieren. Deshalb sind Dinge, die den König betreffen, heute, wie gesagt, auch meldepflichtig.«

»Haben Sie das damals veröffentlicht? Oder jetzt noch, in der neuen Situation?«

»Ich bitte Sie, natürlich nicht! Wie käme ich dazu, eine Kranke zu kompromittieren? Ich habe mich darum gekümmert, dass sie zurück zu ihren Eltern kam. Wie geht es ihr denn jetzt?«

»Ganz gut, sie fürchtet nur, weiter verfolgt zu werden.«

»Aber warum kommt sie dann her?«

»Sie wurde überredet. Wir bringen eine Kiste zu Freunden.«

»Sie kann wirklich beruhigt sein«, sagte Hans Alfredsson. »Das Thema spielt jetzt in einer ganz anderen Liga, die wir Wirklichkeit nennen. Sogar die Mafia ist beteiligt, die es bei uns eigentlich gar nicht gibt. Aber sagen Sie mir, was ist denn das für eine Kiste?«

Der Halbe Belgier erinnerte sich an Gretas mahnende Worte.

»Zigarren«, sagte er schnell. »Es ist eine kubanische Zigarrenkiste. Eine sehr große Lieferung. Aus alten DDR-Beständen.«

Hans Alfredsson schmunzelte.

»Und mir haben Sie keine mitgebracht?«

»Nein, leider nicht. Wir bringen sie zu Freunden in den Norden.«

»Ja, das ist schade«, sagte der Journalist mehr zu sich selbst. »Selbst dort verliert der Kautabak seine letzten Freunde.«

Dann widmete er sich seinem Tee, anscheinend nicht interessiert an weiteren Geschichten von der Westküste, was den Halben Belgier immens beruhigte, da er die Kiste wirklich nicht hätte erwähnen müssen. Es war höchste Zeit, dass er zurück in die Stadt und zum Bahnhof kam.

»Man wirft ihr also nichts mehr vor?«, fragte er noch einmal.

»Man hat schon im Vorfeld des Prozesses sämtliche Vorwürfe gegen sie fallengelassen. Ich habe ihr damals geraten, Schweden dennoch zu verlassen, eher aus medizinischen Gründen. Manchmal ist das die beste Therapie. Passen Sie auf, dass sie keinen Rückfall erleidet. Heute dürfte sie, wie gesagt, mit weniger Verständnis rechnen. Ein schwacher König schlägt viel schneller zu, um sich zu retten.«

≈

Der Nachmittag beim Vater verlangte dem Schnurrbärtigen alles ab, was er an Selbstbeherrschung zu bieten hatte. Die intellektuelle Herausforderung der Gespräche hielt sich in Grenzen, körperlich hatte er jedoch mehrmals das Gefühl, dieser Beziehung nicht gewachsen zu sein. Zum Glück erkannte die wassertrinkende Madame das früh genug, um den Abschied gerade noch rechtzeitig einzuleiten und ihn zum Auto zu führen. Ohne dass er nach außen hin auch nur ein Anzeichen von Schwäche gezeigt hätte, folgte er willenlos, ließ sich auf den Beifahrersitz fallen und winkte dem Vater mit breitem Grinsen.

Die Bilderbuchlandschaft, die wenig später an ihm vorbeiflog, fing bedrohlich an zu wackeln, als die Madame von der Straße ab- und auf einen unbefestigten Waldweg fuhr. Da machte der verweste Fisch durch all den Schnaps und Elch hindurch noch einmal auf sich aufmerksam, drängte auf schnellstem Weg nach draußen, brannte sich sauer die Speiseröhre hinauf. Selbst schwer berauscht konnte Cassady nicht glauben, dass er sich gleich zum allerersten Mal in seinem Leben übergeben würde. Im Auto seiner potentiellen Schwiegermutter. Nach einem letzten kraterhaften Schlagloch war es so weit. Doch gerade da blieben sie plötzlich stehen. Und er schluckte.

Dunkle Nadelbäume umgaben den Wagen von drei Seiten. Vereinzelte Sonnenstrahlen stießen zwischen den Ästen hindurch. Sie fasste ihm in den Schritt. Ungläubig.

»Mein Gott, ich dachte, du kannst trinken, *älskling*!«

Stöhnend schickte er den Fisch zurück in den Magen.

»Er wollte mich töten.«

»Das wollen alle Väter, aber ich hab dich gerettet.«

Sie sprang aus dem Wagen und half ihm raus an die ganz angenehm waldfrische Luft. Halb drückte sie sich an ihn, halb stützte sie seinen torkelnden Gang einen Abhang hinunter durchs Unterholz, bis vor ihnen plötzlich ein See funkelte. Am Ufer angekommen, bettete sie ihn auf weiche Nadeln. Sie selbst zog sich aus, zuletzt auch die Brille, und sprang ins Wasser.

Kurz sah er ihr hinterher und wollte sich dieses Bad nicht entgehen lassen. Der Schnaps aber war stärker als sein Wille und schickte ihn nur Minuten später in die immer wieder stark familiengeschichtlich geprägte Welt seiner Träume. Da begegnete ihm heute einmal nicht der Slibowitz ausschenkende Großvater väterlicherseits, sondern ein strikt abstinenter Ahne seiner Mutter. Ein Bürgerkriegsheld.

Major Lieutenant Leonidas P. Dulacq saß ihm gegenüber an einem Tisch im *Café Napoléon*, vor sich ein Glas Wasser und einen langläufigen Revolver, als erwarte er die Ankunft eines Feindes. Unter der Decke drehten sich die Ventilatoren an der offenstehenden Tür des Lokals flogen Kutschen und Fahrräder vorbei. Massen an Fahrrädern mit dicken Reifen, wie sie heute an Touristen vermietet wurden, die aber gar nicht zu den Einspännern passten, auf denen Herren im Sonntagsstaat in Richtung Jackson Square fuhren. Er schlief nicht tief genug, um diese Unstimmigkeit einfach zu überträumen, und freute sich umso mehr, als ein Kellner ihm endlich seinen Gin Tonic servierte. Kaum wollte er den aber zum Mund führen, griff der Major nach seiner Waffe und schoss aus Tischhöhe nach oben. Die Kugel zerschlug das Glas und bohrte sich knapp oberhalb seiner Schulter in die Holzvertäfelung der Wand.

Erschrocken wachte der Schnurrbärtige auf. Er brauchte einen langen Moment, um sich zu orientieren und dann auch den Kopf seiner Frau zu entdecken. Draußen auf dem spiegelglatten Wasser. Sie waren alleine mit all den Bäumen. Verlassen lag eine aus Holz gezimmerte Badeinsel mit Sprungbrett in Ufernähe. Die hatte sie längst hinter sich gelassen. Sie schwamm wohl schon seit einer ganzen Weile. Viel zu weit draußen. Vom Leutnant hatte seine Mutter ihm immer dann erzählt, wenn er der Welt nicht mit der nötigen Furcht und Vorsicht begegnete. Leichtsinn war der Ursprung allen Übels.

Sechzehn Schlachten hatte der Major nach der Kapitulation von New Orleans unverletzt überstanden. Noch nicht einmal seine Uniform hatte Schaden genommen, als er schließlich in seine Heimatstadt zurückkehrte, um sich als Geschäftsmann mit den Besatzern zu arrangieren. Der Ausgang des Krieges konnte seinem Heldenstatus nichts anhaben, und auch sonst schien sich für ihn und die von strenger Hand geführte Familie alles zum Besten zu wenden. Doch der Frieden war trügerisch. Einer altersschwachen Kakerlake sollte gelingen, wozu all die Yankees nicht in der Lage gewesen waren: Das Tier lockte den Leutnant in einen Hinterhalt. Es verbarg unter sich einen rostigen Nagel, der nach dem Kakerlakenkörper auch die Sohle des Hausschuhs durchdrang, in dem der Fuß des kammerjagenden Helden steckte. Ein Selbstmordattentat der allerersten Stunde. Wenige Tage später musste der Held sich den Wundbranderregern geschlagen geben. Deshalb hieß es, immer noch wachsamer zu sein, wenn anscheinend keine Gefahr drohte, hatte ihm seine Mutter wieder und wieder erklärt. Das unglückliche Schicksal eines mutigen Kriegers musste zur Entschuldigung all der rentenfixierten Kleinmütigkeit herhalten, die ihm seit seiner Kindheit so zu schaffen machte.

Noch wehrte er sich gegen das Familienerbe. Mit jedem Stoß, den diese Frau weiter hinausschwamm, fiel ihm das schwerer, bis er sich schließlich aufsetzte und rief. Sie reagierte nicht.

Sein Innerstes drängte ihn, sich wieder hinzulegen und sie machen zu lassen. Sie war hier schließlich zu Hause. Weich lockte die Matratze. Zu Zigtausenden dufteten die Nadeln, von denen ihn kaum eine stach. Noch einmal rief er, gähnte dann laut und ließ sich wieder auf den Rücken fallen. Was sollte er sich sorgen? Er war sicher, dass in nicht allzu ferner Zukunft und nur wenige Schritte weiter eine nackte Schwedin aus dem Wasser steigen würde. Wohlig seufzend, schmatzte er noch einmal kurz, da seine Zunge einen Rest Fisch hinter dem letzten Backenzahn entdeckt hatte. Dann nickte er traumlos glücklich ein.

Als er das nächste Mal aufwachte, fühlte er, dass der Alkohol das Feld geräumt hatte, ohne allzu große Schäden zu hinterlassen. Gut ausgeruht, wenn auch noch lange nicht vollkommen schlafgesättigt, setzte er sich auf und ließ den Blick über den See schweifen. So ruhig lag der da, dass sich nicht einmal die Enten raus aufs Wasser wagten. Von Greta keine Spur.

Er spähte ins Halbdunkel des Ufers, ohne sie zu entdecken. Hatte sie nicht schon auf der Fähre von Selbstmord geredet? Immer wieder war sie darauf zurückgekommen, als rufe sie um Hilfe. Meinte sie mit all den lebensmüden Männern eigentlich sich selbst? Von Natur aus zu ausgeglichen, um ein extremes Gefühl wie Panik zu entwickeln, kratzte er sich nachdenklich am Kopf. Dann rief er noch einmal laut in diese Stille hinein, dass sie sich jetzt gefälligst zeigen solle. Es antwortete ein Vogel.

Jetzt schien die Stille noch vollkommener. Er war beeindruckt, dass Natur so geräuschlos sein konnte. Keine Mücken. Keine Enten. Gar nichts. Es gab wirklich keinen besseren Ort auf der Welt, um sich noch einmal hinzulegen und ihr die Zeit zu lassen, die sie brauchte, um wieder aufzutauchen. Sie hatte keinen Grund, sich umzubringen.

Also streckte er sich wieder aus auf einer noch nicht so fest gelegenen Stelle des Nadelbodens und schloss die Augen, um noch einen Augenblick lang das Sonnenlicht durch seine Lider hindurch zu betrachten. Da hörte er ein Platschen. Blinzelnd sah er Greta auf die Badeinsel steigen, hinter der sie sich zuletzt wohl versteckt hatte. Nass glänzend legte sie sich in die Sonne. Bei aller Gelassenheit war er jetzt doch ein klein wenig erleichtert und wusste genau, was zu tun war. Anzug und Unterwäsche hängte er an einen Ast und schlich leise ins Wasser.

≈

Was auch immer man von diesem Königreich halten wollte, Wasser und Bäume gab es genug. Der Halbe Belgier raste im Hochgeschwindigkeitszug am Ufer eines Sees entlang. Anfangs hatte er gedacht, dass sie schon das Meer erreicht hätten, war dann, nach einem Blick auf die Uhr, aber zu einem anderen Schluss gekommen. Der See musste tief im Landesinnern liegen, wo es anscheinend noch wesentlich ruhiger zuging als an den Küsten. Von Menschen war kaum etwas zu sehen. Weder Autos noch Häuser, abgesehen von vereinzelten Außenposten der Zivilisation, auf denen er bloß nicht landen wollte. Der Gedanke daran, alleine in diesem Nirgendwo zu sein, ließ ihn ganz unruhig auf dem Sitz herumrutschen, obwohl er auch in der Stadt den Großteil seiner Zeit alleine verbrachte. Es war eben ein Unterschied, ob man allein unter Menschen oder allein unter Bäumen war, weil die gepflegte Untätigkeit sich seiner Ansicht nach nur dann genießen ließ, wenn nebenan Trubel regierte. Marie, seine letzte Freundin, die ihn vor mittlerweile fast sechs Monaten an einem Supermarktregal verlassen hatte, war auch damit nicht einverstanden gewesen. Sie meinte, dass er seine Antriebslosigkeit behandeln lassen müsse, weil das ja nicht normal sei, im besten Alter nichts zu tun! Sich nicht einmal zwischen Farfalle und Linguine entscheiden zu können! Er möge einfach beide, hatte er ihr zu erklären versucht, die daraufhin schon wieder damit angefangen hatte, dass er sich auch für sie gar nicht entschieden, sondern sie bloß genommen habe, weil sie gerade da gewesen sei. Er sah das insofern realistisch, als er alles andere als sicher war, jemals eine andere Frau zu finden, die auch nur entfernt Maries Klasse hätte, was sie wiederum ganz schrecklich fand: Sie wollte einen Mann, der alle haben konnte und ihr doch völlig treuergeben war. Auserwählt und erobert werden wollte sie, was ihm ganz unsinnig erschien, weil doch ein Mann, der sie mit Taten von sich überzeugen musste, gar nicht so gut sein konnte wie einer, der ihr auf Anhieb gefiel. Jedenfalls hatte er am Ende Reis gekauft, was sie peinlich und kindisch fand. Sie wollte einen Mann. Es war an der Zeit, erwachsen zu werden. Sie wollte sich auf starke Schultern stützen. Sie wollte und wollte, und er fand, dass sie Unsinn redete, und hätte doch so gerne weiter zugehört, immer an all die herrlich duftenden Momente der Versöhnung denkend. Stattdessen aß er dann alleine Reis in seiner Küche und beschloss, sich endlich einen Job zu suchen.

»*Hej*«, hörte er jetzt eine Männerstimme und roch das stechend herbe Parfum eines Sportlers.

Vorsichtig zur Seite schielend, sah der Halbe Belgier einen mittelgroßen Mann mit kurz rasiertem blondem Haar und Spitzbart. Er hatte ihn schon einmal gesehen, doch er wollte mit niemandem reden.

Rechts der Bahnstrecke verschwammen die Bäume zu einem einzigen dunklen Grün. Um nach links auf das Wasser blicken zu können, hätte er sich seinem neuen Sitznachbarn zuwenden müssen, der ihm auf Anhieb unsympathisch war. Was ließ der ihn denn nicht in Ruhe denken? Der Wagen war doch kaum besetzt! Auch wenn, oder gerade weil er das Wasserpanorama nur erahnen konnte, lockte es ihn mit einer Kraft, der er kaum widerstehen konnte. Je angestrengter er in den nichtssagenden Wald hineinstarrte, desto stärker war der Wunsch, den Blick zur anderen Seite hin über die schimmernde

Weite schweifen zu lassen. So sehr beschäftigte ihn dieses Hin-und-her-gerissen-Sein zwischen dem Wunsch, auf den See zu blicken, einerseits und dem Bedürfnis, den Mann zu ignorieren, andererseits, dass er gar nicht weiter darüber nachdachte, ob er mit Marie glücklich geworden wäre, wenn er sich anders benommen hätte. Wie unsinnig solche Gedanken bei dieser Aussicht waren! Die spiegelglatte Silberplatte reichte bis hinten an den Horizont.

»Aus Deutschland?«, fragte der Bärtige.

Schnell sah der Halbe Belgier wieder weg.

»Ich habe dort gelebt«, fuhr sein Sitznachbar ungefragt fort.

»*Je ne comprends pas*«, sagte er.

»*Pardon, je vous croyais allemand.*«

»*Non, je suis bèlge.*«

»*Vous êtes en vacances en Suède?*«

»*Oui.*«

Schweigen, dann ein leichtes Schmunzeln um einen Mundwinkel.

»*Et* Hans Alfredsson? *Un vieux copin?*«

Jetzt musste er den Fremden ansehen, dessen stahlblaue Augen ihn fixierten und zugleich ganz freundlich zwinkerten. Sein Herz raste, Schweiß lief ihm den Rücken hinunter. Er hatte ihn auf den Treppen des Kurschlosses gesehen!

»Wer sind Sie, und was wollen Sie?«, stammelte er schließlich.

»Eine Frage wie aus einem Film!«, grinste der Bärtige. »Sagen wir, dass mir am Wohle Schwedens liegt.«

»Und deshalb verfolgen Sie mich?«

»Ich verfolge niemanden. Uns wurde lediglich gemeldet, dass Sie sich für den König interessieren.«

»Und was geht Sie das an?«

Der Sitznachbar zog eine Karte aus der Brusttasche, auf der er nur drei Versalien entziffern konnte: RPS.

»In etwa sind wir so etwas wie das deutsche Bundeskriminalamt«, erklärte er.

Der Halbe Belgier versuchte durchzuatmen.

»Ja, und?«, stammelte er.

»Prävention ist die sicherste Waffe im Kampf gegen das Chaos. Wenn man rechtzeitig aufräumt, bleibt Schlimmeres erspart. Glauben Sie mir: Es ist nicht leicht, in diesen Zeiten eine Monarchie zu verteidigen. Früher musste man den König in die Luft jagen, heute genügt ein gut lanciertes Gerücht im Internet, um ihn zu töten.«

Freundlich lächelte er den Halben Belgier an und zuckte mit den Schultern. Man hatte sein Auftauchen also wirklich gemeldet. Allerdings hatte Hans Alfredsson ihm auch versichert, dass seine Freundin nichts zu befürchten habe wegen der Sache damals. Der Polizist würde sie heute wohl kaum verhaften lassen, weil sie vor Jahren in geistiger Verwirrung den König verleumdet hatte. Bei aller Skepsis konnte er nicht glauben, dass das ein Land war, in dem man sich vor den Behörden fürchten musste. Also erzählte er ihm von Greta und ihrer Geschichte, wegen der sie ihn zu Hans Alfredsson geschickt hatte.

»Schwedische Paranoia ist für Ausländer so gut wie unmöglich zu verstehen«, sagte der Beamte, als er geendet hatte. »Normalerweise verschwindet sie aber im Ausland. An ihre Stelle tritt sofort eine Verklärung der Heimat. Sagen Sie Ihrer Freundin, dass wir uns freuen, dass sie zurück nach Hause gekommen ist. Und passen Sie gut auf die Kiste auf.«

»Welche Kiste?«, fragte der Halbe Belgier.

»Glauben Sie wirklich, dass Sie so ein Ding ganz unbemerkt in unser Land schaffen können?«, fragte der Polizist. »Aber Sie können beruhigt sein: Der Zoll wird nichts von der Sache erfahren. Mit dem haben wir nichts zu tun.«

Dann stand er auf und lief den Gang entlang. Durch die Verbindungstür verschwand er in den nächsten Wagen.

≈

Cassady hatte schon am Nachmittag mit den Vorbereitungen für das abendliche Grillen mit Hannah begonnen. Vier Stunden mussten die Spareribs unter dem Schneckeneimer in indirekter Hitze schmoren, wobei er sie auf keinen Fall alleine lassen wollte. Deshalb brachen die beiden Freundinnen auf, um den Halben Belgier vom Bahnhof abzuholen, der seine Ankunft telefonisch angekündigt hatte – mit Mühe hatte er die Nummer bei der Auskunft erfragt. Es war kurz vor zehn. Hannah war zwar gerade erst aus Göteborg gekommen, aber gerne bereit, den Weg noch einmal zu machen.

Kaum waren sie losgefahren, löcherte sie die Madame auch schon mit Fragen zu ihrem neuen Freund. Sie konnte es gar nicht fassen, dass man Männer von diesem Format in einem Museum finden konnte, und das auch noch in Deutschland. Aber soviel und so kritisch sie auch fragte, Greta ließ keinen Zweifel daran, dass sie genau den Mann gefunden hatte, den sie wollte.

»Jetzt darf ich nur nicht mehr verrückt werden und ihn wieder den langweiligen Deutschen in die Arme treiben. Er schätzt mich ja als Schwedin, musst du wissen.«

»Und ihr vögelt wirklich bei der Arbeit in der Gedenkstätte?«

»Es geht um die deutsch-jüdische Geschichte allgemein. Ein Arbeitsplatz wie jeder andere auch. Irgendwo muss das Leben weitergehen. Außerdem war das nur einmal, am Anfang. Irgendwie musste ich ihn davon überzeugen, dass ich besser bin als die deutschen Kolleginnen.«

»Machen die das denn nicht?«

»*Fy fan*! Wo denkst du hin? Man würde sie steinigen.«

»Und der, den wir jetzt abholen? Was ist mit dem?«

»Das ist ein Freund. Er könnte dir gefallen. Ich hoffe, dass er in Stockholm erfolgreich war.«

»Du meinst, bei Linda?«

»Und bei Hans Alfredsson.«

Hannah sah sie einen Moment ernsthaft an, dann schmunzelte sie.

»Du hast dich nicht wirklich verändert«, sagte sie. »Und das ist jetzt ein Kompliment.«

Der Halbe Belgier erwartete sie auf den Stufen des Bahnhofsgebäudes sitzend. Es war höchste Zeit, dass er in seinem Aufzug von der Straße kam. Ein Wunder, dass die staatliche Fürsorge ihn noch nicht eingesammelt hatte, so leicht verstört, wie er grinste, mit den blondierten Haaren und BIKINI-TEAM-T-Shirt.

»*Hej!*«, begrüßte ihn die Madame und stieg aus, um ihn auf die Rückbank zu lassen. »Hast du Hans Alfredsson gefunden?«

»Ja«, sagte er. »Alles ist gut. Der König treibt es noch viel schlimmer als in deiner Phantasie.«

»Das hat er dir gesagt?«

»Er und ein Polizist.«

»Du hast mit einem Polizisten geredet?«

»Im Zug«, sagte er. »Von ihnen hast du nichts mehr zu befürchten. Aber sie wissen von der Kiste. In diesem Land bleibt wirklich wenig unbemerkt.«

Die Madame hielt, an der Beifahrertür stehend, inne und sah ihn an, als zweifelte sie an seiner Zurechnungsfähigkeit.

»Der Zoll weiß aber nichts«, fügte er schnell hinzu.

»Wollten wir nicht zurück zum Grillen?«, rief Hannah aus dem Wagen.

»Ja gut«, sagte die Madame da und ließ ihn einsteigen. »Die Frau hier mit den großen Titten, das ist Hannah.«

»Hallo! Das freut mich«, sagte er.

»Was? Ihre großen Dinger?«

»*Fy fan!*«, schimpfte Hannah. »*What are you pricks talking about?*«

Die Madame grinste schon wieder, stieg ein und wendete auf dem Parkplatz. Erschöpft von der Zugfahrt ließ der Halbe Belgier die beiden Frauen reden und reagierte kaum auf die wenigen Fragen, die sie ihm stellten.

»*Did you like it with Linda?*«, wollte Hannah wissen.

Er schwieg.

»*My Goodness!*«, lachte die Madame. »*So Linda hasn't changed at all!*«

Er schaute aus dem Fenster, wo bald darauf, noch immer zart blau schimmernd, der See auftauchte. So schön das war, wollte er jetzt wirklich nach Hause, in seine Küche vor den Fernseher. Ein Bier vielleicht und eine Pizza. Stattdessen raste er mit zwei vollkommen überdrehten Frauen durch die schwedische Provinz. Der Schnurrbärtige würde sie am Grill erwarten. Das immerhin tröstete ihn. Da konnten sie vorne gern weiterkreischen und sich laut lachend zu ihm umdrehen, was auch immer sie da auf Schwedisch besprachen. Denn Hunger hatte er. Seit dem Gebäck am Morgen war er ganz ohne Essen ausgekommen. Und das nach den Ereignissen des Vortags. Da konnte man nun wirklich nicht von Urlaub sprechen.

Endlich wieder im Haus der Mutter, nahm der Halbe Belgier mit kindlich verzücktem Lächeln die erste Dose Bier und leerte sie in einem Zug. Mit einer zweiten Dose ging er raus in den Garten, um nach Cassady zu sehen.

Der für seinen Teil war ganz froh, endlich sein Meisterwerk an Grillkunst vorführen zu können: Vorsichtig hob er den Schneckeneimer, wies auf die kaum tassengroße Glut, an die sich Scheiben frischen Holzes lehnten. Der Rauch vertrieb die Mücken und duftete wie das Innere eines sehr alten Möbelstücks in einer Metzgerei. Auf dem Rost lagen Spareribs in mehreren Lagen. Der Halbe Belgier hielt sich nur mit Mühe zurück und nahm dankbar eine Nat Sherman aus dem Etui. Schnell berichtete er von seinen Begegnungen unterwegs.

»Glaubst du, dass ihr wirklich jemand diese Kiste gebracht hat?«, fragte er. »Oder hat sie sich das auch nur ausgedacht?«

»Was wäre dann? Willst du sie zum Psychiater bringen? Dann wären wir halt hier, weil sie verrückt ist. Ohne diese Kiste wären wir niemals aufgebrochen, und jetzt ist es lustig, und Bier und Fleisch gibt es genügend. Wozu hinter die Dinge blicken, wenn sie gut sind? Wir kommen schon noch schnell genug zurück in das Museum, und so eine Hannah gibt es da sicher nicht. Außerdem muss man auch mal etwas zu Ende bringen von all den Sachen, die man anfängt.«

»Heißt das, du hältst sie für verrückt?«

»Hältst du dich für normal?«, fragte der Schnurrbärtige und trank einen Schluck. »Nur du selbst darfst darüber urteilen. Kannst du das? Darüber hinaus zählen die Taten. Und du hast hier wirklich schon mehr geschafft als in vielen Wochen zu Hause. Vielleicht ist Hannah ja etwas für dich.«

»Mir ist gerade nicht nach neuen Abenteuern.«

In Erinnerung an sein nächtliches Versagen sah der Halbe Belgier eher skeptisch in Richtung der Schauspielerin hinter dem Wohnzimmerfenster. Natürlich war das eine Frau, wie er sie sich nicht besser hätte ausdenken können, aber galt das auch umgekehrt? War das nicht eher unwahrscheinlich?

Zum Essen setzte er sich neben sie und versuchte, irgendetwas Kluges über Theater zu sagen. Hannah lächelte nur, streckte sich und ließ ihn so das Maß ihres Busens erahnen, der ihm für einen langen Augenblick den Atem nahm. Fast vergaß er, seine Shrimps zu schälen, die sich zur Vorspeise auf den Tellern türmten. Er atmete durch und versuchte, sich auf das rosafarbene Fleisch dieser Tiere zu konzentrieren. Die kamen auf getoastetes Weißbrot, dazwischen eine dicke Schicht Frischkäse. Dazu Bier, mit dem sie jetzt anstießen, auf das Wiedersehen, auf die Reise und dann, auf Wunsch der Mutter, auf die Liebe.

»Diese Idee ist stärker als jeder Verstand«, sagte Greta.

»Was meinst du?«, fragte Cassady.

»Dass sie nach all dem Rumgehure in den Siebzigern, den ganzen Scheidungen und Selbstmorden noch auf die Liebe trinkt.«

»Und ich werde es weiter tun!«

»Trotz ist schließlich auch eine Haltung«, meinte der Halbe Belgier.

»Du sprichst ein großes Wort gelassen aus«, lachte die Mutter und schenkte ihnen nach. »Lasst uns also auf eure dumme Kiste trinken, ohne die wir nicht beisammensäßen!«

Später am Abend, nachdem sie mit Begeisterung das Fleisch von den Knochen gerissen hatten, fragte Hannah den Halben Belgier, ob er nicht morgen mit ihr nach Berlin fahren wolle. Schon wieder eine Einladung. Als wollten ihn hier alle irgendwie entführen. Ehe er darüber weiter hätte nachdenken können, hob die Mutter aber ihr Glas auf ihn und sein technisches Können. Das mit dem Plattenspieler hatte er richtig gut gemacht.

Später holte die Madame eine alte Gitarre aus dem Keller. Sie stimmte die Saiten und spielte einige Akkorde an.

»Ein Freund meiner Eltern hat es als Sänger weit gebracht«, sagte sie. »Er hat auch deutsche Lieder gesungen.«

»Als Schwede?«, fragte der Halbe Belgier.

»Aber sicher! Wir sind auch kulturell eine Exportnation!«

Dann zupfte sie ein kurzes Vorspiel und sang.

Es war einmal eine Gitarre
die spielte ein fremder Mann
Und mit seinen schlauen Gesängen
da zog er die Mädchen an …

»Das muss wirklich nicht sein«, unterbrach die Mutter.

»Nur weil du mit ihm bumsen wolltest!«

»Mit Lasse Bergehagen?! Du bist ja irre! Warum spielst du nicht etwas Schwedisches für unsere Gäste?«

Die Madame zupfte noch ein bisschen weiter, hielt dann aber inne und grinste.

»Gut«, sagte sie. »Der Song ist wirklich schlimm, und die Siebzigerjahre sind endlich vorbei.«

Die Mutter gab das mit einem erleichterten Lächeln zu und schenkte die Gläser noch einmal voll. Sie prosteten sich zu, tranken und schwiegen. Dann lauschten sie einem traurigen Lied.

Blott en dag, ett ögonblick i sänder
vilken tröst vad än som kommer på!
Allt ju vilar i min Faders händer,
skulle jag, som barn, väl ängslas då?

Hannah und die Mutter stimmten ein, und die drei Frauen sangen Strophe für Strophe mit einer Inbrunst, die weder der Schnurrbärtige noch der Halbe Belgier einzuordnen wussten. War all die Ironie plötzlich verschwunden, oder zeigte sie sich so in ihrer ganzen Größe? Unschlüssig griffen sie nach ihren Bierdosen und stießen an, und es war klar, dass sie gar nicht begreifen mussten, was diese drei wahrlich nicht religiösen Frauen dazu veranlasste, diesen Psalm zu singen. Tag für Tag legten sie ihr Leben in die Hand des sich sorgenden Vaters, an den sie doch nicht glaubten. Durch die Wohnzimmertür sah man die Kiste im schummrigen Treppenhaus stehen. Wichtig war nur, dass sie zusammen weiterfuhren.

VIERTER TAG

Greta erblickte Siena, Avignon und die Alhambra. Sehnsuchtsorte einer glücklich alternden Mittelschicht. Alle verschwommen, unscharf, wie in weiter Ferne. Zu träge, um nach ihrer Brille zu suchen, ließ sie ihren völlig kurzsichtigen Blick durch das Schlafzimmer ihrer Mutter schweifen. Die Motive auf den Postkarten an der Wand erkannte sie nur mit Mühe. Angesichts des schon wieder völlig blauen Himmels draußen erschien ihr die Verherrlichung dieser Touristenfallen noch absurder als sonst. Ihr Problem war das nicht. Sollten die Alten mit ihren Renten machen, was sie wollten. Sie fühlte in sich eine überraschende Zufriedenheit. Auch an diesem vierten Morgen ihrer Reise wachte sie neben ihrem Geliebten auf, im komfortablen Bett ihrer Mutter, die unten auf dem Sofa schlief.

Während Cassady weiter sanft vor sich hin schnarchte, verschränkte sie ihre nackten Arme hinter dem Kopf und fixierte die Wand. Schnell blieben von den zunächst nur impressionistisch verschwommenen Postkartengemälden nur noch abstrakte Formen. Sie dachte an den Halben Belgier, dessen Rückkehr ein deutliches Indiz dafür war, dass der Überwachungsapparat anders funktionierte, als sie befürchtet hatte: Wenn jemand in diesem Aufzug sogar im öffentlichen Fernverkehr unbehelligt blieb, konnte es so schlimm noch nicht stehen um das Land, auch wenn sie wie auch immer von der Kiste erfahren hatten. Musste das sie interessieren, solange man sie hier in Ruhe Ferien machen und demnächst dann weiterreisen ließ? Weiter kam sie nicht in ihren sehr entspannten Gedanken, da durch den kaum isolierten Neubauboden Klänge drangen, die sie zu dieser Tageszeit bei aller guten Laune nicht ertragen konnte. Zu sehr erinnerte sie das an die schlechten alten Zeiten, als die Eltern es sich zu gutgehen ließen.

I've been running round the world
Looking for that woman girl
Who knows love can endure …

»*Herregud!*«, stöhnte sie. »Crossby, Stills & Nash noch vor dem Frühstück!«

»*Yes, Sir! Colonel, Sir!* Position zwei auf Posten«, murmelte der Schnurrbärtige im Schlaf.

Auch sie wollte plötzlich am liebsten zurück ins Museum. Nervös tastete sie nach ihrer Brille und fand sie nach einer unerträglich langen Weile auf dem Nachttisch. Nackt sprang sie aus dem Bett und floh vor *The Southern Cross* und ihren Erinnerungen an all die Abende, an denen sie nicht hatte schlafen können, weil sich die Eltern mit all den Freunden amüsierten. Sie eilte durch den Flur ins Bad und unter die Dusche, um ihre Ohren endlich mit Wasser zu verschließen. So gut das auch gelang, wurde ihr schlagartig bewusst, dass sie noch heute dringend weiterreisen mussten. Nicht nur, weil sie endlich wissen wollte, was in der Kiste war, um dann zurück nach Berlin zu kommen, sondern auch, weil sie mit ihrer Mutter keinen dauerhaften Frieden schließen würde. Da räumte sie lieber das Feld, ehe der Krieg wieder ausbrach.

Nachdem sie endlich die nötige Energie gefunden hatte, das Wasser wieder abzustellen, schlüpfte sie nach langem und leicht angewidertem Zögern in den Bademantel ihrer Mutter. Sie lauschte ängstlich und hörte jetzt Tom Jones. Sie verdammte nicht alles Alte, konnte sogar sehr gut mit Elvis und zum Teil auch mit den Beatles leben. Sie liebte Strindberg und Nietzsche. Nur die Siebziger waren eben unerträglich, das ganze selbstzufriedene Genießen, der Hippie-Schwachsinn, den sie sich als Kind hatte anhören müssen. Vor dem war sie zu Kerstin und Lars-Gunnar geflohen. Die beiden waren die einzigen halbwegs normalen Erwachsenen gewesen, Menschen, die nicht immer so tun mussten, als sei das alles eine reine Freude, was nur ein Leben war. Und doch hatten sie so viel mehr als alle anderen erlebt und saßen jetzt hoffentlich immer noch zusammen in dem Haus am Meer. Sie mussten los!

Wenig später stand sie angekleidet im Halbdunkel des Wohnzimmers. Die Mutter saß mit dem Halben Belgier auf der Terrasse. Sie tranken Kaffee.

»Ich kann es mir einfach nur schwer vorstellen, Kaffee zu trinken, ohne dabei zu rauchen«, sagte der Halbe Belgier.

»Es ist ganz leicht, wenn man alt wird«, sagte die Mutter. »Das ist die Angst vor dem Tod.«

»Du bist nicht alt und schaffst es trotzdem.«

»Ein Schmeichler«, lächelte die Mutter und rührte einen Löffel Zucker in ihren Kaffee, immer weiter, bis sich auch der letzte Kristall auflöste, genauso zwanghaft, wie sie früher geraucht hatte.

Greta wartete noch einen Moment, überlegte, ob der Halbe Belgier es ernsthaft auf ihre Mutter abgesehen haben könnte, und lauschte der Musik.

It's not unusal to have fun with anyone …

Tom Jones' Meinung in Ehren, wollte sie diese Enttäuschung sowohl ihrer Mutter als auch dem Freund ersparen, weil diese Dinge nur in Büchern funktionierten. In der Wirklichkeit endeten derartige Experimente peinlich.

»Nimm nur von meinen Zigaretten«, sagte sie und trat auf die Veranda.

»Oh, so eine nette Begrüßung!«, lachte die Mutter.

»Warum redet er dann vom Aufhören?«, fragte Greta und steckte sich selbst eine Marlboro an.

Sie hielt Ausschau nach dem braunen Saab, von dem auch heute nichts zu sehen war.

»Er lebt ein richtiges Leben im Falschen«, sagte die Mutter. »Möchtest du einen Kaffee?«

»Das allerdings, und sobald Cassady wach ist, brechen wir auf.«

»Ich muss gleich nur noch schnell zur Schule«, sagte die Mutter. »Ihr könnt so lange ja zu Timmy gehen, wo du jetzt so nostalgisch wirst.«

»Mutti, eigentlich sind wir schon längst weg mit deinem Auto. Wie kannst du es dann jetzt noch brauchen?«

»In Wirklichkeit seid ihr hier, und es ist nur für eine Stunde.«

»Er schläft ja noch«, sagte der Halbe Belgier.

»Und Timmy wird sich freuen.«

»*Ja visst!*«, sagte Greta. »Nur wird ihm Captain Ahab dazu keine Chance lassen und uns mit Autoscheiß vollquatschen. Außerdem bin ich sicher nicht nostalgisch!«

»Aber du reist zu diesen beiden Alten da am Meer, besuchst den Vater, mit dem du seit Jahren nicht geredet hast, und hältst es sogar mit mir aus! Jedenfalls ist es wirklich nicht zu viel von dir verlangt, deinem Freund kurz hallo zu sagen.«

»Ist das nicht der Sohn des Einbeinigen?«, fragte der Halbe Belgier.

»Ja«, sagte die Mutter. »Du solltest ihn wirklich kennenlernen!«

Ohne sich auf weitere Diskussionen einzulassen, machte sie sich dann auf den Weg. Die Madame und der Halbe Belgier verharrten unschlüssig auf der Veranda. Der Schnurrbärtige ließ nichts von sich hören als sein unaufgeregtes Schnarchen.

»Dafür, dass er so dringend reisen wollte, lässt er es ziemlich ruhig angehen«, sagte der Halbe Belgier.

»Und du siehst eine ganze Menge«, sagte sie. »Dafür, dass du gar nicht wegwolltest.«

»Ja, so kann's gehen.«

»Ich bin sehr froh, da nicht alleine hinzumüssen.«

Die Madame trug heute ein blauweißgestreiftes Hemd zu hautengen Jeans. Für den Halben Belgier hatte sie nach langem Suchen ein weißes Unterhemd gefunden. Spätestens wollten sie mit der Mutter zurück sein, dann Cassady wecken, um die letzte Etappe hinter sich zu bringen.

Sie liefen zunächst auf einem kleinen Weg zwischen den Reihenhäusern hindurch, der sie auf eine etwas wohlhabender bebaute Straße führte. Nicht gleich Villen, standen die Häuser hier jedes für sich. Basketballkörbe und Tischtennisplatten erzählten von glücklicher Kindheit, nur dass wieder kein Mensch zu sehen war.

Vor einem nicht allzu frisch gestrichenen Bungalow mit Flachdach glänzte der dunkelgrüne *Morgan +8 Le Mans* in der Sonne, als wäre er niemals in irgendeine Scheune gekracht. Als wäre er überhaupt noch nie irgendwohin gefahren. Die Madame lief auf den Waschbetonfliesen hoch zur Haustür und klingelte. Unentschlossen blieb der Halbe Belgier auf halbem Weg stehen, gespannt, ob dieser Magnus ihnen öffnen werde und ob er seine Prothese genauso schnell wieder in Schuss gebracht hatte wie seinen Wagen. Er bewunderte Menschen, die Gegenständen mit so viel Liebe und Zuneigung begegneten: Kleingärtner, Hausfrauen, Autonarren. Was brauchte man mehr, wenn man sich für ein Stück Blech begeistern konnte? Das war doch echte Unabhängigkeit.

Sie klingelte noch einmal. Dann wurde geöffnet. In der Tür stand Magnus auf einem Bein, an jedem Arm eine Krücke, zwischen den Lippen eine Zigarette.

»*Hej!*«, sagte er und hob eine Krücke in Richtung des Wagens.

»Das Bein dauert wohl länger«, sagte sie.

»Ich fahre gut mit einem. Wollt ihr?«

»Willst du?«, fragte sie den Halben Belgier.

Er schüttelte den Kopf.

»Nur eine Runde«, sagte Magnus. »Er fährt sogar noch etwas schneller jetzt.«

»Wir kommen nicht, um zu sterben«, sagte sie. »Wir reisen heute weiter und wollten Timmy kurz besuchen.«

»Habt ihr gesehen, wie sie den Kotflügel gerichtet haben? In nicht einmal zwei Tagen! Diese Jungs sind Künstler. Zum Glück hatten sie den Lack noch vom letzten Mal da.«

Er humpelte an ihnen vorbei zur Straße hin, immer wieder mit einer der beiden Krücken auf den Wagen zeigend. Begeistert zählte er auf, was sie alles nicht nur repariert, sondern auch noch einmal verbessert hatten.

»Komm!«, sagte Greta schließlich. »Timmy ist irgendwo da drinnen.«

»Aber können wir ihn hier so stehen lassen?«

»Vergiss es, und komm nie auf den Gedanken, Mitleid mit diesem Mann zu haben.«

Also folgte der Halbe Belgier ihr ins Haus und versuchte, die enttäuschten Rufe des Alten zu ignorieren, der noch lange nicht fertig war mit seinem Vortrag. Vom Flur aus hörte er ihn schimpfen, jetzt unverständlich, weil auf Schwedisch.

Das Wohnzimmer lag im Halbdunkel, beleuchtet nur von einem gigantischen Flachbildfernseher. Es lief ein Autorennen. Über dem Fernseher stand eine Reihe silberner Pokale, flankiert von einem guten Dutzend Urkunden, alle mit irgendeinem Bezug zum Autosport. Neben dem Sofa reflektierte der glänzende Stahl eines Rollstuhls das flackernde Licht. Darin saß Timmy, bewegungslos und mit fixiertem Kopf. Die Augen strahlten glücklich.

»*Hej*, Timmy«, sagte Greta.

»*Hej!*«, hauchte er.

»Hallo«, sagte der Halbe Belgier.

»Das ist ein Freund aus Deutschland, der kein Schwedisch spricht.«

»Ich spreche Deutsch, ein bisschen«, sagte Timmy. »Aus den alten Pornos.«

»Oh ja!«, grinste sie. »Du bist phantastisch!«

»Noch einmal, bitte! Ja!«

»Dein Schwanz ist so enorm!«

»Und er ist nur für dich, du Stute.«

»Mein Gott«, lachte sie. »Guckt er die etwa immer noch?«

»Nur selten, wenn er traurig ist. Schwedinnen sind nirgends so schön wie in deutschen Pornofilmen. Aber setzt euch doch hin. Wenn ihr was trinken wollt, müsst ihr euch selbst bedienen. Die Schwester kommt erst heute Abend wieder.«

»Ist er so geizig?«

»Ein Morgan ist nicht billig, wenn man ihn regelmäßig zu Schrott fährt.«

Dann erzählte die Madame dem Halben Belgier die Geschichte des allerersten Unfalls, bei dem Magnus' Frau Luisa, eine Kindheitsfreundin ihrer Mutter, gestorben und Timmys Wirbelsäule am Nacken gebrochen war.

»Das war's dann mit den schönen Sommern draußen«, sagte sie. »Das leichte Leben war plötzlich vorbei. Meine Eltern haben sich dann bald getrennt. Das Sommerhaus wurde verkauft.«

»Immerhin ist er konsequent und schont sich selbst auch nicht«, sagte Timmy. »Und nächste Woche fahren wir nach Süden.«

»Ihr beide?«

»Eine Rallye durch ganz Deutschland, dann über die Alpen nach Ligurien und rüber nach Frankreich und hoch nach Le Mans. Er muss mich mitnehmen, weil er sonst die Schwester rund um die Uhr bezahlen müsste. Mein erster Urlaub seit zwölf Jahren.«

»Und er will dich pflegen?«

»Ich spüre eh nichts, und ich will das noch mal sehen. Wir waren immer im Süden, als ich klein war. Immer mit irgendeinem Sportwagen, die beiden vorne und ich auf der Rückbank, die es oft gar nicht gab. Er war damals kein schlechter Typ.«

»Er war ein Playboy.«

»Ich wär auch gerne so.«

»Nur hat er dann Luisa umgebracht, und du bist jetzt behindert.«

Timmy schwieg und schloss für einen Moment die Augen. Der Halbe Belgier wollte irgendetwas sagen, um ihn weitererzählen zu lassen von früher und von der Reise, auf die er sich so freute. Die Madame verstörte ihn mit ihrer Art, die Dinge bei ihrem hässlichsten Namen zu nennen. Da sah Timmy sie wieder an und lächelte.

»Du bist zu streng mit ihm. Er ist einfach so, und früher hatten wir es wirklich gut. Aber wie geht es dir? Ist das dein Freund? Schläfst du mit ihm?«

»Nein«, sagte sie. »Der Mann, mit dem ich schlafe, schläft noch.«

»Oh, das klingt gut. Würde er mir gefallen?«

»Du würdest ihn lieben. Er ist Amerikaner. Sein Schnurrbart ist dicht wie der finnische Wald.«

»Ein Porno-Balken!«

»Und schwarz wie die Nacht.«

»Ein Neger?«

»Nein, die Haare meine ich.«

»Und warum seid ihr hier?«

Sie zögerte kurz, dann erzählte sie ihm von der Kiste. Timmy grinste immer wieder.

»Das scheint wirklich ein guter Mann zu sein«, sagte er, als sie geendet hatte. »Ich habe Kerstin und Lars-Gunnar nicht gesehen seit dem Unfall. Was ist denn drin in dieser Kiste?«

»Wir haben keine Ahnung. Sie ist verleimt und ziemlich schwer.«

»Und ihr wisst nicht, von wem sie kommt?«

»Kein bisschen, aber das ist jetzt auch nicht mehr wichtig.«

Dann wollte Timmy hören, wie es ihr in Berlin erging. Ob es da wirklich ganz so wild getrieben wurde, wie man sich hier erzählte. Er schaute überrascht, als sie begeistert vom Nichtstun zwischen zwei Schichten im Museum erzählte.

»Vielleicht kannst du deshalb mit Autos nichts anfangen«, sagte er. »Du bist einfach nicht gerne in Bewegung. Trotzdem hast du es nach Berlin geschafft.«

»Ja, das war eine Überlebensfrage.«

Sie gingen nicht weiter auf Berlin oder Magnus ein und widmeten sich stattdessen dem Schicksal gemeinsamer Bekannter von früher, die größtenteils mit guten Jobs in Göteborg oder Stockholm wohnten. Fast alle hatten schon zwei oder drei Kinder. Nur Hannah und Linda waren noch zu haben.

»Für ihn haben sich beide interessiert«, sagte die Madame und wies auf den Halben Belgier.

»Ja«, sagte Timmy. »Ehe sie zu einem Krüppel kommen, nehmen sie sogar einen Deutschen.«

»Er ist auch halber Belgier.«

»Die beiden waren immer schon etwas pervers.«

Als sie sich nach einer halben Stunde wieder auf den Weg machten, wartete Magnus noch immer draußen bei seinem Wagen. Noch einmal versuchte er, sie zu einer Probefahrt zu überreden. Der Halbe Belgier wollte nachgeben, weil es ihn doch keine Mühe kosten würde, kurz in den Wagen einzusteigen und einmal um den Block zu fahren.

»Die Nächstenliebe könnte dich dein Leben kosten«, sagte die Madame.

Er zögerte, weil er sich schon von Ramelow hatte überreden lassen, in sein Boot zu steigen. Dann schüttelte er entschuldigend den Kopf und folgte ihr.

»Wir waren damals zusammen«, sagte sie, als sie den Fußweg erreichten. »Timmy und ich, bis kurz vor dem Unfall.«

≈

Im Garten der Mutter kniete ein Mann mit angegrauten Locken auf einem Teppich und betete. Nicht laut, aber man hörte die weiche Stimme gut bis zum Gartentor, an dem die Madame und der Halbe Belgier stehen geblieben waren. Der ausgeblichene Teppich lag gleich neben dem Grill, der mit dem Schneckeneimer aussah wie eine Vogelscheuche aus der Hand eines Berliner Altmetallkünstlers. Links an der Hecke lag der Schnurrbärtige in Boxershorts auf einem Liegestuhl in der Sonne und schlief. Die Mutter saß Kaffee trinkend auf der Terrasse.

Sie winkte den beiden mit beschwichtigenden Gesten in Richtung des Betenden zu, der wohl nicht gestört werden sollte. Völlig gebannt von dieser so unpassenden Erscheinung, die ja nicht nur ein Mann, sondern dem Anschein nach auch Moslem und religiös war, verharrte die Madame wie erstarrt am Zaun. Da die Mutter weiterwinkte und auf die Kaffeekanne vor sich wies, drückte der Halbe Belgier die Klinke des Gartentors und schritt über den Rasen. Die Madame folgte ihm nicht.

»Und wie war es bei Timmy?«, fragte die Mutter leise, als der Halbe Belgier sich gesetzt und einen ersten Schluck Kaffee getrunken hatte. »Schön?«

»Ich weiß nicht«, sagte er.

»Sie hat dir sicherlich erzählt, was für ein böser Kerl Magnus ist, was aber wirklich gar nicht stimmt, und das heißt nicht, dass ich ihn mag. Aber er tut viel für seinen Sohn. Er nimmt ihn sogar mit auf eine Rallye durch Europa. Was für ein Abenteuer! Als Einbeiniger mit einem Querschnittsgelähmten!«

»Ja, er scheint sich zu freuen.«

»Wenn du wüsstest, was Magnus früher für ein Kerl war! Ein Chauvinist natürlich, ein Macho und Playboy, aber so gutaussehend und mit den schicksten Autos. Für mich war das ja nichts, ich war emanzipiert, aber Luisa war sehr glücklich.«

»Stimmt denn die Sache mit dem Unfall? Und dass sie Timmys Freundin war?«

»Ja, das war Pech, aber ihr hat niemand je etwas vorgeworfen. Sie hatten sich vorher schon getrennt und waren auch da schon eher Schwester und Bruder. Sie ist dann trotzdem schnell nach Stockholm und nach der Sache mit dem König nach Berlin geflohen. Hier flog uns ja auch alles um die Ohren.«

Der Halbe Belgier wollte fragen, was dieser Mann da in ihrem Garten machte, traute sich aber nicht. Er war schließlich zu Gast. Was ging ihn das schon an? Also tranken sie schweigend Kaffee, zu dem er allzu gern geraucht hätte. Suchend sah er sich nach der Madame um, die immer noch am Zaun verharrte. Da erhob sich der Betende mit yogihafter Geschmeidigkeit von seinem Teppich. Mit einem sanften Lächeln im stoppeligen Feld seines Dreitagebarts wandte er sich erst ihr, dann auch dem Halben Belgier zu.

»*Hej!*«, sagte er. »Ich bin Mehdi.«

»Jetzt komm schon rein!«, rief die Mutter. »Er ist kein Terrorist.«

»Was ist er denn?«, fragte Greta und setzte einen Fuß in den Garten.

»*Hej, älskling*«, murmelte der Schnurrbärtige verschlafen und versuchte, ihr Bein zu fassen zu kriegen, als sie an ihm vorüberging. »Er arbeitet in einer Pizzeria und will uns zum Essen einladen.«

»Verdammt, wir müssen endlich los!«, schimpfte sie und blieb stehen. »Warum sollen wir jetzt auch noch Pizza essen?«

»Er meint, sie haben da ein sehr spezielles Knoblauchöl.«

Sie musterte Mehdi.

»Bei den Arabern am See?«

»Der Chef ist Grieche, der Koch Albaner, ich komme aus dem Libanon.«

»Und was machen Sie hier? Also in diesem Garten?«

»Ich habe gebetet. Das wirkt Wunder bei Rückenschmerzen.«

Die Mutter verfolgte das Gespräch über den Rand ihrer Kaffeetasse hinweg. Anscheinend hatte sie kein Bedürfnis, die Situation zu klären. Der Halbe Belgier wollte dringend rauchen.

»Braucht ihr denn keinen Kaffee?«, fragte er.

»Oh Mann, ein Kaffee! Das wäre phantastisch«, seufzte Cassady und hievte sich aus seinem Liegestuhl.

»Sehr gerne«, sagte auch Mehdi und machte die wenigen Schritte zur Terrasse hin, wo er sich gleich neben die Mutter setzte.

»*Fy fan!*«, flüsterte Greta ungläubig. »Was ist hier bitte los?«

»Hast du noch Zigaretten?«, fragte der Halbe Belgier.

»Bitte«, sagte Mehdi und reichte seine Packung Marlboros über den Tisch. »Wir haben uns in der Schule kennengelernt. Deine Mutter bringt mir Schwedisch bei und integriert mich in die Kultur.«

»Dein Deutsch klingt perfekt.«

»Ich habe vier Jahre in einem Flüchtlingsheim im Weserbergland verbracht.«

»Und wegen Ihnen musste meine Mutter noch mal zur Schule?«, fragte die Madame. »Obwohl wir dringend weitermüssen?«

»Ich habe doch eh noch geschlafen«, sagte der Schnurrbärtige.

Als wäre das ganze Gespräch nicht absurd genug, sah die Madame jetzt, wie die Hand ihrer Mutter unter dem Tisch eindeutig nach der Hand dieses Mannes griff. Seit wann interessierte sie sich denn wieder für Männer? Das Thema war doch lange durch! Und dann auch noch so einen, der sie jetzt in die Abgründe des deutschen Asylrechts entführte und erklärte, warum es ihn trotz seiner Sprachkenntnisse nach Schweden verschlagen hatte, als Kellner in diese Pizzeria mit dem warum auch immer so erwähnenswerten Knoblauchöl.

Früher hatte der Laden nur dank des immensen Haschischkonsums der Dorfjugend überlebt, die regelmäßig einfiel und keine allzu hohen Ansprüche stellte. Die Nudelgerichte waren, wenn man Glück hatte, nicht mehr vollständig tiefgefroren, die Pizzen verbrannt oder durchweicht, je nachdem, wer sich am Ofen ausprobierte. Schwer vorstellbar, dass ausgerechnet dort ausgerechnet ein Grieche die italienische Küche neu erfunden haben sollte. Egal, was für Öl er auch mixte. Nur waren das Belanglosigkeiten angesichts des verzückten Gesichtsausdrucks der Mutter, die immer noch nicht von der Hand des Libanesen ließ. Was bitte war da los? Das musste Greta wissen, und noch hatten sie genug Zeit, um rechtzeitig zum Dienst zurück in Berlin zu sein.

≈

Als Mehdi ihnen ihre Pizzen servierte, erzählte die Mutter dem Halben Belgier gerade von einigen Herointoten, die man in den Achtzigerjahren in dem damals verlassenen Gebäude am See gefunden habe.

»Die Kinder glaubten nicht mehr an die Liebe«, sagte sie. »Vögeln und Kiffen waren ihnen nicht mehr gut genug.«

»Wo hast du das denn wieder her?«, fragte Greta. »Vati hat dir doch nie erlaubt, auch nur zu paffen.«

»Was nicht heißt, dass ich nicht dabei gewesen bin.«

»Siehst du: Sie hat noch nicht mal inhaliert und hält sich doch für einen Hippie. Kein Wunder, dass die Kinder da zur Spritze greifen.«

»Da warst du noch ein Kind. Ihr habt dann später ja zum Glück wieder gekifft.«

Während Mutter und Tochter sich in erträglichem Maße weiterstritten, wurde der Schnurrbärtige vom Anblick seiner Pizza Quattro Stagioni ein gutes Stück weit in seine eigene Vergangenheit entführt. Und zwar ans College, in ein strukturalistisches Seminar bei einer Gastdozentin aus Berlin.

Dörte Schmölmann sprach viel von Grundlagen. Von Zeichen und Bezeichnetem. Was war wirklich, was konstruiert? Außerdem lud sie ihn schon nach wenigen Sitzungen zu sich in die für Gastdozenten reservierte Campus-Wohnung, in der sie ihn nach einer fettarmen Gemüsepizza mit ihrem durchaus sachlich vorgebrachten Verlangen nach Analverkehr auf Anhieb überforderte. Schließlich hatte er sie aber machen lassen, weil das womöglich ja dazugehörte, wenn man Kritische Theorie verstehen wollte. Und weil er sich daran erinnern würde. Rückblickend schien es ihm eine zumindest passable Anekdote, auch wenn er damals keinen Spaß empfunden hatte, hinter ihr an ihrem Schreibtisch, von dem ihn kahlköpfig Foucault anstarrte – den Vornamen, das hatte er da schon gelernt, nannte man lieber nicht. Im Laufe des Semesters hatte Dörte auf den Campus-Partys immer so eigenwillig herumgezappelt, dass man sie schließlich nur noch »Dancing Dörty« nannte. Und sie hatte viel erzählt von Berlin, wo man auch mit einem College-Abschluss noch viele Jahre lang studieren könne, ohne arbeiten zu müssen. Die Verrücktheit der Dozentin und die Aussicht darauf, die Rückzahlung seines Studienkredits weiter aufschieben zu können, hatten Cassady davon überzeugt, nach Deutschland zu gehen, so vehement seine Eltern auch dagegen protestierten. Für sie grenzte es an Irrsinn, dass er als bestens ausgebildeter jüdischer Amerikaner ein nutzloses Studium in Deutschland einem gesicherten Berufsleben in der Heimat vorzog. Er aber hätte alles getan, um nicht ernsthaft arbeiten zu müssen.

Die Räumlichkeiten des Instituts in Dahlem schienen zunächst vielversprechend: Gleich an seinem ersten Tag erklärte ihm Enoch, eine der bibliothekarischen Hilfskräfte, dass sich in der roten Backstein-Villa nach dem Krieg ein Bordell für amerikanische Offiziere befunden habe. Das zeige doch hervorragend, wie nahe Literatur und Sexualität sich seien. Extrem hager und ganz in Schwarz gekleidet, saß Enoch hinter einem Schreibtisch aus warm glänzendem Nussholz. Von den Regalen um ihn herum strahlten die golden verzierten Rücken historischer Ausgaben. Es roch gemütlich nach altem Papier. Alles schien einladend, nur dieser blasse Mensch verstörte Cassady: Als zitiere er eine rituelle Begrüßungsformel, nannte Enoch die Autoren, mit denen man sich hier beschäftigen müsse, wenn man Literatur richtig lesen wolle. Die amerikanischen Soldaten hatten anscheinend französischen Philosophen das Feld überlassen: Derrida, Foucault, Baudrillard, Lacan, Barthes, Bourdieu, Lévi-Strauss und all die anderen, deren Vornamen man auch hier aussparte. Die Ernsthaftigkeit im Umgang mit diesen Denkern kannte Cassady schon von Dörte Schmölmann, und er fragte sich, ob dieser Enoch sich außerhalb der Bibliothekszeiten vergleichbar lustig amüsierte wie die Gastdozentin. Auf seine Frage hin, was man hier abends denn so tat, starrte der ihn dann aber völlig fassungslos durch seine stahlgerahmte Brille an.

»Lesen natürlich«, sagte er.

»Und wo genau ist die Nähe zur Sexualität?«

Enoch sah sich kurz um und gab ihm ein Zeichen, näher zu kommen.

»Kant masturbierte morgens«, flüsterte er. »Das halte ich aber für wenig konsequent.«

In den folgenden Wochen setzte Cassady sich noch in das eine oder andere Seminar und war schnell vollkommen desillusioniert: Niemand kam an diese Uni, um eine gute Zeit zu haben; hier verbrachten intelligente Menschen ihre Tage damit, sich ernsthaft zu fragen, ob sie auch theoretisch so dachten, wie sie dachten, oder eben doch ganz anders. Dann war er zum Glück Aaron begegnet und so in die Redaktion des jüdischen Sportmagazins und zu den Studentinnen der Judaistik gekommen. Richtig gut fühlte er sich aber erst, als er den Job als Museumswärter und seine Madame gefunden hatte.

All das ließ sich schon jetzt, nach wenigen Monaten, sehr rund und gut erzählen. Eine wirkliche Vergangenheit gab es also genauso wenig, wie es eine wirkliche Pizza gab. Ein Erlebnis war, wenn es nicht gar nichts mit seinem Bezeichnenden teilte, dann doch nur sehr eindimensional von diesem beschrieben, wobei die Dozentin das sehr viel eleganter hätte formulieren können. Die Sache war jedenfalls klar: Er beneidete seinen Großvater nicht um das, was er erlebt hatte, sondern um die Art, auf die er sich erinnerte und davon erzählte. Es war eine Frage der Haltung. Eine Pizza war genauso wenig eine Pizza wie eine Rose eine Rose und so weiter. Da reichte schon die kleinste Stichprobe: Quattro Stagioni bei *Amore* in der Kollwitzstraße, bei *Casamento's* in Baton Rouge oder eben hier in diesem Laden am Ufer des in der Sonne funkelnden Sees in Westschweden.

Die einfachen Holztische standen in zwei Reihen an der verglasten Front zur Uferstraße. Die andere Längsseite nahm ein Tresen ein, über dem vergilbte Poster Urlaubsorte in Italien zeigten: Pompeji, Castel del Monte, Cinqueterre. Unter der Decke hing ein Netz, in dem sich

Seesterne und Muscheln tummelten. In der Wand hinter dem Tresen lag ein rechteckiges Fenster, dahinter im Neonlicht die Küche. Da backten der Grieche, der Albaner und der Libanese diese eher besonderen Pizzen.

Cassady war skeptisch. Auch wenn er keinerlei Sympathien gegenüber der Nouvelle Cuisine hegte, fand er die Konstruktion der Pizza gewöhnungsbedürftig: Artischockenherzen, Oliven, Pilze, Schinken, Sardellen, Kapern und Salami türmten sich wild durcheinander und mit einer dicken Käseschicht bedeckt bis hoch über den Tellerrand. Es war, als hätte man einen Eintopf auf Brot serviert, ein eigenwilliges Ragout fin gestürzt. Der angebrannte Boden hätte im Sinne der Verhältnismäßigkeit mindestens doppelte Toastbrotstärke aufweisen müssen, was aber nicht der Fall war. Viel zu dünn, trug er die Last des Belages nicht. Man musste sich komplett von der Idee verabschieden, dass man eine Pizza aß, und mit der Gabel schaufeln.

Er würzte mit dem Knoblauchöl, bis er die Schärfe deutlich spürte. Auch der Geschmack war eigenwillig. Ein bisschen wie der Fisch beim Vater, wenn er sich nicht täuschte. Dafür musste man nicht extra nach Schweden reisen, aber es hatte ein gewisses Etwas. Würde er seinen Enkeln das nicht gut erzählen können? Und war das nicht eine schöne Sache? Ein bisschen vorgefühlte Nostalgie? Jedenfalls aß er zufrieden und folgte der Unterhaltung, ohne selbst zu dieser beizutragen.

»Und das ist also Zufall, dass er ausgerechnet dann im Garten beten muss, wenn ich einmal vorbeikomme?«, fragte Greta.

»Du bringst doch auch Männer mit!«, lachte die Mutter.

»Einmal in drei Jahren, und du haust mit dem Wagen ab, um einen Islamisten abzuholen!«

»Er betet, weil er Rückenschmerzen hat. Das ist eine uralte Entspannungstechnik.«

»Mutti ist religiös erzogen, musst du wissen«, erklärte die Madame dem Halben Belgier. »Völlig verkorkst.«

»Das hat damit gar nichts zu tun. Es lässt sich ganz leicht nachweisen, dass praktizierende Moslems kaum Bandscheibenvorfälle haben. Außerdem musst du dir ja nicht andauernd über andere Gedanken machen, oder?«

»Wenn sie uns aufhalten, habe ich keine andere Wahl. Wir müssen Kerstin und Lars-Gunnar endlich diese Kiste bringen.«

»Du wolltest doch noch länger bleiben!«

»Das war ein Irrtum. Jetzt ist es genug.«

Mehdi trat zurück an ihren Tisch, auf dem drei der vier Teller noch unberührt standen.

»Schmeckt es euch nicht?«, fragte er. »Ihr müsst noch mit dem Öl würzen.«

Schnell griffen sie zu Messer und Gabel und legten los. Der Gastgeber träufelte ausgiebig Öl auf die Pizzen. Es nahm ihnen den Atem.

»Damit werden wir reich«, sagte er. »Im Süden würzt man scharf, um Verdorbenes nicht zu schmecken. Im Norden liebt man gerade den verdorbenen Geschmack. In diesem Öl steckt beides: alter Fisch und frische Jolokia-Chilis. Für einen Markt von Indien bis Island. Lasst es euch also schmecken!«

Kaum war er weg, versuchten sie, das Öl mit Servietten wegzutupfen. Nur der Schnurrbärtige nahm sich noch einmal nach. Der Halbe Belgier konnte einfach nicht. Die Mutter lächelte. Greta lauschte: Vorne links am Panoramafenster saßen zwei sehr rüstige Damen mit kurz gestutztem grauem Haar. Sie tranken Espresso und sprachen über die jüngsten Vorfälle im Dorf.

»Sie suchen dich«, flüsterte Greta nach einer Weile.

»Wer sucht hier wen?«, fragte die Mutter.

»Leise! Verdammt! Sie suchen einen Schuldigen für diesen Unfall, weil schwedische Kinder so etwas nie selbst anstellen würden. Natürlich einen Dunkelhaarigen.«

Der Halbe Belgier starrte auf den Spinat-Gorgonzola-Belag seiner Pizza und versuchte, sein Herz unter Kontrolle zu bringen – vor Schuldgefühl und Angst schlug es wild durcheinander. Zum Glück hatte sie ihn frisiert und blondiert. Alleine wäre er verloren, andererseits aber auch gar nicht hier.

»Der Täter war jedenfalls Ausländer. Er spricht kein Schwedisch und Englisch nur schlecht«, flüsterte Greta.

»Aber ich, ich spreche Englisch«, sagte der Halbe Belgier erleichtert.

»Das ist Ansichtssache«, meinte der Schnurrbärtige.

Kurz darauf erschien Mehdi aus der Küche, um bei den Damen zu kassieren. Die fragten ihn etwas, in den Raum weisend, woraufhin Mehdi lachte. Ihre Mienen wurden plötzlich ernst.

»Dein Typ wird uns denunzieren«, zischte Greta. »Das nenne ich gelungene Integration.«

»Unsinn!«, sagte die Mutter und winkte ihrem Freund.

»Sie suchen einen Ausländer, der ein Mädchen schwer verletzt hat«, erklärte er ihnen wenig später.

»Was haben sie gefragt?«

»Woher du kommst«, sagte er zu Cassady. »Und ob du Englisch sprichst.«

»*Fy fan!* Er ist Amerikaner!«

»Das habe ich ihnen gesagt.«

»Und er?«, fragte Greta und nickte in Richtung des Halben Belgiers.

»Was er?«

»Haben sie auch nach ihm gefragt?«

»Warum sollten sie das? Er ist doch blond.«

Als die beiden Damen wenig später die Pizzeria verließen, beäugten sie den Schnurrbärtigen noch einmal skeptisch, als wollten sie nicht recht an seine Unschuld glauben.

»Der schwedische Blick«, sagte Greta. »Wir müssen dringend weg von hier.«

Wie ernst Greta die Bedrohung nahm, zeigte sich, als sie nach dem Essen darauf bestand, sofort aufzubrechen. Sie mussten weg, so unglücklich Mehdi auch guckte. Weder der Halbe Belgier noch Cassady wagte es, sich mit ihm und der Mutter zu solidarisieren, die gerne noch einen frischen Espresso und dann womöglich auch noch einen Grappa schlürfen wollte. Greta scheuchte sie regelrecht raus auf die Straße unter lautem Protest ihrer Mutter.

Die Diskussion endete erst, als ihnen am Seeufer Klaas Ramelow begegnete. Fröhlich aufgeregt wechselte der die Straßenseite und erkannte seinen Landsmann sofort.

»Mein Gott, Sie sind ja ein Chamäleon! Ein echter Schwede, würde man meinen wollen.«

»Seien Sie ruhig«, sagte die Madame. »Er ist inkognito.«

»Ich werde verfolgt«, flüsterte der Halbe Belgier.

Ramelow hielt inne und musterte sie, offenbar unsicher, ob sie sich über ihn lustig machten.

»Ist es wegen der Kiste?«, fragte er.

»Welche Kiste?«

»Sie erzählten davon in der Scheune.«

»Nicht, dass ich wüsste.«

»Wieso wüsste ich es sonst? Aber von mir haben Sie nichts zu befürchten. Mich beobachten sie auch. Sagen Sie, wenn ich Ihnen helfen kann.«

Sie nickten und verabschiedeten sich wortlos. Kurz darauf bogen sie ab, weg vom See.

»Paranoider Idiot!«, zischte die Madame.

≈

Entweder war die Kiste in den Tagen seit ihrer Ankunft schwerer geworden, oder die Ereignisse hatten sie körperlich geschwächt. Jedenfalls fiel den beiden Männern der Transport ihres Hauptgepäckstücks zurück zum Auto wesentlich schwerer als der Gang zum Haus der Mutter bei ihrer Ankunft. Stöhnend schwankten sie dahin unter den Blicken der Nachbarn. Beim Auto angekommen, fühlte der Halbe Belgier sich völlig ausgelaugt.

»Weiß sie denn selber, was sie will?«, fragte er Cassady und wischte sich mit seinem von der Mutter gewaschenen T-Shirt den Schweiß von der Stirn.

»Würde das etwas ändern?«

»Ich finde, genau das ist die Frage: Leidet man mehr oder weniger, wenn man weiß, warum und wofür? Kann Sisyphus den Stein vielleicht nur deshalb immer wieder den Berg hochrollen, weil es gerade keinen Grund dafür gibt? Kann in dieser Kiste etwas stecken, das uns mehr antreiben würde als unser Nichtwissen? So etwas Sinnloses zu tun wäre doch vollkommen unerträglich, wenn es einen konkreten Grund gäbe, oder?«

»Dann wäre es nicht mehr sinnlos.«

»Aber nur indirekt, in einer zweiten Dimension.«

»Du solltest nicht versuchen, mit diesem Hirngeschwurbel dein Leben zu erklären. Was zählt, ist, wie man etwas macht, und jetzt pack an.«

»Also ist diese Kiste Sinn an sich.«

»Der Transport ist der Sinn und die Liebe.«

»Aber fragst du dich nicht, was wir da transportieren?«

»Schon lange nicht mehr. Was sollte das bringen?«

Cassady ging in die Hocke. Der Halbe Belgier folgte ihm. Dann kippten sie die Kiste so zu Seite, dass sie mit einer Hand daruntergreifen konnten, und hoben sie vorsichtig in den Wagen. Die Heckfederung quietschte leise.

»Und die Sache mit dem König und unsere Verfolger?«,

hakte der Halbe Belgier noch einmal nach, als sie den Wagen abgeschlossen hatten.

»Wir sollten erst mal Kaffee trinken«, sagte Cassady.

Der Halbe Belgier war nicht sicher, wie ernst er all das nehmen sollte, was ja erst einmal ganz einleuchtend klang. Da sie sich dazu entschlossen hatten, ihrer Freundin dabei zu helfen, diese Kiste an ihren Bestimmungsort zu bringen, sollten sie das einfach tun. Und wenn die beiden sich wirklich liebten, verdiente das sowieso seine Unterstützung.

Während die beiden Männer mit der Mutter anstelle eines Kaffees doch ein Bier auf der Terrasse tranken, blieb die Madame in der Küche. Was sie an Proviant finden konnte, packte sie in Plastiktüten: zwei Rollen Klopapier, ein Paket gesalzene Butter, das große Käsedreieck, eine Dose Leberpastete, die angebrochenen Gläser Hering, ein Dutzend Kerzen, Streichhölzer, das restliche Fleisch vom Vortag, einen Sack Kartoffeln, zwei Salatköpfe, drei Handvoll Zwiebeln, je eine Flasche Ketchup und Worcestersauce, außerdem Pfeffer, Paprika- und Senfpulver, Salz und Zucker. Die prall gefüllten Tüten trug sie an die Haustür. Dann holte sie die Holzkohle und ihre Männer.

»Wollen wir nicht lieber selbst für uns einkaufen?«, fragte Cassady, als er sah, dass Greta die gesamten Vorräte ihrer Mutter geplündert hatte.

»Nein, hier lebt man in der Gemeinschaft, *älskling*«, sagte Greta. »Das ist hier nicht Amerika.«

»Oh, eine Patriotin«, sagte die Mutter und griff nach einer der Tüten, um sie zum Wagen zu tragen.

»In dieser Hinsicht gerne.«

Dann liefen sie einige Male zwischen den Reihenhäusern hin und her, bis der Kofferraum und zwei Drittel der Rückbank deckenhoch gefüllt waren.

»Für einen Tag seid ihr versorgt«, sagte die Mutter.

»Ja«, sagte Greta. »Besser zu viel, als dass dann etwas fehlt.«

»Schön, dass du immerhin das von mir gelernt hast.«

Schließlich mussten sie nur noch einsteigen und losfahren. Den Wagen würden sie übermorgen wiederbringen, da sie tags darauf den Bus zurück nach Deutschland nehmen mussten. Pünktlich nach einer Woche Urlaub hatten sie wieder zum Dienst zu erscheinen in ihrem eigentlichen Leben im Museum.

»Tschüs, Mutti«, rief Greta durchs offene Fenster.

»Und danke Mehdi für die Pizza und das Öl«, sagte Cassady.

»Macht's gut, und wenn ihr wiederkommt, trinken wir richtig von dem alten Dänen. Das war bis jetzt ja viel zu knapp!«

»Da bin ich gern dabei!«

Der Halbe Belgier versuchte, der Mutter am Gepäck vorbei zu winken, um sich dann wieder irgendwie auf seinem viel zu kleinen Platz einzurichten. Zwei Stunden in der Hitze inmitten all der Tüten. Noch ging es aber nicht los. Die Madame atmete laut. Hektisch stocherte sie mit dem Zündschlüssel im Schloss herum. Drehte nach rechts. Nach links. Kuppelte ein und aus. Gab Gas. Vergeblich. Nichts. Der Wagen zeigte keine Reaktion. Kein Husten. Kein Keuchen. Nur nichts.

Nach einer fassungslosen Weile stieg Greta wieder aus. Cassady folgte ihr. Der Halbe Belgier blieb sitzen, so wenig war ihm danach, sich wieder rauszuarbeiten aus seiner Höhle. Durchs Fenster sah er Greta mit ihrer Mutter streiten, dann auch Mehdi ans Auto treten und die Motorhaube öffnen. Er musste eben erst zurückgekommen sein, in seiner Hand eine Flasche seines Öls. Der Libanese verschwand hinter dem rot glänzenden Lack. Die anderen folgten ihm.

»Wer, wenn nicht ein Deutscher, soll ein Auto reparieren?«, hörte er nach einer Weile die Mutter fragen.

Kurz darauf tauchte ihr Gesicht hinter der Motorhaube auf. Von Autos verstand er noch weniger als von Plattenspielern. Trotzdem konnte er hier nicht ewig in der Hitze sitzen bleiben. Also raffte er sich auf und quetschte sich am Beifahrersitz vorbei und durch die Tür nach draußen. Selbst in der prallen Sonne schien die Luft regelrecht frisch.

»Ich denke, das Problem ist elektronisch«, sagte Mehdi. »Was meinst du?«

Der Halbe Belgier warf einen langen Blick in den Motorraum. Elektronisch klang gut. Da konnte man sicher nichts machen. Er hatte große Lust auf noch ein kühles Bier im Garten.

»Ich denke, da kann nur ein Fachmann helfen. Dazu braucht man Spezialgerät.«

Greta und Cassady sahen ihn skeptisch an.

»Seht ihr«, sagte die Mutter. »Der Mann kennt sich in diesen Dingen aus.«

Sie lief ins Haus, um den Falck-Pannendienst zu rufen. Die anderen blieben auf dem Parkplatz stehen, als könnten sie noch immer nicht glauben, dass der Wagen nicht fahren wollte.

»Ich habe euch eine Flasche von unserem Öl mitgebracht«, sagte Mehdi.

»Das ist großartig!«, sagte Cassady.

»Was genau wollen Sie eigentlich von uns?«, fragte Greta.

»Ich fand, du solltest den Mann deiner Mutter kennenlernen«, sagte er und reichte ihr seine Packung Marlboros.

Greta zögerte kurz, ehe sie zugriff und sich Feuer geben ließ. Ungläubig musterte sie ihn, dann auch die Mutter, die den Männern Bier brachte.

Die Dosen waren kaum geleert, als eine Viertelstunde später der Wagen des Pannendiensts in den Wendehammer fuhr. Ein langhaariger Hüne mit Walross-Schnauzer stieg aus und grüßte.

»Mein Gott, was für ein *Horseshoe*!«, sagte der Schnurrbärtige.

»Was bitte?«, fragte Greta.

»Ein lupenreiner Hufeisenbart, meistens von Hulk Hogan inspiriert.«

»Ja«, sagte der Mechaniker. »Der trägt sich sehr gut.«

Zielstrebig widmete er sich dem Motor, versuchte zu zünden, schaute kurz in seinen Bordcomputer und war fertig, kaum dass er angefangen hatte.

»Verdammte Japsen«, sagte er. »Dazu braucht man Spezialgerät.«

Bewundernd sah die Mutter den Halben Belgier an.

»Ich schicke ihnen morgen jemanden aus der Stadt.«

»Morgen?«, rief die Madame. »Wir haben jetzt wirklich lang genug in diesem Kaff herumgehangen!«

»Es ist ein weiter Weg bis Japan.«

Dann stieg er in seinen Wagen und war weg.

≈

By appointment to the Royal Danish Court stand ganz oben am Rand der kleinen schwarzen Dose mit dem golden in der Sonne strahlenden Verschluss. Weiteren Spott bezüglich seiner Englischkenntnisse fürchtend, wollte der Halbe Belgier seinen amerikanischen Freund lieber nicht danach fragen, welche Verabredung genau dieses Bier mit dem dänischen Königshof hatte. Außerdem verstand der Amerikaner vermutlich noch weniger von Monarchie als er, der ja immerhin zur Hälfte einer solchen entstammte. War es Zufall, dass in Deutschland die Reinheit des

Bieres im Vordergrund stand, in einem Königreich dafür die Nähe zum Hof genannt wurde? Stammte das Reinheitsgebot andererseits nicht aus Zeiten, da es auch in den deutschen Ländern noch Herrscher von Gottes Gnaden gegeben hatte? Er legte den Kopf in den Nacken und ließ die letzten Tropfen in seinen Rachen fallen.

»Möchtest du noch eines?«, fragte die Mutter von der Terrassentür aus und reichte ihm die nächste kalte Dose.

»Danke«, sagte er und sah sich nach dem Schnurrbärtigen um, der auf dem Liegestuhl lag und schon wieder schlief.

Im Haus hörte man die Madame telefonieren. Sie versuchte, einen Ersatzwagen zu organisieren, was offensichtlich schwerer war, als sie erwartet hatte.

»Zum Glück hast du deinen Mann vorhin noch abgeholt«, sagte der Halbe Belgier. »Wer weiß, wo wir sonst liegen würden.«

»Ich weiß nicht, ob sie deine Sicht der Dinge teilt«, sagte die Mutter. »Aber das ist auch nicht erheblich. Er wollte, dass ich ihn vorstelle. Die Immigranten sind da oft traditionell.«

»Ich finde ihn sehr nett«, sagte der Halbe Belgier.

»Mein Gott, so ein Geschwafel«, rief die Madame. »Als kämen wir so irgendwie voran!«

»Warum bleibt ihr denn nicht bis morgen?«, fragte die Mutter. »Mehdi könnte uns Spieße grillen.«

»Es muss einen anderen Weg geben.«

»Aber warum?«

»Weil ich das will.«

Greta steckte sich eine Marlboro an und hielt Ausschau nach möglichen Saboteuren, Spitzeln oder sonstigen Feinden. Das konnte kein Zufall sein, dass dieser Wagen ausgerechnet jetzt den Geist aufgab, und zwar so sehr, dass er sich nicht gleich reparieren ließ.

»Fährt denn kein Zug?«, fragte der Halbe Belgier.

»Mit dieser Kiste und einem gesuchten Verbrecher! Möchtest du unbedingt in ein Gefängnis?«

»Ja, hinter schwedische Gardinen«, lachte die Mutter.

»Du solltest wirklich keine Witze machen«, sagte die Madame. »Mit deinem Pizza-Islamisten.«

»Jeder wird hier auf seine Weise glücklich, und du könntest mir auf den letzten Metern ruhig auch ein bisschen Freude gönnen.«

»Von wegen glücklich, so ein Unsinn! Du machst dich ja vollkommen lächerlich! Außerdem fährt der Zug nur bis nach Göteborg. Auf die Insel führt keine Strecke.«

»Oder ein Mietwagen?«, warf der Halbe Belgier ein.

»Leiht euch doch Fahrräder!«

»Das ist nicht lustig«, sagte die Madame und ging zurück ins Haus.

Die Mutter schenkte sich Kaffee nach und reichte dem Halben Belgier die Zigaretten ihrer Tochter. Er schaute kurz ins Halbdunkel des Wohnzimmers, dann griff er zu und zündete sich eine an. Es war wirklich eine gute Sache, dass sie noch etwas länger bleiben mussten.

Greta legte sich aufs Sofa und versuchte nachzudenken, wütend, dass sie nicht vorankamen. Was sollten diese ganzen Ablenkungen und Umwege? Sie war ja vollkommen naiv gewesen, mal einfach so kurz nach Schweden zu fahren und zu denken, dass alles klappen würde, wie sie es sich wünschte! Noch nie war ihr hier irgendwas gelungen. Aber sie wollte wirklich zu den beiden Alten hoch ans Meer, die ihren Mann unbedingt kennenlernen sollten. Verdammt, das hatte man davon, wenn man zu lange stehen blieb. Sie hatte sich von ihrer Mutter einlullen lassen, die ihr doch nur diesen Typen hatte vorstellen wollen! Ja, da kamen dann schon wieder die Gedanken. Die Zweifel, die einen davon abhielten, weiterzukommen. Zu

Hause in Berlin würden sie jetzt noch ein paar Stunden unten im Museum rumstehen und den Gitarrentönen Coco Schumanns lauschen. Sie hatte Heimweh. Heimweh nach Berlin, was nur bedeuten konnte, dass diese Stadt, wenn noch keine neue Heimat, dann schon ein Zuhause war. Da hatte ihre Mutter vielleicht recht, dass sie sich unnötig Gedanken machte. Über die Leute hier. Sie wusste selbst nicht mehr, wie ernst sie sich noch nehmen konnte. Was ging sie das denn an, wie hier die Menschen lebten?

Sie inhalierte tief und stand auf, um die Kippe nach draußen zu bringen. Nur keinen Streit mehr mit der Mutter. Dafür war bis jetzt alles viel zu gut gelaufen. Gehen, wenn es am schönsten war. Nur wie? Es fehlte noch, dass man sie aufhielt wegen der Geschichte mit den Kindern! War es denkbar, dass man sie deshalb wirklich suchte? Ans Meer führte abgesehen von der Autobahn nur der Fluss. Mit dem Schiff war sie nur ein einziges Mal gefahren. Selbst Einheimische wussten selten, dass die Strecke schiffbar war.

»Und?«, fragte der Halbe Belgier. »Wollen wir noch mal grillen?«

»Das wär doch eine feine Sache!«, rief der Schnurrbärtige vom Liegestuhl.

»Wir müssen los, noch heute.«

»Aber wie?«

»Mit einem Schiff. Darauf kommen sie nicht.«

»Wie unsinnig! Wenn ihr morgen den Wagen nehmt, seid ihr viel schneller da«, sagte die Mutter. »Dann trinken wir heut Abend noch vom alten Dänen!«

»Aber wir müssen los. Weg hier. Weil du uns diese Pizza aufgezwungen hast. Die beiden Hexen werden nicht mehr lange schweigen.«

»So ein Unsinn!«

»Klaas Ramelow wollte helfen.«
»Der dumme Deutsche?«, fragte Greta.
»Ja, ich bin doch mit ihm gesegelt.«
»Du bist gesegelt?«
»Gleich vor dem Unfall bin ich ihm am See begegnet. Er hat mir gar keine Wahl gelassen und mich fast auf sein Boot gezwungen. Habe ich euch das nicht erzählt?«
»Was sagt er?«, fragte Cassady. »Jagen wir den weißen Wal?«
»Und er hat da ein Boot?«, fragte die Madame.
»Das könnten wir uns sicher leihen.«
»Wir müssen ja nicht fragen.«

≈

Gegen Mitternacht brachen sie auf. Der Schnurrbärtige und der Halbe Belgier trugen die Kiste auf den Schultern. Mehdi, der nach seiner Schicht in der Pizzeria zu ihnen gestoßen war, durfte den schweinsledernen Koffer und den Großteil des Proviants tragen. Die Madame und ihre Mutter kümmerten sich um eine letzte Tüte und die alte Gitarre. In keinem einzigen Fenster brannte Licht, keine Stimmen nirgends, nur das frei jazzende Summen der Mückenpatrouillen und vereinzelt ein Auto auf der Schnellstraße. Die Madame ging voraus, weg vom Wasser auf dem Fußweg zum Bungalow, in dem Magnus und Timmy wohnten.
»Geht es zum See nicht in die andere Richtung?«, fragte der Halbe Belgier.
»Ich sage doch, sie ist nostalgisch«, sagte die Mutter.
»Seid einfach still«, sagte die Madame. »Wir müssen noch etwas erledigen.«
Auch die Fenster des Bungalows waren dunkel. Nicht einmal das kalte Licht des Fernsehers war zu sehen. Die

Madame ging trotzdem zur Tür und klingelte Sturm, bis Licht gemacht wurde. Magnus öffnete im Morgenmantel. Die Madame trug ihr Abendkleid.

»Verdammt, Greta, was soll denn das?!«

»Wir holen Timmy ab. Wir fahren an den Sund.«

Einen Moment lang sah Magnus sie ungläubig an, als verstehe er nicht, was sie wollte. Dann blickte er an ihr vorbei und entdeckte den Rest der Reisegesellschaft. Grinsend zeigte er seine Zahnlücken und steckte sich eine Camel Ohne an.

»Sie hat sich kein bisschen geändert«, rief er der Mutter zu. »Noch immer völlig irre.«

»Immerhin sieht man sie mal wieder«, sagte die.

»Ja«, sagte er und inhalierte tief. »Beim Feiern wird sie uns jetzt nicht mehr stören. Und was ist das für eine Kiste? Ein Sarg? Ist denn jemand gestorben?«

»Ein Geschenk für die beiden Alten. Eine geheimnisvolle Sache.«

»Die beiden Alten?«

»Kerstin und ihr Lars-Gunnar oben am Sund.«

»Leben die etwa noch?«

»Könntest du Timmy jetzt bitte wecken?«, fragte die Madame.

Magnus lachte heiser und schüttelte den Kopf.

»Der Junge ist um diese Zeit so voller Stoff«, sagte er dann. »Den bringst du eher um, als dass du ihn aufweckst. Da hilft dir selbst der heiße Fummel nichts. Aber du bist ein tolles Ding, da kann man deinem schnurrbärtigen Freund nur gratulieren. Mal eben ihren alten Freund mitten in der Nacht abholen, weil sie sich an früher erinnert. Mein Gott, Greta, mir kommen die Tränen. Darauf muss man erst mal kommen: mal kurz spontan mit einem Vollkrüppel verreisen.«

»Warum denn nicht? Er hat die beiden seit dem Unfall

nicht gesehen. Wir waren oft bei ihnen, wenn Ihr anderes zu tun hattet.«

»Ja, das ist süß«, sagte er. »Wenn du etwas von Timmy willst, musst du trotzdem bis morgen warten. Aber er weint ganz sicher nicht seiner Kindheit hinterher, obwohl er allen Grund dazu hätte. Das hat er lange hinter sich, und ohne mich fährt der nirgends mehr hin.«

Die Zigarette im Mundwinkel, winkte er ihnen und ging zurück ins Haus. Die Madame wollte ihm hinterher, doch griff etwas nach ihr, eine sichere Hand, und führte sie weg von dem Haus. Gut, dass sie nicht alleine war.

»So ein Arsch«, sagte sie leise.

Dann machten sie sich auf den Weg runter zum See und erreichten ohne weitere Zwischenfälle den kleinen Hafen. Verglichen mit dem Bild, das der See bei Dunkelheit abgab, hatte er tagsüber regelrecht einladend gewirkt, und selbst da war der Halbe Belgier nur widerwillig zu Ramelow ins Boot gestiegen. Jetzt unterdrückte er seine Angst, die ihm zum Glück niemand ansehen konnte. Cassady hatte sich noch nie vor Wasser gefürchtet. Die Madame schon gar nicht. Sie wollte einfach nur weg, weshalb sie direkt auf den Bootssteg trat und den Halben Belgier aufforderte, ihr das Boot des Verlegers zu zeigen. Er versuchte sich zu erinnern, wo es gelegen hatte, und unterdrückte den Wunsch, es vergessen zu haben. Nach einer langen Weile entdeckte er endlich den Schriftzug. Greta ging in die Hocke und betrachtete das Boot.

»Kein Motor!«, zischte sie schließlich.

»Wir fahren doch flussabwärts«, meinte der Schnurrbärtige.

»Und auf dem Meer?«

»Nehmen wir die Segel.«

»Mein Gott, so ein Kolumbus!«, lachte die Mutter.

»Wir sollten ruhig sein«, sagte Mehdi.

»Da hat der Ölscheich einmal recht«, sagte Greta.

»Dann packen wir es leise an!«, sagte Cassady.

Die grenzenlose Zuversicht des Amerikaners erschien ihr immer wieder in kaum fassbarem Maße naiv. Sie ließ sich aber gerne überzeugen. Allein seine Anwesenheit änderte alles. Das war wieder der Mann, der sie hierhergebracht hatte. Er sparte seine Energie für die entscheidenden Momente. Davon abgesehen hatten sie gar keine andere Möglichkeit: Bei allem Vertrauen in das Funktionieren der Gesellschaft ließ auch hier sicherlich niemand sein Motorboot startklar im Wasser liegen.

Vorsichtig kletterte sie an Bord. Sie war zwar keine Seglerin, hatte aber oft genug bei Freunden mitfahren dürfen, um in etwa zu wissen, was man brauchte, um voranzukommen. Und dieses Boot schien bestens ausgerüstet, wie man es von einem Deutschen wie Klaas Ramelow ja auch erwarten durfte. Überraschend war, dass dessen Gesicht plötzlich ganz unerwartet vor ihr aus der Tiefe schoss.

»*Upp med händerna!*«, rief er, in seiner Hand einen Revolver.

»*Håll tyst!*«, zischte sie, als sitze da ein ungezogenes Kind und kein bewaffneter Verleger. »Seien Sie ruhig, und was machen Sie überhaupt hier?«

»Das Gleiche könnte ich Sie fragen«, sagte Ramelow.

»Dann wären Sie aber ein schlechter Autor«, sagte der Schnurrbärtige vom Steg aus.

»Jawohl!«, sagte die Mutter.

»Wir, wir brauchen ihr Boot«, stotterte der Halbe Belgier, dem der Schreck wesentlich tiefer in den Knochen saß. »Sie wollten uns doch helfen.«

Ramelow hielt inne, steckte dann seinen Revolver in die Jackentasche und entblößte die Zähne im Mondschein zu einem begeisterten Grinsen.

»Sie fliehen!«, sagte er. »Nachts mit dem Boot, so wie die dänischen Juden damals. Ich habe das in einem Text verarbeitet. Steigen Sie ein! Wir können sofort los.«

»Muss bei euch Deutschen alles immer irgendwie wie damals sein?«, fragte Cassady.

»Damals und heute sind nicht voneinander zu trennen.«

»Gefahr und Nutzen der Historie«, sagte die Mutter. »Lesen Sie Nietzsche?«

»Das Beste an ihm war sein Bart. Ein Hybrid aus *Horseshoe* und *Mexican style*«, sagte Cassady.

»Heute hier, morgen dort«, sang die Madame. »Das Gepäck muss noch mit und die Kiste, aber Vorsicht!«

»Die Kiste, also doch«, seufzte Ramelow begeistert und stand so hastig auf, dass das Boot wild schwankte. »Eine unglaubliche Geschichte!«

Cassady sprang vom Steg und nahm zusammen mit Ramelow die Kiste entgegen, die der Halbe Belgier und Mehdi ihnen reichten. Greta steckte sich unterdessen eine Marlboro an und ließ den Blick über die Uferstraße schweifen. Verlassen lag sie im Zwielicht der Nacht. Anscheinend war ihnen niemand gefolgt. Beeilen sollten sie sich dennoch. Sie mussten weg von hier. Mit der brennenden Kippe zwischen den Lippen reichte sie dem Halben Belgier unmissverständlich die Hand, um ihn als Letzten an Bord zu holen. Seine Hand war schweißnass, und er zitterte.

»Wir werden alle sterben«, sagte sie leise und gab ihm die zur Hälfte gerauchte Zigarette. »Aber bis dahin wollen wir uns amüsieren.«

Der Halbe Belgier griff zu und verwandelte das, was noch übrig war an unverbranntem Tabak und Papier, mit einem Zug in Asche. Den Hustenreiz unterdrückte er, während Ramelow und der Schnurrbärtige das Boot von seinem Liegeplatz weg in Richtung See manövrierten. Er winkte der Mutter und Mehdi, die kaum noch zu sehen waren zwischen den Masten der anderen Schiffe. Eine völlig unerwartete Schwermut ließ ihn seine Angst vergessen, und er begriff, wie sehr er diese Frau mochte, von der sie gerade viel zu hektisch Abschied nahmen. Dann fiel ihm ein, dass sie ja wiederkommen würden auf dem Rückweg nach Berlin.

Bald glitten sie über offenes Wasser, so unwahrscheinlich es auch war, dass sich das Boot überhaupt bewegte. Ein Segel sei eben dafür gemacht, Winde aufzuspüren, mit denen man als Mensch nichts anzufangen wisse, erklärte ihnen Ramelow. So, wie ein Künstler von Dingen wisse, die anderen verborgen bleiben müssten und die er aufnehme, um die Gesellschaft anzutreiben.

»Deshalb ist es oberste Künstlerpflicht, zu offenbaren, was verschwiegen werden soll«, fuhr er fort.

Der Amerikaner lehnte im Bug, die Madame zwischen den Beinen, ihren Kopf an seine Brust gelehnt. Er schnarchte leise. Sie stellte sich schlafend, weil sie an einer Unterhaltung mit Ramelow nicht das geringste Interesse hatte. Also musste der Halbe Belgier dem Verleger Gesellschaft leisten. Alles war besser als der Gedanke an das Wasser unter ihnen.

»Wollen Sie nicht doch weitererzählen, was hinter dem Mord an der blonden Frau steckt?«, fragte er.

»Sagen Sie mir, was in der Kiste steckt?«

»Ich weiß es nicht.«

»Wir wissen es nicht«, gähnte die Madame. »Vielleicht ja eine Bombe.«

Ramelow musterte sie, zuckte mit den Schultern und reichte dem Halben Belgier eine Dose Bier.

»Ich kann warten«, sagte er dann. »Ein Schriftsteller muss Geduld haben. Wie ein Tiger im Dickicht. In der

Zwischenzeit will ich Sie nicht weiter auf die Folter spannen, was die Vergangenheit betrifft.«

Der Halbe Belgier ließ die Bierdose aufzischen und blickte ängstlich in Richtung Heck.

»Also gut«, sagte Ramelow. »Ich wusste, dass Sie die Geschichte nicht loslassen würde. Man muss ganz einfach wissen, was dieser angebliche Serienmord mit der Vergangenheit zu tun hat, und wenn Sie etwas von Tragödien verstehen, werden Sie sich nicht wundern, dass der jungen Frau ihr Blut zum Verhängnis wird, wie es so vielen ging in Deutschland. Nur dass in ihrem Fall die Reinheit des Blutes verhängnisvoll ist, sozusagen ihr Ariertum. Der Weg in die Katastrophe wird hierbei schon sehr früh vorgezeichnet, in den Achtzigerjahren, als sehr enge Bande bestanden zwischen Schweden und der DDR. Vermutlich kennen Sie die Geschichte vom Fernsehturm und vom Forum-Hotel, die ohne Hilfe der Schweden niemals hätten gebaut werden können, wobei man sich natürlich fragen müsste, was da die Gegenleistung war, oder? Ein paar Zwangsarbeiter für einen Möbelkonzern werden kaum ausgereicht haben, und doch fragt niemand nach.«

»Und?«, fragte der Halbe Belgier, da Ramelow plötzlich verstummt war und sich von ihm abwandte.

»Seien Sie still«, flüsterte er.

Nichts war zu hören bis auf Cassadys Schnarchen und das harmlose Plätschern des Wassers gegen den immer langsamer in Richtung Westen gleitenden Rumpf ihres Bootes. Schwarz säumten die Wälder den nicht mehr völlig dunklen See, auf dem außer ihnen niemand und nichts zu sehen war. Im Norden leuchtete es zart, als hätte jemand ein Licht angelassen, damit man sich nicht fürchtete. Ramelow räusperte sich, steckte dann einen seiner Zigarillos an.

»Sie wollten Blut, und zwar reines, an dem es in Schweden immer schon mangelte. Ein Großteil der Bevölkerung hier stammt von Schotten, Finnen, Wallonen und anderen Einwanderern ab, weil es die Könige immer wieder geschafft haben, die besten eigenen Männer in irgendwelchen Kriegen zu verheizen oder nach Amerika zu vertreiben. Da kam es einigen Herren nur gelegen, dass man im Osten Deutschlands ihre Hilfe brauchte, die man sich dann mit Ariern bezahlen ließ.«

»Mit Ariern?«

»Mit Kindern, ja, von unliebsamen Untertanen. Man nahm sie ihnen einfach weg.«

»Das heißt, die Tote ist ursprünglich eine Deutsche?«

»So deutsch, wie es nur geht, wenn man denn an so etwas glaubt, was hier noch sehr verbreitet ist.«

»Und deshalb muss sie sterben?«

»Indirekt ja, aber etwas verwickelter muss so ein guter Plot schon sein. Die Leser sind da anspruchsvoll.«

»Verstehe.«

»Da bin ich nicht so sicher, aber gut. Passen Sie auf: Tuvstedt, die ermittelnde Journalistin, stellt weiter Nachforschungen an. Ein Informant stirbt, ihr Zimmer wird durchwühlt, es ist nicht klar, mit wem sie es zu tun hat, obwohl sie natürlich längst ahnt, dass es alte Seilschaften sein müssen, denen sie irgendwie in die Quere gekommen ist. Sie hat nichts zu verlieren und findet so schließlich heraus, dass die Tote im Krankenhaus bei einer Leukämie-Patientin war. Durch die plötzliche Genesung der Patientin kommt Tuvstedt darauf, dass die Tote ihr geholfen haben muss, was sich dann auch bestätigt.«

»Sie hat einer Verwandten Blut gespendet?«

»Wieso einer Verwandten?«, fragte Ramelow überrascht.

»Das haben Sie beim letzten Mal schon angedeutet, dass es um so was wie Verwandtschaft geht.«

»Das hätte mich jetzt sonst doch überrascht, wenn Sie da selbst draufgekommen wären. Da habe ich wohl einen nicht so roten Hering liegenlassen.«

»Einen Hering?«

»Entschuldigung, das ist Fachsprache, die Sie nicht verstehen. Im Roman werden Sie an diesem Punkt jedenfalls noch nichts davon wissen. Das Vergangene liegt noch im Nebel, den Tuvstedt nur langsam durchdringt, so zäh sind die Bande über die Ostsee. Könnten Sie mir übrigens bitte das eine Ruder reichen und selbst das andere nehmen?«

Ramelow wies auf den Boden zu Füßen des Halben Belgiers, wo tatsächlich zwei kurze Ruder lagen. Erst jetzt wurde ihm bewusst, dass sie gar nicht mehr vorankamen. Wie lange standen sie schon einfach so hier draußen mitten auf dem See? Er hielt Ramelow das eine Ruder hin und setzte sich dann so an den Bootsrand, dass er sein Holz mehr oder weniger bequem ins Wasser stechen konnte. Er gab sich alle Mühe, nicht in die finstere Tiefe zu blicken. Die Angst hätte ihn sonst gelähmt.

Nach einigen Zügen hatten sie einen Rhythmus gefunden, der sie halbwegs gleichmäßig weitergleiten ließ.

»Und wie findet sie es heraus?«, fragte der Halbe Belgier, nachdem sie eine lange Weile zum Glucksen des sich um die Ruder windenden Wassers geschwiegen hatten.

»Erst zu Hause in Schweden«, fuhr Ramelow fort. »Der Vater der Toten bricht sein Schweigen, nachdem sie zusammen gesoffen und miteinander geschlafen haben. Er hat das blonde Mädchen damals adoptiert, ohne genau wissen zu wollen, wo sie herstammte. Er hat nichts verraten, als seine Adoptivtochter ihn gefragt hat, da sie schon längst ahnte, dass etwas nicht stimmte. Jetzt ist die Tochter tot, die Frau wahnsinnig, alle Beweise vernichtet. Tuvstedt begreift, dass die Frau, die Zwillingsschwester, welcher die Tote mit ihrem Blut das Leben gerettet hat, sie dafür hat umbringen lassen müssen, nur sieht sie noch nicht das Warum.«

»Können es nicht auch die Schweden gewesen sein?«

»Solche Geschichten werden hier verschwiegen. Man glaubt kollektiv nicht daran, dass es so etwas geben kann. Tuvstedt reist also noch einmal nach Berlin, findet die Familie in einer Schrebergartenkolonie an der Havel gleich an der ehemaligen Grenze, in der natürlich nur sehr treue Genossen haben wohnen dürfen. Die Zwillingsschwester wurde ebenfalls entführt und dann von Funktionären adoptiert, die die Wende gut überstanden haben. Tuvstedt stellt sie und ihren vermeintlichen Vater zur Rede und erfährt, dass der Kern der Intrige doch wieder ein privater ist, womit ich zeige, dass Individuum und Geschichte einfach nicht voneinander zu trennen sind, verstehen Sie? Die Dialektik endet! Die Tochter liebt ihren Adoptivvater!«

Ramelow hielt inne. Der Halbe Belgier überdachte die Pointe.

»Die Wahrheit hilft, den Inzest zu beenden.«

»Das denken Sie! Aber er ist neu verheiratet mit einer Vermögenden aus Detmold, die ihn nur deshalb so viel Zeit mit der jungen Frau verbringen lässt, weil sie denkt, dass die wirklich seine Tochter sei.«

»Sie tötet also ihre Schwester, um ihre Liebe zu retten. Und sie liebt den Mann, der sie ihren Eltern geraubt hat.«

»Das ist das vordergründige Melodram, hinter dem sich die ganze Last der Geschichte verbirgt.«

Mittlerweile hatten sie das dem Hafen gegenüberliegende Ufer erreicht und näherten sich dem Flussablauf. Hinter ihnen lag der See in einem Schimmern, das noch nichts von der Aufgeregtheit eines Sommermorgens hatte. Klaas Ramelow schwieg und steuerte das Boot konzentriert weg vom Licht und in die Dunkelheit des den

Fluss säumenden Waldes. Er stand auf und bat den Halben Belgier, das Ruder zu übernehmen. Er selbst machte sich am Mast zu schaffen, den er flach nach hinten klappte und fest am Rumpf vertäute.

»Brücken und Äste«, sagte er. »Man muss wissen, wann man sich kleinmachen muss.«

»Natürlich«, sagte der Halbe Belgier, froh, dass der Verleger sich zurück ans Ruder setzte und ihm einen Zigarillo reichte.

Rauchend blickte er in die Finsternis, ahnungslos, was die Zukunft noch bringen würde.

FÜNFTER TAG

Tiefhängende Schlingpflanzen – undurchdringliches Dickicht – seichte Gewässer – Mücken. Auf einem weit über den Fluss reichenden Ast lief ein Eichhörnchen. Es hielt inne, blickte mit hektischer Wachsamkeit nach links und rechts. Für einen Augenblick schien es sich fallen lassen zu wollen, um, den Schwanz zum Fallschirm geformt, zu ihm hinunterzusegeln. Es blieb aber oben und schaute. Cassady wähnte sich in den Sümpfen Louisianas, auf irgendeinem Ausflug mit den Eltern oder einem Onkel, fühlte dann aber den Kopf seiner Freundin auf seinem Schoß und fand zurück in diesen Kahn in Südschweden. Sie waren also unterwegs.

Greta schlief. Der Halbe Belgier saß mit Klaas Ramelow im Heck und erzählte ihm von einem seiner Großväter.

»Und dann ist er vor den Nazis nach Amerika geflohen?«, fragte Ramelow ungläubig.

»Nein, er hat sich ergeben, als Soldat in Afrika.«

»Aha, mit Rommel in der Wüste ausgeritten. Ein deutscher Lawrence von Arabien, geküsst von der sonnigen Seite des Krieges.«

»Von Krieg haben die wenig mitbekommen«

»War er denn nicht im Widerstand?«, fragte der Schnurrbärtige.

»Bitte«, gähnte Greta und legte die flache Hand auf die Kiste in der Mitte des Bootes. »Fangt nicht schon wieder an. Wir haben Wichtigeres zu erledigen. Schließlich wollen wir hier nicht enden wie so ein geiler Rheinschiffer an seiner Loreley!«

Der kleine Fluss lief tief zwischen Felsen hindurch, deren Spitzen im Frühnebel verschwanden. Geschickt steuerte Ramelow sie an Untiefen vorbei und durch Stromschnellen hindurch. Hinter der Ufervegetation führte die Straße nach Göteborg. Wenn ein Auto nahte, hallte der Motor vielfach von den Felsen wider. Die Kegel der Scheinwerfer schlugen durch die von Feuchtigkeit gesättigte Luft. Dann verblassten die Rücklichter schnell. Niemand hielt an. Niemand lauerte hinter den Felsen. Niemand schien sie zu suchen. Die Madame räusperte sich und begann leise zu singen.

Ich weiß nicht, was soll es bedeuten
dass ich so traurig bin.
Ein Märchen aus uralten Zeiten
das kommt mir nicht aus dem Sinn …

Die Felsen warfen auch ihre Stimme zurück, verliehen ihr ein unwirkliches Volumen, das die drei Männer andächtig lauschen ließ, auch dann noch, als sie längst geendet hatte.

Als sie später das verfallene Fabrikgebäude passierten, setzte Ramelow an, von der lüsternen Industriellentochter zu erzählen.

»Vielleicht gucken wir jetzt einfach mal nach vorn«, unterbrach ihn Greta.

»Ja, und ein Kaffee wäre nicht schlecht«, sagte Cassady.

»Ein Kaffee, hier?«

»Etwas weiter, in Partille, ist eine Bäckerei. Da könnten wir anlegen«, sagte Ramelow.

»Wir sollten aber nicht gesehen werden.«

»Bei Tageslicht wird das nicht zu vermeiden sein.«

»Dann holen Sie den Kaffee. Wir müssen unentdeckt bleiben.«

»Wegen der Kiste?«

»Nur weil Ihr halber Landsmann nicht den Mund halten konnte, müssen Sie nicht denken, dass Sie das etwas angeht. Außerdem geht es gar nicht um unser Gepäck.«

»Also die Sache mit den Kindern?«

»Sind Sie sicher, dass Sie nicht doch selber ein Spitzel sind?«

»Als Autor lebe ich von Informationen«, sagte er. »Ich dachte mir, dass Sie da beteiligt waren. Beachtlich, welche Wellen so etwas schlägt. Was haben Sie denn da gemacht?«

»Ich habe nichts gemacht«, sagte der Halbe Belgier.

»Und genau das ist das Problem.«

Der Nebel riss auf, die Felsen zogen sich zurück und erste Sonnenstrahlen brachten den Fluss zum Glitzern. Abwechselnd stießen der Schnurrbärtige und der Halbe Belgier ihre Ruder ins Wasser, während Ramelow sie sicher von Biegung zu Biegung und schließlich ans Ufer steuerte. Er selbst sprang aus dem Boot, das er an den von Wasser freigespülten Wurzeln eines kleinen Baums festmachte.

»Wie trinken Sie den Kaffee?«, fragte er.

»Schwarz mit Zucker«, sagte Cassady.

»Drei Würfel«, sagte der Halbe Belgier.

»Das hängt von der Größe des Kaffees ab.«

»Drei Würfel passen immer.«

»Bringen Sie einfach Zucker mit«, sagte die Madame. »Und machen Sie schnell!«

Der Verleger zögerte, verharrte unentschlossen zwischen zwei Sträuchern und musterte sie.

»Geben Sie mir die Gitarre«, sagte er dann.

»Was bitte?«

»Als Pfand, damit Sie nicht mit meinem Boot abhauen. Immerhin wollten Sie es vorhin noch stehlen.«

»Wir wollten es ausleihen, und etwas mehr ist es hoffentlich wert.«

»Trotzdem«, sagte er und streckte ihr die Hand entgegen.

»Die wird sie nur behindern«, sagte sie schulterzuckend und reichte ihm die Gitarre. »Und jetzt beeilen Sie sich bitte!«

Ramelow packte das Instrument am Hals und verschwand im Unterholz. Die Madame steckte sich eine Marlboro an und kletterte ihrerseits ans Ufer, um einige Zweige abzubrechen, mit denen sie die Sicht von der Straße aufs Boot verdeckte. Am anderen Ufer stand eine Düngemittelfabrik, in der zu dieser Tageszeit hoffentlich nicht gearbeitet wurde.

Cassady und der Halbe Belgier sahen sich um, beide weiter unsicher, was sie von ihrer Situation halten sollten.

»Seltsam, dass Fabriken immer die Nähe zur Idylle suchen«, sagte der Halbe Belgier.

»Vermutlich brauchen sie das Wasser«, meinte der Schnurrbärtige. »So ist es auch am Mississippi.«

»Es gibt Dichter, die die Schönheit von Stahlbrücken besingen.«

»Ich kann mir hier trotzdem keinen Tom Sawyer vorstellen.«

»Eher Flussfahrt mit Huhn.«

»Was bitte?«

»Das war ein deutscher Film. Kinder fahren einen Fluss hinunter und landen in einer Fabrik.«

Der Schnurrbärtige strich sich mit dem Finger über den Bart.

»Siehst du«, sagte er dann.

»Was soll ich sehen?«

»Den Unterschied zwischen Mark Twain und einem deutschen Kinderfilm.«

Die Madame hörte mit einem Ohr zu, um sicherzugehen, dass die beiden nicht stritten. Ansonsten war sie noch immer damit beschäftigt, das Boot vor neugierigen Blicken zu verstecken. Sie hatte Farn entdeckt, mit dem sie Löcher in der Tarnung stopfte. Dann machte sie sich daran, den nächsten Busch blickdicht mit dem benachbarten Baum zu verbinden, als ihr Werk schon wieder zerstört wurde: Ramelow balancierte vier Pappbecher und eine fußballgroße Papiertüte auf dem Rücken der Gitarre.

»Passen Sie auf!«, zischte sie.

»Jetzt nehmen Sie schon!«, rief er.

»Kaffee!«, seufzten die beiden Freunde.

Ein herrlicher Duft legte sich auf das ruhig dahinfließende Wasser. Mit einem Mal schienen sie wirklich in den Ferien zu sein. Die Papiertüte war voll mit Zimtschnecken.

»Sie sind ein Held«, sagte der Halbe Belgier.

»Ein wahrer«, seufzte Cassady.

Dann schlürften sie den Filterkaffee, kauten genussvoll die noch ofenwarmen Teilchen und genossen den herrlichen Morgen. Auch nach dem Frühstück legten sie nicht gleich ab, sondern steckten sich Rauchwaren an. Die vertrieben auch die wenigen Mücken, die noch nicht vor der Sonne geflohen waren. Den Schnurrbärtigen und den

Halben Belgier drängte es kurz darauf in die Büsche. Hastig schlugen sie sich ins Unterholz.

Greta blickte den Fluss hinunter. Auch ihr gefiel das alles nicht so schlecht, wobei sie weit davon entfernt war, sich jetzt schon zu entspannen. Das sicher nicht. Aber immerhin waren sie unterwegs, und weg aus dem Dorf, so unsinnig es war, die Reise mit dem Boot zu machen. Das Auto war womöglich jetzt schon repariert, da sie kaum ein paar Kilometer weiter hier am Ufer lagen. Welch völlig irre Überreaktion. Als würde man die Straßen sperren! Magnus hatte recht, sie war nicht ganz normal. Einfach bei Timmy aufzutauchen und dann noch einmal mitten in der Nacht. Auch er lebte ein Leben. Ohne sie.

Ramelow hatte sich abgewandt, um die Kiste genauer zu untersuchen. So bemerkte auch er das Paddelboot erst, als es längsseits ging: Das Schiff wackelte – die Madame schrie erschrocken auf – zwei Paddler mit kurz rasiertem Haar grüßten auf Schwedisch. Kreideweiß blickte die Madame in Richtung des Verlegers, der sich demonstrativ gelassen gab.

»Was gibt's denn?«, fragte er.

»Sie suchen nach zwei Ausländern«, übersetzte sie so laut, dass es auch in den Büschen noch zu hören war.

»Hast du das gehört?«, flüsterte der Halbe Belgier in Richtung des Baums, hinter dem sein Freund hockte.

»Sei still«, zischte der.

Das wollte er, nur hatten zwei Bremsen seinen entblößten Hintern entdeckt, in den sie sich gierig verbissen – die eine wählte die offenstehende Flanke des rechten Schinkens, die andere, von kaum nachvollziehbarer Bösartigkeit, das nervensatte Tal des Steißes. Stöhnend fiel er nach vorne und biss seinerseits in die erstbeste Wurzel, um nicht laut aufzuschreien. Hektisch tastete er nach Blättern, um sich abzuwischen und vor dem Feind zu schützen. Ehe er aber so weit war, stürzten die nächsten Ungeheuer sich auf das schutzlose Fleisch. Zum Glück war auch er nicht alleine: Cassady reichte ihm das Stofftaschentuch seines Großvaters. Auf die Schnelle gab es keine andere Lösung. Manchmal musste man Opfer bringen, zu denen man gar nicht bereit war. Der Halbe Belgier war so dankbar, dass er nie wieder auch nur schlecht denken wollte von Amerika.

Der Madame entging die Betriebsamkeit hinter den Büschen nicht. Entsprechend laut und ausgiebig erkundigte sie sich nach den flüchtigen Ausländern. Den beiden Paddlern zufolge hatten die sich an Kindern im Dorf vergangen. An unschuldigen schwedischen Kindern. Gewaltsam. Sexuell. Kaum vorstellbar. Verrohung der Sitten. Flüchtlinge. Das Boot war voll. Von Moslems ganz zu schweigen.

Eine Kiste erwähnten sie aber nicht. Dafür reichten sie ihr ein Papier, auf dem sich neben zwei computergenerierten Phantombildern wenig konkrete Angaben zu den beiden Triebtätern fanden: mittelgroß – ungepflegt – stark behaart. Noch suchte also nicht die Polizei, sondern eine der vielen Bürgerwehren.

Hier war wirklich nichts los, dass man daraus so eine große Sache machte. Aber genau das hatte Greta ja befürchtet. Also versprach sie den beiden Paddlern, die Augen offen zu halten und die Flüchtigen sofort zu melden. Fremde, die Schwedens Gastfreundschaft so unverschämt missbrauchten, gehörten gleich im Meer ertränkt! Die Männer lachten und hieben sich mit den Fäusten in ihre Handflächen. Dabei wollten sie gern behilflich sein, weshalb sie sie den Fluss hinab begleiten wollten.

»Jetzt widersprechen hieße, sie in einem möglichen Verdacht bestärken«, analysierte Ramelow und schob zwei der Kaffeebecher unauffällig hinter die Kiste.

Die beiden Paddler warteten schweigend, bis Ramelow

und die Madame sich sortiert und die Leinen gelöst hatten. Dann fuhren sie ihnen voraus flussabwärts.

Hinter den Büschen versteckt, starrte der Halbe Belgier ungläubig verzweifelt dem Boot hinterher, das schon in der nächsten Biegung verschwand. Das hatten sie sich doch nur wieder ausgedacht, um ihn zu ärgern! Natürlich! Freunde der Madame spielten die Bösen!

»Das ist nicht komisch«, flüsterte er.

»Sieht aus, als müssten wir laufen, um sie einzuholen«, sagte Cassady und machte sich auf den Weg.

»Das ist lächerlich«, rief ihm der Halbe Belgier hinterher.

Da er dennoch nicht allein zurückbleiben wollte, lief auch er kurz darauf los. Sofort ging es durch dorniges Gestrüpp, in dem weitere Horden an Mücken und Bremsen auf ihre Opfer warteten. Das Ufer war so dicht bewachsen, dass sie kaum vorankamen und keinen Grund zur Annahme haben konnten, ihr Schiff jemals einzuholen. Das ganze Spiel gewann angesichts der wirklich unangenehmen Rahmenbedingungen eine Ernsthaftigkeit, die dem Halben Belgier gar nicht gefiel. Schon wähnte er sich wieder auf dem Fahrrad. Das blutende Kind. Wirkliches Leben von seiner schlechtesten Seite. Dann wollte er doch lieber schnell zurück ins Museum, zumal sein Freund ihm immer wieder Zweige ins Gesicht schlagen ließ. Hoffentlich aus Versehen. Baumstämme lagen quer und mussten überwunden werden. Schlammlöcher wollten ihn schmatzend verschlingen. Und dazu das wilde Gesumme, plötzlich ganz laut, wenn eine Mücke sich ins Ohr hinein verirrte.

»Ihr habt gewonnen, ich gebe auf«, stöhnte er. »Können sie jetzt bitte zurückkommen?«

»Du träumst«, sagte der Schnurrbärtige. »Das hier ist echtes Leben.«

»Aber das bringt doch nichts!«

»Nur das bringt etwas. Wir haben keine andere Wahl.«

Dem Halben Belgier schlug all das derart aufs Gemüt, dass er fast schon wieder eine Diskussion vom Zaun gebrochen hätte. Ehe er dazu aber hätte ansetzen können, sah er Cassady vor einem Zaun stehen bleiben. Vom Ufer zog sich ein gut zwei Meter hoher Maschendraht zwischen fest in der Erde versenkten Eisenstangen mit zusätzlichen Querverstrebungen in den Wald. Kein Hinweis auf Elektrizität, kein Stacheldraht, aber dennoch: Sie würden nicht weiterkommen. Gerade wollte er seinem pessimistischen Triumph Ausdruck verleihen, als er seinen Freund schon über den Zaun klettern sah, hinter dem der Hof eines Industriebetriebs lag. Ohne sich noch einmal nach ihm umzusehen, verschwand Cassady auf dem Gelände, auf das er ihm auf keinen Fall folgen würde. Völlig unübersichtlich war der weite Platz. Container, Reifenstapel und Sandhaufen versperrten den Blick auf eine weiter hinten liegende Lagerhalle. Wo, wenn nicht da, würde ein Wachhund lauern?

Also stand der Halbe Belgier herum und grübelte und trat dann plötzlich wütend gegen den Zaun, weil auch er wieder im Boot sitzen wollte.

»Jetzt komm schon und pack an!«, hörte er den Schnurrbärtigen rufen.

»Was denn?«

»Mach schon! Wir bauen uns ein Floß!«

Er wollte wirklich nicht und griff doch in den Maschendraht hinein, um sich mit letzter Kraft über den Zaun zu hieven. Beim Sprung hinunter knickte er um, trat noch einmal gegen den Zaun, wobei er aus Versehen mit dem dicken Zeh eine der Querstreben erwischte und einfach nur noch schreien wollte. Er war ängstlich genug, das nicht zu tun. Stattdessen suchte er seinen Freund, der hinter einem Stapel Autoreifen versuchte, ein Plastikfass unter eine Holzpalette zu schnüren.

»Halt mal das Fass, es rutscht sonst ab!«

Dann schickte Cassady ihn los, weitere Fässer zu suchen. Hinter den Reifenstapeln gebückt, schlich der Halbe Belgier in Richtung der Lagerhalle, ohne auch nur eine Dose zu finden. Das war doch völlig irre, hier wie zwei kleine Jungen einen auf Abenteuer zu machen! Von wegen Flussfahrt mit Huhn! Er spürte schon jetzt den bevorstehenden Hundebiss in seiner Wade. Anstelle eines Hundes fand er dann aber eine unverschlossene Tür. Was blieb ihm jetzt noch anderes übrig?

Er drückte, sie quietschte, drinnen fiel Sonnenlicht durch das undichte Dach. Gleich rechts der Tür stand eine Palette voller Plastikkanister. Fässer waren das nicht, sie fassten aber sicherlich fünf Liter. Reizend und ätzend, die Symbole waren international.

Er sah sich um und seufzte. Dann drehte er den ersten Verschluss und goss die Flüssigkeit direkt neben die Palette auf den Boden. Der Geruch war so beißend, dass ihn gleich das schlechte Gewissen überwältigte. Jahrzehnte ökologischer Erziehung hatten Spuren hinterlassen. Wie konnte er so eigennützig die Natur zerstören?

»Kommst du?«, hörte er den Schnurrbärtigen von draußen.

Keine halbe Stunde später legten sie ab. Die Palette trieb auf dem Fass und zwölf Kanistern. Als Paddel dienten zwei splittrige Bretter. Schweigend stießen sie die ins Wasser, den Blick immer achtsam nach vorn gerichtet, um nicht aus Versehen auf die Verfolger aufzufahren. Mit Vergnügen im einfachen Sinne hatte das nichts mehr zu tun, eine gewisse Befriedigung verschaffte es ihnen aber: Schweiß – Splitter – schmerzende Muskeln.

»Wir kriegen sie.«

»Ja.«

»Wir haben nur uns.«

»Haben wir.«

»So ist die Wildnis. Kein Staat, kein Dorf, keine Familie. Ich wusste, dass ich mich auf dich verlassen kann.«

»Ja«, sagte der Halbe Belgier und versuchte, seine Angst vor dem Wasser zu vergessen.

Weiter kämpften sie sich den Fluss hinab, wichen herabhängenden Ästen aus, manövrierten mit Not durch Stromschnellen hindurch, bis sie längst nicht mehr konnten und doch weitermachten, weil es keine andere Möglichkeit gab. Sie tranken das Wasser des Flusses. Verstanden sich wortlos. Mussten es schaffen.

Die Sonne stand im Zenit, als sie die Boote erblickten: Weit vor ihnen auf dem Fluss zeichneten sie sich deutlich ab vor dem Grün der Uferböschung. Cassady musste mehrmals schlucken in einen seltsam schwerelosen Magen hinein, ehe er wieder ganz bei der Sache war. Der Halbe Belgier freute sich kurz darüber, dass all das Leiden nicht umsonst gewesen war, dann schien ihm auch diese Lage wieder aussichtslos. Zu erschöpft, um zu widersprechen, folgte er dennoch den Anweisungen seines Freundes und zog sein Brett noch gut ein Dutzend Mal durchs Wasser. Dann steuerten sie in das Schilf hinein.

Der Schnurrbärtige sprang so unvermittelt vom Floß, dass der Halbe Belgier beinahe kenterte. Mit Mühe hielt er das Gleichgewicht, fühlte Panik in sich aufsteigen und wollte sich beschweren, als er Cassady durch das knietiefe Wasser waten und nach den Schilfstangen greifen sah. Still standen die im seichten Wasser. Schließlich fand er zwei Exemplare, die wohl als Schnorchel dienen sollten. Den einen reichte er ihm aufs Floß. Mit dem anderen legte er sich ins Wasser.

Wieder hatte der Halbe Belgier keine Wahl. Sie tauchten probeweise. Er musste alle Disziplin aufbringen, über die er gar nicht zu verfügen meinte, um nicht schreiend aufzuspringen aus der trüben Brühe.

Nachdem Cassady ihm seinen Plan erklärt hatte, wateten sie los in die Mitte des Flusses. Das leere Floß schoben sie vor sich her. So näherten sie sich den Paddlern unbemerkt bis auf wenige Meter. Da ließen sie das Floß treiben und tauchten ans Ufer. Nie waren dem Halben Belgier drei Meter so weit vorgekommen. Zurück im Schilf, warteten sie, hoffend, weil ihnen doch nichts anderes blieb.

Sie hofften kaum eine Minute. Da brüllten die Paddler das leere Floß an. Sie spähten flussaufwärts und diskutierten wild gestikulierend. Sie schienen außer sich.

Greta rief ihnen etwas zu. Sie antworteten laut. In Aufruhr. Wild. Sie hatten Blut geleckt! Denn plötzlich ließen sie ab von dem Floß, setzten sich auf ihre Plätze und zogen die Paddel gegen den Strom, um zu wenden. Gerade noch rechtzeitig tauchten die beiden Flüchtigen ab.

Rücklings lagen sie im seichten Wasser, die Augen knapp unter der Oberfläche, so dass sie das frivole Spiel der sich in den Wellen brechenden Sonne hätten bewundern können, wären sie nicht so aufgeregt gewesen. Wäre da nicht die Angst gewesen, dass der Schatten der Paddler die Sonne jeden Moment verdecken könnte.

Nach langen Minuten kamen sie hoch an die Luft, rieben sich die Augen und sahen die Paddler flussaufwärts verschwinden. Sie hatten es geschafft. Weg waren die Verfolger. Nur war auch von ihrem Boot nichts mehr zu sehen.

»Woher wusstest du, dass sie umdrehen würden?«, fragte der Halbe Belgier.

»Ich hatte keine andere Idee«, sagte der Schnurrbärtige. »Und jetzt nur los, den Unsren hinterher!«

Der Halbe Belgier war sprachlos. Wie konnte jemand so naiv sein?

»Und wenn sie uns entdeckt hätten?«, fragte er.

»Haben sie aber nicht.«

In voller Kleidung ließen sie sich treiben, mit Händen und Beinen paddelnd, um nicht unterzugehen. Der Halbe Belgier wusste, dass man sich genau so umbrachte: überhitzt und angezogen in unbekannten Gewässern. Aber er hielt durch, um nicht zurückzufallen, ganz alleine. Immer wieder berührten die Füße den Grund. Dann wieder mussten sie durch schäumende Stromschnellen. Zum Glück begegnete ihnen kein Schiff. Keine weiteren Paddler. Nichts, was sie hätte aufhalten können, bis sie zwei Flussbiegungen weiter endlich das Boot erblickten. Da kraulte sogar der Halbe Belgier, so froh war er, dem Wasser zu entkommen.

»He ho!«, rief Greta. »Man glaubt ja nicht, was in dir noch für Energien stecken!«

»Welch brillantes Ablenkungsmanöver!«, rief Ramelow. »Ein Moltke wäre stolz auf euch!«

Der Verleger kniete an der Bordwand und reichte dem Halben Belgier die Hand, während der Schnurrbärtige in die Arme seiner Geliebten kletterte.

»Wenn die Sicherheit unserer Kinder hier von solchen Deppen abhängt, ziehen wir lieber nach Amerika«, lachte Greta.

Cassady spürte, wie es seine Mundwinkel ohne sein Zutun immer weiter auseinanderzog. Noch nie zuvor hatte eine Frau von Kindern reden können, ohne dass er gleich panisch hätte wegrennen wollen. Hier gab es wirklich keinen Grund zur Flucht.

≈

Die verbleibenden Kilometer bis zur Mündung des kleinen Flusses in den wesentlich größeren Göta älv legten sie ohne weitere Zwischenfälle zurück. Entweder genügte die immer spärlichere Ufervegetation, um sie vor den Blicken möglicher Verfolger zu schützen, oder aber es interessierte sich einfach niemand für das Segelboot.

Auch nach Mittag wurde es noch immer heißer. Cassady saß mit nacktem Oberkörper in der Sonne, einen fein glänzenden Schweißfilm auf den klar konturierten Rückenmuskeln, deren Anblick allein Greta jeden Zweifel am Sinn dieser Reise nahm. Mit ihm würde sie überallhin fahren.

Der Halbe Belgier genoss das Abenteuer jetzt wieder weniger, was nicht etwa an seiner Wasserangst lag als daran, dass die beiden hinterseitigen Bisswunden sich bemerkbar machten und ihn zwangen, kniend zu rudern. Er versuchte dennoch, sich am Vorankommen zu erfreuen, da bald schon die Kräne des Hafens auftauchten.

»Wo genau wollen Sie eigentlich hin?«, fragte Ramelow.

»Nach Kyrkesund auf Tjörn«, sagte die Madame.

»An einem Tag? Über offenes Meer?«

»Ja, sicher. Übermorgen müssen wir zurück nach Deutschland.«

»Das schafft man vielleicht mit einem Rennboot, aber so sicher nicht.«

»Wir hätten auf das Auto warten sollen«, meinte der Halbe Belgier, der allein bei der Vorstellung vom Segeln auf offenen Gewässern schon wieder vor Verzweiflung weinen wollte.

»Der Konjunktiv ist das Paradies der Schwachen«, sagte die Madame. »Der Starke macht das Beste aus der Wirklichkeit.«

Sie fuhren in den Schatten einer Straßenbrücke, deren Tragekonstruktion gerade eben genug Platz für sie bot. Bäume oder sonstigen Sichtschutz gab es nicht mehr, und gelegentlich winkte sogar jemand aus einem Fenster oder von der Uferpromenade. Auch wenn Segelboote auf diesem Fluss laut Ramelow nicht zugelassen waren, hatte es bislang offenbar niemand für nötig befunden, sie anzuzeigen. Ganz ungestört unterquerten sie so auch die Autobahn und erreichten, nach einer langgeschwungenen Linkskurve, den Göta älv.

Der Verleger löste die Schnüre, mit denen er den Mast fixiert hatte, und forderte den Schnurrbärtigen dann auf, mit anzupacken. Der Halbe Belgier musste schon wieder ans Steuer. Das Boot schwankte bedenklich, aber schließlich gelang es ihnen, den Mast aufzustellen und gleich im Anschluss die Segel zu setzen. Auf dem Fluss ging ein Wind, der das Tuch erst laut flattern ließ, um es dann straff zu spannen und sie voranzutreiben. Die Ruder konnten sie wieder verstauen.

An der Uferstraße standen pragmatische Industriegebäude, vor denen sich die Straße mit breitem Grünstreifen zog. Auf dem Wasser lag ein Schiff ans andere gereiht: kleinere Boote, Motor- und Segelyachten. Weiter voraus sah man neben den Kränen die Masten der größeren Segler und die gigantische Masse der Kreuzfahrt- und Containerschiffe, denen man kaum noch ansah, was sie waren.

Der Wind frischte auf und trieb sie immer schneller zwischen den Hafenanlagen auf der einen, der schicken Promenade auf der anderen Seite hindurch bis zur Mündung des Flusses ins Meer. Rechts von ihnen lag bald eine Festung auf einer vorgelagerten Insel.

»*Älvsborgs Fästning*«, sagte Ramelow. »Unter Königin Christina war Schweden so groß wie nie zuvor und nie danach und wollte dementsprechend auch seinen Platz an der Sonne. Von hier aus ging die erste Expedition 1637, die dann zur Gründung von Neu-Schweden auf dem Gebiet der Susquehannock führte. Eine Geheimmission übrigens, weil man die Macht der Holländer fürchtete.«

»Und ein Schuss in den Ofen wie unsere ganze Kolonialgeschichte«, rief Greta. »Wer es hier weg schafft, hatte schon damals gute Gründe, nichts mehr mit diesem Land zu tun haben zu wollen.«

»Zum großen Teil waren es gar keine Schweden, die im Dienst der schwedischen Krone reisten«, fuhr Ramelow fort. »Das waren Holländer, Finnen und Deutsche. Der Leiter Peter Minuit stammte wie ich aus Wesel.«

»Sie meinen Old Pete Minuit?«, fragte der Schnurrbärtige.

»Keinen anderen. Den einen, der für ein paar Gulden ganz Manhattan gekauft hat, auch wenn ihm das nicht viel gebracht hat. Er starb in einem Sturm in der Karibik.«

»Einem Mann aus Wesel gehörte ganz Manhattan?«, fragte der Halbe Belgier.

»Ein Mann aus Braunau eroberte die Welt«, sagte die Madame.

»Großstädter sind häufig die genügsameren Menschen«, sagte Ramelow.

»Und der Niederrheiner führte keinen Krieg. Er verhandelte relativ ehrlich mit den Ureinwohnern.«

»So viel zum Fortschritt der Geschichte«, schloss die Madame. »Wir müssen jetzt auf jeden Fall nach Norden zwischen den Schären durch.«

»Seien Sie unbesorgt. Ich kenne den Kattegat wie meine Westentasche.«

»Wen kennen Sie?«, fragte der Halbe Belgier.

»Das Wasser hier.«

»Müssen wir denn nicht raus auf die Nordsee?«, schöpfte er Hoffnung.

»Das ist die Ostsee«, sagte sein Freund.

»Nein«, sagte Ramelow. »Es ist der Kattegat, die Meerenge zwischen den beiden Meeren. Übrigens äußerst schwer zu befahren und gefährlich.«

»Wir bleiben ja in Küstennähe«, sagte Greta und reichte dem Halben Belgier die Zigaretten.

Hektisch und mit zitternden Fingern griff er zu, konzentrierte sich dann ganz auf die nicht allzu leichte Aufgabe, die Zigarette anzuzünden. Der Wind blies gleichmäßig stark aus Südwest und trieb sie schnell vor sich her über die Dünung. Endlich rauchend, suchte er den Schatten des Segels, um der hier draußen auf dem Wasser vielfach verstärkten Sonne zu entkommen. Cassady bräunte weiter ungeschützt.

Die Madame hatte sich ein Tuch um die nackten Schultern gelegt. Sie saß bei Ramelow, da sie seinen Navigationskünsten nicht recht traute. Die Betriebsamkeit auf dem Wasser zeigte, wie gut es den Menschen an der Westküste ging: Hunderte Segler glitten hoch nach Norden oder kämpften sich gegen den Wind in Richtung Süden. Die größten Schiffe fuhren unter norwegischer Flagge, glitzerten mit ihrem blankpolierten Chrom, dass man die Augen schützen musste.

»Verdammte Fjord-Scheichs«, schimpfte sie.

»Ja, hätte Hamsun das geahnt«, sagte Ramelow. »Dass man mit Öl sein ganzes Land reich machen würde.«

»Der Freund meiner Mutter versucht das auch. Mit Knoblauchöl allerdings.«

»Wie sieht es denn mit Mittagessen aus?«, fragte der Schnurrbärtige.

Auf Anweisung seiner Geliebten hin packte er Brot und Hering aus den Taschen, sehr zufrieden damit, dass sie so vorausschauend geplant hatte. Da hatte er sich nicht in ihr getäuscht und deckte einen bemerkenswert ansehnlichen Mittagstisch auf der gleich vor dem Mast stehenden Kiste.

Zuletzt schnitt er noch eine Handvoll Zwiebeln klein. Da Ramelow wegen des immer dichteren Schiffsverkehrs am Ruder bleiben wollte und außerdem seinen eigenen Proviant mitführte, setzten sich die drei Gefährten ohne ihn um die Kiste. Als Getränk gab es einen nicht ganz kalten Gin Tonic, dann reichte Ramelow Bierdosen aus dem Vorrat im Heck des Schiffes. Er selbst aß nichts als einen Schokoriegel. Er schnupperte, blähte die Nüstern.

»Das Meer riecht ungesund«, sagte er. »Fast wie im Hafen von Kalkutta.«

»Das ist das Öl«, sagte der Schnurrbärtige. »Wollen Sie mal probieren?«

Er reichte Ramelow die Flasche, die Mehdi ihnen geschenkt hatte. Der Verleger roch daran und gab einige Tropfen auf seinen Schokoriegel. Dann biss er hinein und kaute.

»Nicht schlecht«, sagte er. »Besser als der Geruch.«

≈

So stabil das für den Jahrhundertsommer verantwortliche Hochdruckgebiet über Skandinavien auch war, seine blaue Weste sollte nicht unbefleckt bleiben. Im Verlaufe des Nachmittags zogen Wolken auf. Kein Unwetter, wie Greta dem Halben Belgier schnell versicherte, aber eindeutig Wolken, hinter denen die Sonne verschwand. Es wurde nicht kalt, gegen Abend aber doch ungemütlich draußen auf dem Wasser. Immer verlockender leuchteten die vereinzelt auf Felsen liegenden Häuser.

Die Madame wollte noch immer nichts wissen von Ramelows Einschätzung der Lage. Sie mussten jetzt endlich ans Ziel, und wenn sie dafür die ganze Nacht durchsegeln würden. Montag mussten sie wieder zur Arbeit. Zur Ausführung dieses selbstzerstörerischen Plans kam es nicht.

Die weiterhin maximale Nervosität des Halben Belgiers veränderte alles.

»*Fy fan!*«, rief die Madame plötzlich in die einsame Dämmerung hinein. »Er hat die ganzen Zigaretten aufgeraucht!«

»Das Bier ist auch bald aus«, sagte Ramelow.

Der Halbe Belgier spürte deutlich die Schäden, die der Rauch in ihm angerichtet hatte, war aber zu betrunken, um sich schlecht zu fühlen. Der Schnurrbärtige rülpste.

»Dann sollten wir Nachschub besorgen.«

So sinnvoll dieser Vorschlag in einer normal zivilisierten Umgebung gewesen wäre, so abstrus wirkte er draußen auf dem Wasser. Hier war es in höchstem Maße überlebenswichtig, Proviant geschickt zu rationieren und eben nicht jedem Impuls gleich nachzugeben. Nicht zufällig seien Protestanten die erfolgreicheren Seefahrer gewesen, erklärte Ramelow ihnen. Vermutlich hätte die Madame auch da noch darauf beharrt, die noch vor ihnen liegenden Meilen ganz ohne Rauch zu überstehen, wären wenig später nicht recht seltsame Töne zu ihnen über das Wasser geklungen: ein rhythmisches Dröhnen. Ein singender Wal besoffen im Stimmbruch.

»Auf Marstrand ist Party«, sagte Ramelow. »Ein großer Umweg ist das nicht.«

»Party?«, fragte der Halbe Belgier.

»Wir müssen ihm doch auch noch eine Schwedin suchen«, sagte Cassady.

Zögernd musterte Greta ihre beiden Reisebegleiter im Licht der Dämmerung. Sie empfand eine so unerträgliche Lust auf Tabak, dass ihr sogar die sonst so verhassten elektronischen Beats fast erträglich erschienen, auch wenn sie immer lauter wurden. Die Mondlandschaft der Insel lag nur wenige Hundert Meter weit steuerbord, so nah, dass man eine gigantische Kiste am Ufer zwischen den Hügeln erkennen konnte. Ein Ufo war das. Etwas, das gar nicht passte.

»*Karlstens fästning*«, erklärte Ramelow. »Auch eine bedeutende Festung im Mittelalter.«

»Halten Sie den Mund, und suchen Sie einen Anleger«, befahl die Madame.

Und Ramelow gehorchte.

Er hielt direkt auf die Insel zu, steuerte dann zielsicher um eine Landzunge herum und in den Hafen. Dessen Anblick ließ das Bild der verlassenen Festung wie einen Traum verblassen. Hunderte Schiffe lagen vor Anker, angestrahlt von bunten Scheinwerfern. Die Straßen voller Menschen. Wild durcheinanderspielende Musik. Und das inmitten der Einöde.

»Ein Seglerfest«, seufzte sie.

»Das sind die besten Partys«, sagte Ramelow. »Da lässt man es hier richtig krachen.«

»Wirklich?«, fragte der Halbe Belgier.

»Da kann man hautnah miterleben, dass die Christianisierung hier nur oberflächlich ist. Das ist ja sozusagen das skandinavische Paradoxon, dass unter der extrem zivilisierten Oberfläche völlig archaische Strukturen verborgen liegen. Daher rührt auch die Häufung an bipolaren Störungen, die sicher nicht allein durch die Dunkelheit zu erklären sind. Wenn Sie sich den König zum Beispiel als Wikinger vorstellen, erscheint sein lüsternes Verhalten gar nicht mehr skandalös. Problematisch ist allein die behauptete Zivilisiertheit, die letztlich aber nur eine Spiegelung von Selbsthass ist.«

»Schwedischer Selbsthass?«, fragte Cassady.

»Absolut«, sagte Ramelow. »Darüber habe ich in einer wissenschaftlichen Reihe sogar ein Buch verlegt, von Arvid C. Falk: *Beyond the Blond: Swedish Self-Hatred and the Spirit of Protestantism.* Aber jetzt nehmen Sie die Ruder und halten uns von den Yachten fern. Ich habe keine Lust, mich den Rest des Sommers mit meiner Versicherung zu streiten.«

Cassady reichte seiner Geliebten das zweite Ruder. Ramelow lenkte das Boot mit letztem Schwung zwischen den Yachten hindurch und an ein nicht allzu schickes Boot mit deutscher Flagge heran, dessen Rumpf gut anderthalb Meter über ihnen aus dem Wasser ragte.

»Wir legen provisorisch an«, sagte er. »Für die Nacht ankern wir weiter abseits.«

»Das gibt's doch nicht!«, rief jemand vom Deck des Schiffes. »Männer, ich glaub, da sind Piraten! Mit einer Meerjungfrau!«

Vier Köpfe erschienen an der Reling, dann stürzte das gleißende Licht eines Scheinwerfers auf sie hinab.

»Verdammt, machen Sie das Licht aus!«, rief Greta und ließ den Männern einen langen Blick ins Dekolleté. »Wir brauchen Bier und Zigaretten.«

So einfach war die Sache nicht. Zwar durften sie einer nach dem anderen eine Strickleiter hoch an Bord der *Dicken Wirtin* klettern, da mussten sie dann aber erst einmal mit deren vierköpfiger männlicher Besatzung aus einem Dorf bei Oldenburg anstoßen, die ihrerseits für den Landgang vorglühten. Von diesen Segler-Festen sprach halb Niedersachsen. Das Kleid der Madame wirkte als Katalysator der Lust. Auch deshalb widersprach der Schnurrbärtige, als sie nach ein paar Runden Korn vorschlug, alleine mit den Deutschen auf dem Schiff zu bleiben und auf die Kiste aufzupassen.

»Was ist denn drin, in dieser Kiste?«, fragte der Kapitän der *Dicken Wirtin*.

»Das ist geheim«, sagte Ramelow ernst.

»Dann ist es Schnaps«, meinte ein anderer. »Wenn hier einer was versteckt, ist das immer Schnaps.«

»Völlig zu Recht!«

»Ja, da werden die ganz komisch, wenn die wissen, dass einer was gebunkert hat.«

»Wir teilen schließlich auch.«

Die gierigen Blicke der Männer vergaßen für einen Augenblick das Dekolleté des Abendkleids, um nicht weniger sehnsüchtig über die Reling auf die Kiste zu blicken.

»Das sind Bücher«, sagte die Madame. »Die Bibliothek eines alten Professors.«

»Unsinn, das is' Treibstoff. Das riech ich bis hier.«

»Jau, wenn ich meiner Nase auch nur ansatzweise trauen kann, dann ist das mindestens Likör.«

»Das glaubt uns keiner, was einem hier so von allein zufliegt.«

»Immer nur Korn ist ja auch keine Lösung.«

»Aber günstig.«

»Der Vorrat ist trotzdem bald hin.«

»Es sind Bücher. Standardwerke der Altorientalistik. Der Große Keppler in zwölf Bänden unter anderem.«

Unsicher, wo genau bei diesen Deutschen die Grenze zwischen Spaß und Ernst verlief oder verlaufen würde, wenn es denn so weit käme, änderte die Madame ihre Strategie. Sie selbst würde die ganze Truppe auf die Party begleiten, während der Schnurrbärtige als Aufpasser zurückbliebe. Der hatte schließlich eine Frau, was letztlich alle überzeugte.

Eine weitere Runde Korn später folgte dann die ganze Truppe leicht schwankender Männer der rotgekleideten Madame den Bootssteg entlang zur Hafenpromenade. Über der thronte die buntbeleuchtete Festung. Ramelow und der Halbe Belgier hielten einige Meter Abstand. Die wummernden Elektrobeats passten eher schlecht in das idyllische Ambiente des Hafens. Auf einem Podest stand ein mit den Armen wedelnder DJ, dem zu Füßen ein Meer an blonden Köpfen wogte. Den Halben Belgier schmerzten die Ohren, kaum hatten sie das Ende des Stegs erreicht. Begeistert war er dennoch von so viel Schönheit, so viel nackt im Licht der Scheinwerfer glänzender Haut.

Eilig nahmen die Männer die Stufen hoch auf die Hafenpromenade, wo sie fast ehrfürchtig innehielten angesichts dieses sehr wirklichen Traums: sicherlich hundert junge Frauen, alle mit langen, blonden Haaren, vollen Lippen und leuchtenden Augen, und kein Mann bis auf den DJ und einige Ältere in den Cafés. Die Musik wurde etwas leiser. Dafür brüllte der DJ jetzt ins Mikrophon, forderte dazu auf, alles zu geben, so eine Chance gebe es nur einmal, was die Madame den Männern übersetzte.

»Dann amüsiert euch mal«, schloss sie. »Ich hole Bier und Zigaretten.«

Noch zögerte die Besatzung der *Dicken Wirtin,* und auch der Halbe Belgier wusste nicht so recht, ob das hier wirklich der Ort war, an dem er seine große Liebe finden würde. Ramelow beobachtete das Treiben eher distanziert, wies wenig später aber darauf hin, dass sie nicht unbemerkt blieben: Immer wieder präsentierten sich Tanzende ganz gezielt in ihre Richtung, posierten sehr freizügig, den Kopf weit im Nacken.

»Geil«, sagte der Kapitän.

»Boah.«

»Oh Mann.«

Dann stürzten sich die Seemänner ins Getümmel. Ramelow reichte dem Halben Belgier einen Zigarillo, den der sich mit zitternden Fingern ansteckte. Ungläubig verfolgte er, wie sich die Frauen an Ekkie und seine Männer ranmachten. Fassungslos sah er dann das schönste Mädchen überhaupt auf ihn zutanzen, ihn anlächeln und sich nach hinten in die Knie beugen, als sei sein Gürtel eine Limbostange.

»Da habe ich wohl nicht zu viel versprochen«, sagte Ramelow.

Der Halbe Belgier inhalierte hastig, versuchte dann hustend, seine Füße, die Beine, ja womöglich auch die Hüfte irgendwie im Takt der Bässe zu bewegen, woraufhin sie noch breiter grinste, makellos weiße Zähne zeigte zwischen den tiefroten Lippen. Dann richtete sie sich auf, nahm seine Hand und zog ihn mit sich in die Menge. Hilflos sah er zurück. Ramelow winkte augenzwinkernd.

Im Getümmel der Tanzenden fürchtete er, sie zu verlieren. Süßlich umnebelten ihn die Parfums. Blendeten ihn die wild über den Platz schwenkenden Scheinwerfer. Verwirrten ihn die immer lauteren Bässe. Mädchen! Überall Mädchen! So viele Mädchen! Lang und blond die Haare, die wild durch die Luft flogen, wenn die Köpfe im Rhythmus zuckten. Keine war größer oder kleiner als die andere. Alle in Trance, glücklich strahlend, dann kreischend, wenn die Spannung zunahm. Und mittendrin die, die ihn lockte, wenn sie es denn noch war: schöner als alle anderen, die sich auch an ihn schmiegten in knappen schweißnassen Tops. Auch ihre Haare blond wie die des Mädchens auf der Straße, das er in seinem Blut hatte liegen lassen, als könnte man einfach ganz unbeteiligt durchs Leben gehen. Dabei wollte er doch handeln, etwas erleben, dieses Mädchen haben.

»Und glauben Sie, heute Nacht die Richtige zu finden?«, schrie die ihm gerade da ins Ohr.

»Ja, vielleicht, warum nicht?«, brüllte er zurück und küsste den Hals, den sie ihm bot.

Man musste loslassen. Nicht denken. Den Augenblick nutzen, um glücklich zu sein.

Später zog sie ihn raus aus der Menge und führte in weg von der Hafenpromenade. Er musste zurück, durfte die Freunde nicht warten lassen und konnte nicht anders, als ihr zu folgen, zwischen den kleinen Holzhäusern hindurch, immer weiter, bis sie die einzigen Menschen und auch die Bässe kaum noch zu hören waren. Am Ende der Gasse lag das Meer, an dessen Ende, am Horizont, ganz zart das Licht. Er drückte sie an sich und küsste sie, die plötzlich unbeteiligt schien, nachdem sie ihn doch hergeführt hatte. Aber die Zeit des Grübelns war vorbei! Er hob sie hoch und ging mit ihr zu Boden.

»Ich bin mir ganz sicher, dass ich die Richtige bin«, sagte sie, während er seine Zunge ausgiebig über die sanft gespannte Haut unterhalb ihrer Kniescheibe kreisen ließ. »Ich liebe deutsches Fernsehen.«

Er hob den Kopf und versuchte im wenigen Licht zu erkennen, was sie dazu bewegte, solche Dinge zu sagen, während er in Gedanken verloren war und sie beide zusammen halbnackt hier im Sand auf der Insel lagen. Sie lag da mit geschlossenen Augen. Zart glänzte ihr Haar, freundlich hoben die Brüste sich in Richtung Himmel. Es war Zeit, zu vergessen: Die ganze unsinnige Reise mit der Kiste und den Freunden, die er kaum besser kannte als das Mädchen hier. Mit ihr würde er glücklichere Tage haben. Auf diese Art verbrachten Menschen ihre Ferien. Gesunde Menschen, Erwachsene, die wussten, was sie wollten. Das würde er sich nicht entgehen lassen.

≈

Das Hafenfest war noch in vollem Gange, als der Halbe Belgier zurück zum Schiff geeilt kam. Er lehnte sich über die Reling der *Dicken Wirtin,* deren Besatzung noch nicht wieder an Bord war. Greta stand unten auf der *Mahagonny.* Neben ihr tranken Cassady und Ramelow Bier. Sie lachte, ungläubig.

»Was hast du?«, fragte sie.

»Ich habe jemanden kennengelernt«, sagte der Halbe Belgier ganz außer Atem. »Sie kann nicht mit uns mit, also bleibe ich hier.«

»Du hast wirklich mit einem von den Klonen gebumst?«

Er hustete, holte tief Luft und räusperte sich.

»Auf jeden Fall trennen sich unsere Wege.«

»Und wie kommst du zurück?«

»Das werde ich dann sehen.«

»Verdammt, du hast nur Angst, weiterzusegeln.«

»Nein, wirklich, sie ist wunderbar.«

»Er hat Drogen genommen«, sagte Cassady.

»Nein, hab ich nicht. Ich kann hier jetzt einfach nicht weg.«

»*Fy fan*, das sind doch alles kleine Nutten!«, zischte Greta. »Wir wollten das zusammen zu Ende bringen.«

»Das wollten wir.«

»Ja, aber was habe ich wirklich damit zu tun? Ihr habt euch, und du hast deine alten Freunde, denen du diese Kiste bringen willst. Was spiele ich für eine Rolle, wo ihr mich jetzt nicht mehr als Träger braucht?«

Er wusste, dass es so nicht war, und wollte es doch glauben, weil er sich vorstellte, wie er die nächsten Tage hier mit ihr verbringen würde. Mit diesem unfassbar schönen Mädchen, das ihn am Strand erwartete. Deshalb sagte er nichts mehr, wandte sich einfach ab und ging zurück in Richtung Hafen, von dem aus Lichtkegel in den Himmel schossen, als erwartete man Luftangriffe welcher feindlichen Macht auch immer. Plötzlich fürchtete er, dass sie schon nicht mehr auf ihn warten würde, und rannte einfach los.

Die Madame setzte sich und rauchte eine Marlboro. Der Schnurrbärtige blickte dem Halben Belgier hinterher.

»Er ist doch nur ein kleinkarierter Deutscher«, sagte er dann.

»Hat er nicht auch ein Recht darauf, sich zu vergnügen?«, fragte sie. »Schließlich haben wir es ihm versprochen.«

»Das heißt nicht, dass er uns verraten darf.«

Sie blickte ihm in die Augen und entdeckte hinter dem harten Urteil überrascht ein Schimmern von Traurigkeit. Sie liebte diese Diamantsplitter echter Empfindung, deren Glitzern er so gut zu verbergen wusste, im Felsen seiner standhaften Fröhlichkeit. Sie wusste, dass in einem so herrlichen Mann nur die Seele eines noch herrlicheren Kindes stecken konnte.

»*Älskling*, er ist noch auf der Suche«, sagte sie. »Wir sehen ihn spätestens in Berlin.«

Dann wies sie Ramelow an, die Leinen zu lösen, und sie paddelten raus aus dem Hafen, ein Stück weit um die Insel herum. Im Schatten der Landzunge gingen sie vor Anker. Mit Zigaretten versorgt, wollte auch die Madame das letzte Stück der Überfahrt lieber bei Tageslicht in Angriff nehmen. Sie griff nach der Gitarre und zupfte leise ein Vorspiel zu *Blott en dag*. Sie erinnerte sich an den Waldfriedhof, zu dem sie an der Hand ihres Vaters den Mühlbach entlanggegangen war zur Beerdigung der Mutter ihrer Mutter. Alle trugen schwarz. Die Nadeln auf dem Boden dufteten feucht. Sonnenstrahlen fielen zwischen Zweigen hindurch. Der Bach plätscherte. Die Großtante am Harmonium in der Kapelle war die vorletzte Überlebende dieser Generation gewesen, mit der die Madame nie etwas hatte anfangen können. Seit sie gestorben war, blieb nur noch die irre Mutter ihres Vaters. Was bitte sollte da Gutes aus einem werden, wenn man derart belastet auf die Welt kam? Schon früh hatte sie sich gewünscht, zu Kerstin und Lars-Gunnar zu gehören, die ihr ihre deutschen Volkslieder beibrachten und von ihren Reisen um die Welt erzählten. Sie hielt kurz inne, setzte dann neu an und spielte das Lied vom Seemann, der nicht an zu Hause denken sollte. Das klang schon besser. Ein bisschen traurig über sein Verschwinden, hoffte sie doch, dass der Halbe Belgier sich jetzt amüsierte.

SECHSTER TAG

Ruhig hing die *Mahagonny* an ihrer Leine, die viele Meter tief ins Wasser reichte, wo schwer der Anker lag. Oben strahlten die Felsen im Licht der Morgensonne, die auch das Meer bis zum Horizont glitzern ließ. Ein einzelnes Flugzeug pflügte seine wattige Gischt ins Blau des Himmels. Die wenigen Maschinen, die so früh schon von Göteborg City aus starteten, hörte man kaum. Ihr langsamer Flug Richtung Westen unterstrich nur die Ruhe hier unten. Sogar der Schnurrbärtige schlief völlig still, als wagte sein Körper es nicht, zu schnarchen. Die Madame lag gleich neben ihm auf dem Boden des Bootes, den Kopf auf seinem Arm, die Beine um seine Hüfte geschlungen. Ramelow lehnte im Heck an der Bordwand, das Gesicht schon jetzt nicht mehr im Schatten. Er schlief dennoch fest. Hinter der Landzunge erschienen die ersten Schiffe, die den Hafen der Insel verließen, um sich weiter draußen einzureihen in den immer regeren Nord-Süd-Verkehr die Schärenküste entlang.

Die Festung auf der Insel wirkte bei Tageslicht sehr viel weniger außerirdisch als in der Nacht. Dafür tummelten sich am Ufer Frühsportler in leuchtender Funktionskleidung. Alleine und in kleineren Gruppen von Gleichgesinnten liefen sie über die Felsen, blieben gelegentlich stehen, um die Muskeln zu dehnen, die Gelenke kreisen zu lassen und dem stetigen Klopfen des Herzens zu lauschen. Wenn einer von ihnen sich die Zeit genommen und den Blick hätte schweifen lassen über die friedliche Meeresidylle, wäre ihm sicher die Motoryacht aufgefallen, die sich unbemerkt der Landzungenspitze näherte, hinter der die *Mahagonny* ankerte.

Die Madame wachte auf, enttäuscht, dass sie nicht alleine war mit ihrem Geliebten, um vor seinem Bewusstsein seine Lust zu wecken. Sie hörte den Motor, der schon ganz nah dröhnte, setzte sich auf und sah ruhig das Meer. Lärm und Schatten kamen von hinten. Verwirrt sah sie sich um: Steil hob sich der nachtschwarze Bug der Yacht aus dem Wasser vor die Sonne. Das konnte nicht sein, und doch streifte die Yacht das Segelschiff hinten, wo Ramelow lehnte. Noch halb im Schlaf sprang er auf, ruderte mit den Armen. Auch die Madame versuchte, sich irgendwie an Bord zu halten. Das Boot neigte sich, erst zur einen, dann zur anderen Seite, als suchte es ein Gleichgewicht, das es längst nicht mehr gab.

»Alarm!«, schrie Ramelow.

»Vorsicht!«, rief die Madame.

»Oh Scheiße«, sagte der Schnurrbärtige.

Ehe einer von ihnen auch nur einen klaren Gedanken hätte fassen können, hob und hob sich der Rumpf immer weiter zum Himmel, schlug der Mast platschend aufs Wasser, rutschten all die ungesicherten Dinge von Bord und sie selbst hinterher: Der Schnurrbärtige konnte nicht fassen, wie dieses gerade noch so wohlige Lendengefühl sich so schnell abkühlen konnte – Ramelow war bei aller Panik instinktiv begeistert, ein Abenteuer zu erleben – die Madame empfand noch im Fallen Erleichterung, weil sie rechtzeitig nach ihrer Brille gegriffen hatte. So schnell ging das. Dann tauchten alle unter.

Sekunden später kam die Madame hustend an die Oberfläche und setzte ihre Brille wieder auf. Sich am Kiel des Bootes festklammernd, sah sie erst einmal nichts. Sie nahm die Brille wieder ab und versuchte, das Wasser von den Gläser wegzupusten. Schon etwas klarer erkannte sie: die verebbenden Heckwellen der Motoryacht – das Schiff selbst fast am Horizont – neben ihr der Schnurrbärtige. Kaum eine Möwe kreischte.

»Ein Anschlag!«, rief Ramelow. »Daran besteht kein Zweifel.«

Dann aber ein erfolgloser, dachte sie und erinnerte sich an die Kiste.

»Wie tief ist es hier?«, fragte sie panisch und versuchte jetzt doch, die Brille mit dem nassen Kleid zu trocknen.

»Der Anker liegt in etwa vierzig Fuß.«

»Ich tauche«, sagte der Schnurrbärtige.

»Unmöglich«, sagte Ramelow.

Um das Boot herum trieben die Tüten mit ihrem Proviant, dazwischen die Gitarre. Die Madame griff nach einer Schachtel Zigaretten, deren Inhalt sich schon im Wasser auflöste.

»*Jävla skit!*«, zischte sie. »Verdammte Nazis.«

Ramelow kletterte auf das Boot, ein nasses Seil in der Hand, und machte sich daran, es wieder aufzustellen.

»Der Feind steht längst nicht immer rechts«, sagte er. »Und jetzt schwimmen Sie zur Seite. Das haben wir gleich.«

Offenbar hatte er im Segelkurs aufgepasst, oder er war schon des Öfteren gekentert. Jedenfalls machte er seine Sache so gut, dass er sich nur wenig später fallen ließ und das Boot hinter sich her aus dem Wasser herausdrehte. Keine fünf Minuten nach der Attacke wirkte alles, als wäre gar nichts geschehen. Nur ihr Gepäck und der Proviant waren nass. Und ihre Kleider. Und die Kiste war weg.

Der Schnurrbärtige hängte sein tropfnasses Sakko an den Mast, stieg aus den vollgesogenen Baumwollhosen und zog zuletzt auch Hemd und Unterhose aus. Nackt stand er ganz vorn im Boot und blickte konzentriert ins Wasser.

»Bis gleich«, sagte er, ließ die Finger der Reihe nach knacken und sprang.

Die Madame sah ihn spurlos im Dunkel des Meeres verschwinden. Äußerlich blieb sie ruhig, doch in ihr herrschte Panik, weil sie wusste, wie unberechenbar die Strömungen zwischen den Inseln waren. Hier holte sich das Wasser auch solche, die noch nicht sterben wollten. Weg war er, in die Tiefe gelockt von der Kiste, die ihr Glück zerstörte. Die sie hierhergelockt hatte. Wie sollte sie um ihn trauern? Seine Geliebte für wenige Wochen. Nicht mehr.

»Da ist er!«, riss Ramelow sie aus ihren Gedanken.

Ein wildes Prusten. Kräftige Hände packten die Bordwand von außen am Heck. Muskelpakete spannten sich, zwischen denen endlich der Kopf, die fröhlich leuchtenden Augen, der feucht glänzende Schnurrbart erschienen.

»Es ist wirklich zu tief«, keuchte er.

»Verdammt«, sagte sie. »Tu das nie wieder.«

»Was?«

Sie sahen sich an. Aufgeregt und glücklich.

Während sie Kriegsrat hielten, machte der Schnurrbärtige sich daran, aus all dem durchweichten Proviant ein Frühstück zusammenzustellen. Zwei Packungen des leicht gesüßten Fladenbrotes hatten, fest in Plastik verschlossen, die Havarie überstanden. Dazu gab es leicht salzwässrige Leberpastete, Käse und Hering. Nur Kaffee fehlte, und Zigaretten. Und Mehdis Öl.

»Kein Frühstück für Helden«, sagte sie. »Und wir müssen zurück in den Hafen und ein Telefon finden.«

»Ich glaube nicht, dass sie uns absichtlich haben kentern lassen«, sagte der Schnurrbärtige. »Die haben uns vermutlich übersehen.«

»Also bin ich paranoid?«

»Paranoia nennt der Herrscher die Klarsicht des Sklaven«, sagte Ramelow.

Der Schnurrbärtige massierte der Madame den Nacken und flüsterte, dass es keinen Grund zur Sorge gebe, abgesehen davon, dass sie die Kiste bergen mussten. Auch Ramelow schien diese Version der Wirklichkeit schließlich zu akzeptieren. Nachdem sie hastig aufgegessen hatten, markierte er die Position der Kiste mit einer Boje, die er mit dem Anker positionierte. Dann setzte er das Hauptsegel und steuerte die *Mahagonny* zurück in den Hafen.

≈

Wäre die Bühne nicht gewesen, man hätte auch das nächtliche Spektakel auf der Insel für einen Traum halten können. Der Anblick bei Tage entsprach jedenfalls sehr viel mehr dem, was man von einem kleinen skandinavischen Hafen im Sommer erwarten würde: Geschäftige Segler legten ab, Händler öffneten ihre Läden, Touristen liefen die Hafenpromenade auf und ab, zwischen ihnen auch hier jede Menge Frühsportler. Die Luft war so rein und klar, Häuser, Straßen und Festung so ordentlich und sauber, dass allein der Gedanke an Zigaretten völlig abwegig erschien. Der Madame machte er dennoch so sehr zu schaffen, dass sie Ramelow antrieb, gefälligst etwas schneller anzulegen. Noch ehe das Schiff den Steg touchiert hatte, sprang sie an Land und eilte davon.

»Schlimm, diese Sucht«, sagte Ramelow.

»Es schmeckt ihr einfach gut«, sagte der Schnurrbärtige.

Dann machten sie fest und gingen ihrerseits auf die Suche nach einem Ort, an dem man ihnen einen Kaffee servieren würde.

Gleich an der Promenade auf der Terrasse eines Hotels wurden sie fündig. Von hier aus konnten sie das Boot im Auge behalten und sahen so auch wenig später die Madame entspannt rauchend in Richtung Wasser schlendern. Der Schnurrbärtige rief sie und sprang auf, um einen dritten Kaffee zu bestellen.

»Mein Gott, das ist ja so bescheuert!«, lachte sie und setzte sich. »Und so unglaublich komisch.«

»Was jetzt genau?«, fragte Ramelow.

Ehe sie hätte antworten können, kam ihr Freund zurück und küsste sie so lange, dass sie ihn bitten musste, endlich weiterrauchen zu dürfen.

»Und hast du Hilfe für die Kiste finden können?«, fragte er.

»Ja, das ist kein Problem. Ein alter Freund kommt später. Johan.«

»Wie bitte?«

»Was?«

»Er kann uns helfen.«

»Ist er denn Taucher?«

»Ja, so ähnlich. Er ist bei der Marine.«

»Und die sind nicht hinter uns her?«

»Er ist ein Freund, da bin ich sicher. Er kommt oft nach Berlin zum Männer-Bumsen.«

»Und das ist komisch?«, fragte Ramelow.

»Nein, das ist gut. Komisch ist die Geschichte mit den

Klonen! Ich fürchte, unser Freund ist da in etwas anderes hineingeraten als nur in eine kleine schwedische Muschi. Mein Gott, *det är så roligt!*«

»Ja, was denn?«

»Was meinst du?«

Sie steckte sich erst einmal noch eine Zigarette an, genoss einen tiefen Zug, um dann auch den Kaffee zu kosten. Zufrieden mit dieser doppelten Verwöhnung ihrer Geschmacksnerven, erzählte sie ihren beiden verbliebenen Mitreisenden dann, was sie beim Kauf der Zigaretten erfahren hatte. Und zwar habe es sich bei der Party vom Vorabend nicht etwa wie vermutet um ein Seglerfest gehandelt, sondern um den Höhepunkt eines Casting-Events. Eine deutsche Filmproduktionsfirma suche die Hauptdarstellerin für eine Telenovela, die in Schweden gedreht werden solle. Mädchen aus dem ganzen Land seien angereist, die den Kriterien – sehr blond, sehr hübsch und mittelgroß – entsprachen, um sich hier für die Rolle der Astrid zu bewerben.

»Und wo ist das Problem?«, fragte Ramelow.

»Mein Gott, wo bleibt denn Ihre Phantasie? Warum haben die Mädchen sich denn wohl an unsere deutschen Freunde rangeschmissen?«

»Sie meinen …?«

»Aber sicher.«

»So doof wird doch wohl niemand sein!«

»Da sind Sie aber optimistisch.«

»Sie werden ihn kastrieren«, sagte der Schnurrbärtige.

»Dabei trifft ihn gar keine Schuld!«, meinte Ramelow.

»Auch ein halber Deutscher ist niemals ganz ohne Schuld«, sagte die Madame.

Da sie in Anbetracht der Masse an Touristen, die das Dorf bevölkerten, nicht wussten, wo sie mit der Suche nach ihrem Freund beginnen sollten, blieben sie einfach sitzen, um weiter Kaffee zu trinken und zu rauchen. Wenn er sie finden wollte, hatte er jetzt die Gelegenheit, während sie sich als zweites Frühstück Brot, belegt mit Hering, rohen Zwiebeln und saurer Sahne bestellten, zu dem sich der Schnurrbärtige und Ramelow dann auch ein erstes Bier kommen ließen.

»Man trinkt zu selten gleichzeitig Kaffee und Bier«, sagte der Schnurrbärtige. »Der alte Fluch der Kategorisierung. Entweder oder. Das eine hier, das andere da. Dabei können verschiedene Dinge doch simultan genossen werden. Das wird allgemein unterschätzt.«

»Wir denken linear«, sagte Ramelow skeptisch. »Sie können das Verbrechen ja auch nicht zeitgleich mit der Lösung des Falles erzählen. Es muss bereits vergangen sein.«

»Vergangenheit ist dennoch ein Paradoxon. Nichts ist vergangen. Wäre etwas vergangen, könnte es nicht sein.«

Wie um seine Argumentation zu untermauern, kippte der Schnurrbärtige abwechselnd Bier und Kaffee, schmatzte und gurgelte, schluckte und entließ dann einen wieder einmal beachtlichen Rülpser in die Idylle des Hafens, die gerade da auch von anderer Seite gestört wurde: Von den Schiffen her drang wild erbostes Schimpfen und Kreischen zu ihnen, das sich schnell genauer lokalisieren ließ, da die *Dicke Wirtin* bedenklich zu schwanken begann und jetzt drei menschliche Wesen ans immer grellere Tageslicht entließ. Unschwer waren sie den tanzenden Klonen zuzuordnen: sehr blond – sehr hübsch – mittelgroß. Die Menschen auf der Hafenpromenade wurden aufmerksam. Schon lenkten einige kräftige Segler ihre Schritte in Richtung des Bootes, das hektisch losmachte. Mit ungeschickt wildem Gestocher manövrierte die offenbar panische Besatzung vom Anleger weg. Die Aufregung legte sich aber schnell, da man begriff, dass die sehr aufgeregten jungen Frauen ganz wesentlich selbst für ihr Schicksal verantwortlich waren. Außerdem stammten sie aus Nord-Schweden. In anderen Epochen hätte selbst das einen Rachefeldzug nicht verhindern können. Das Hafenwasser hätte sich rot gefärbt vom Blut der Kämpfenden. Heute war man da weniger konsequent. Auch wenn das manchmal ein wenig langweilig sein mochte, konnte man so sehr viel entspannter Kaffee mit Bier trinken, dachte der Schnurrbärtige und bestellte gleich noch eine Runde.

≈

Der Halbe Belgier wähnte sich bei der Arbeit im Holocaust-Turm, einem weitgehend lichtlosen Raum am Ende eines der unterirdischen Gänge im Jüdischen Museum. Hinter einer schweren Eisentür bekamen die Besucher eine Ahnung davon, was es bedeuten könnte, in Dunkelheit gefangen, deportiert zu werden. Kritischen Stimmen schien es vermessen, den unfassbaren Schrecken dergestalt nachzustellen – viele hielten allein den Versuch für obszön, das Unvorstellbare derart profan zu repräsentieren. Einigen Besuchern ging das Erlebnis aber so nahe, dass ein Museumswärter eigens dazu abgestellt war, an der Eisentür Wache zu halten und gegebenenfalls einen hinter einer Trennwand bereitstehenden Notsitz samt Wasserflasche hervorzuholen. Für die Wärter selbst verlor der Turm seinen Schrecken natürlich schnell. Sie arbeiteten hier und setzen sich immer wieder und ohne jeden Hintergedanken über die Anweisung hinweg, das Innere nur im Notfall zu betreten: Sei es, dass man an heißen Tagen einfach nur die Kühle genoss, sei es, dass man sich von neugierigen Blicken ungestört auch während der Arbeitszeit näherkommen oder einfach nur schlafen wollte.

Nur weit oben im Turm fiel Tageslicht durch einen schmalen Spalt. Eine horizontale Schießscharte, deren Position den Halben Belgier stark verwirrte. Als sei es nicht schlimm genug, beim Dienst nicht auf Position zu sein, fiel jetzt das Tageslicht auch noch unten durch die Wand! Das musste er dem Schichtführer melden, dass dieser Bau schon baufällig war, was er nur bemerken konnte, weil er entgegen allen Anweisungen hinter der Eisentür auf dem Boden lag und anscheinend gerade noch ganz tief geschlafen hatte. Was hatte er denn nur wieder gemacht, dass der Kopf schmerzte, die Lungen krampften, Mund und Hals völlig ausgedörrt kratzten? Und dazu dieser Ungeruch! Nach Fisch und Tang und Meer, der ihn dann nach und nach erinnerte an die Nacht am Strand und in der Fischerhütte. Er sah sich um. Er war allein.

Er brauchte Medizin, die er nicht hatte. Sonst würde ihm nur Wasser helfen, das – dem Geruch zufolge – nicht allzu fern sein konnte. Also raffte er sich auf, stieß im Halbdunkel gegen einen Balken, dann gegen ein Regal, von dem scheppernd einige Blechdosen fielen. Sein Fuß verfing sich in einem Netz, das er hinter sich her ins Freie zog, auf den sandigen Strand. Blinzelnd und mit an die Schläfen gepressten Händen taumelte er voran in Richtung Meer, dessen Eiseskälte ihm beim Erstkontakt vollkommen übertrieben schien. Musste das sein? Und ob. Er hatte keine Wahl. Das Leiden musste enden. Er wollte klar darüber nachdenken, wo er hier war und warum und wie er von hier wegkäme. Dunkel erinnerte er sich an dieses Gefühl, endlich erwachsen zu sein und das Leben im Guten wie im Schlechten zu nehmen. Das also war das Ergebnis. Langsam setzte er einen Fuß vor den anderen, bis ihm das Wasser an die Knie reichte und nach und nach, das Blut so kühlte, dass die Schmerzen schwanden.

Er hielt Ausschau, ließ den Blick schweifen, folgte den Segeln, die wie Noten auf den wogenden Linien des Meeres standen. Was war das für ein Lied, das er jetzt singen sollte? Das Seemannslied von Wind und Wellen weit hinaus, das Lied derer, die er im Stich gelassen hatte? Daran wollte er nicht denken und ließ sich fallen und schrie auf. So einen Schmerz aus dieser Richtung! Er schrie und schrie verzweifelt. Panisch. Nein! Vergessen waren das lächerliche Kopfweh, die zart keimende Sehnsucht nach den Freunden, so unfassbar war das stechende Brennen, das seine Lenden zerfetzte. Hilflos zappelnd sprang er auf, entdeckte die Frühsportler am Ufer, die ihn skeptisch beäugten, woraufhin er an sich hinunterblickte: Grausam rot glühte die Haut seines Geschlechts, das wie ein allzu heiß geschmiedetes Eisen schlaff in Richtung Wasser zeigte. Und nicht nur das: Sein ganzer Unterleib war wund vom Sand, der sich in jeder Falte eingenistet hatte, um sein schmirgelndes Werk zu tun und ihn zu strafen, der sich die Zuneigung der Schönen so frevelhaft ergaunert hatte. Von wegen Mut und Reife! Armselige Höhepunkte eines niederträchtigen Lebens waren das: das blutende Kind auf der Straße – das traurige Mädchen im Sand – die verlassenen Freunde auf dem Boot. Für diese Menschen war es eben doch nicht völlig unerheblich, was er tat. Im Gegenteil. Beschämt versuchte er, sich zu bedecken. Dann eilte er aus dem Wasser in die Fischerhütte. Von seinen Kleidern keine Spur. Überwältigt von seiner eigenen Schlechtigkeit verkroch er sich in der dunkelsten Ecke. Das hatte er davon: Nackt, alleine und verfolgt saß er auf einer schwedischen Insel.

Nach einigen Stunden, die er reglos in der Hütte verharrte, ließen die Schmerzen nach. Bei aller Scham war er jetzt auch ein kleines bisschen stolz darauf, auch einmal so ein Abenteuer zu erleben. So zweifelhaft sein Handeln in den letzten Tagen und Stunden auch war, er tat etwas aus eigenem Antrieb. Die Richtung stimmte, er musste nur noch besser werden. Passenderweise ertönte genau in diesem Moment ein für die malerische Umgebung viel zu lautes Horn, als gelte es, seine Erkenntnis zu begrüßen.

≈

Die Madame ließ die Rechnung kommen. Das vereinbarte Signal war unmissverständlich. Dreimal kurz, einmal lang. Selbst wenn sich gegenwärtig ein zweites Schiff vergleichbarer Größe in der Nähe aufhielte, würde es nicht so auf sich aufmerksam machen. Johan hatte Wort gehalten.

Während sie auf den Kellner wartete, nahm sie die letzte Zigarette aus dem ersten Päckchen des Tages, das sie dann zerknüllt in eines der leeren Biergläser steckte. Sie war nervös. Weil es natürlich auch in Schweden nicht völlig selbstverständlich war, der Königlichen Marine mal eben so den Marschbefehl zu erteilen. Weil sie wusste, wie widersprüchlich sie empfand: Sie fürchtete das Land und fühlte sich freudig geborgen, da mächtige Hilfe nahte.

Von der Kaimauer aus ließ sie den Blick ein letztes Mal über die Hafenpromenade schweifen, um den verlorenen Freund vielleicht doch noch zu entdecken. Aber nein, keine Spur. Wen sie auch gefragt hatte, niemand hatte ihn gesehen. Hoffentlich hatte er doch das unwahrscheinliche Glück, mit einer freundlichen Schwedin im Bett auszuschlafen. Was hatte er sonst von dieser Reise gehabt? Schade um ihn war es trotzdem. Er fehlte, weil er dazugehörte. Weil sie ihn mochte oder weil sie ihrem Mann den Freund an seine Seite wünschte. Ramelow jedenfalls war alles andere als ein passender Ersatz, wie er da akkurat die Leinen löste und mit aufgeregt schneidiger

Stimme zum Einsteigen aufforderte. Sie folgte dennoch und nahm dankbar die Hand, die ihr Geliebter ihr reichte.

»Er wird das schon ohne uns schaffen«, sagte er.

»Hoffentlich«, sagte sie.

Ramelow setzte das Hauptsegel und steuerte sie langsam aus dem Hafen hinaus und auf die Landzunge zu, hinter der sie geankert hatten. Alles war so, wie sie es verlassen hatten. Die steinige Landschaft lag sogar noch ruhiger da, weil sich die Frühsportler zurückgezogen hatten. Und ein gigantisches Schiff überragte die Felsen: *A 214* stand strahlend weiß auf dem gut hundert Meter langen grauen Rumpf geschrieben.

»Die *Belos*!«, rief Ramelow ungläubig.

»Sie kennen das Schiff?«, fragte Cassady.

»Jeder sollte es kennen«, sagte die Madame.

Obwohl auch er Sohn einer Hafenstadt war, verstand der Schnurrbärtige so gut wie nichts von Schiffen. Auch er würde aber doch wohl erkennen, wenn so ein Schiff derart besonders wäre, dass man bei seinem Anblick gleich rumschreien musste. Natürlich war das ein recht großes Kriegsschiff, nur war die Größe vor allem deshalb beeindruckend, weil sie selbst sich in ihrem Segelboot auf Höhe des Meeresspiegels befanden. In einem Hafen, von der Kaimauer aus, würde das Schiff ganz gewöhnlich wirken. Auffällig war, dass die Brücke weit vorne im Bug in den blauen Himmel ragte, dahinter eine Art Ladefläche samt Kran, die das Schiff wie einen Schlepper aussehen ließen. Das Heck lag nur knapp oberhalb der Wasserlinie. Warum also sollte jeder dieses Schiff kennen?

Zu aufgeregt, um selbst auf die skeptischen Nachfragen ihres Geliebten einzugehen, überließ die Madame es Ramelow, diesen Aspekt ihrer Heimat zu erklären.

»Ich habe Ihrem Freund schon erzählt, dass die Schweden durchaus Talent haben, Dinge verschwinden zu lassen, die ihr geregeltes Leben stören könnten«, legte der Verleger gleich los. »So auch Anfang der Fünfziger, als die schwedische Luftwaffe im Auftrag des Westens Aufklärungsarbeit an der baltischen Küste leistete, was den Sowjets nicht recht sein konnte, weshalb sie eine DC-3 über der Ostsee jagten und erlegten. Sie haben das auf diplomatischem Weg dann auch zugegeben und wussten, dass die Schweden mit der NATO kooperierten, man sagte aber lieber nichts. Es war schließlich bequem in der Neutralität. In Schweden unterschätzte man auch da wieder das Risiko des Doppellebens, des Hin-und-her-gerissen-Seins zwischen den Blöcken bei der ja ohnehin schon starken Prädisposition zu bipolaren Störungen.«

»Ja und?«, fragte Cassady. »Was hat das mit dem Schiff zu tun?«

»Die *Belos* hat das Flugzeugwrack nach zweiundfünfzig Jahren geborgen, und das im Auftrag des Staates. Sozusagen eine therapeutische Maßnahme, die das Verdrängte aus den Tiefen des Unterbewussten an die Oberfläche holte. Ein sicherlich bemerkenswerter Schritt.«

»Ein Schiff, nach einem Gott benannt, als Analytiker«, sagte der Schnurrbärtige. »Und denen sollen wir vertrauen?«

»Schaut! Da ist Johan!«, rief die Madame lachend. »Mein Gott, ist das bescheuert!«

Weit oben lehnte ein Mann in Uniform an der Reling und winkte. Er wies in Richtung des tief liegenden Hecks, wohin Ramelow nach kurzem Zögern steuerte. Da erwartete sie der Kapitän mit breitem Grinsen im gleichmäßig gebräunten Gesicht. Er selbst fing das Seil auf, das Ramelow ihm zuwarf und holte das Segelboot ran. So aufgeregt sprang die Madame von Bord, dass sie fast noch einmal ins Wasser gefallen wäre. Sie stolperte dem alten Freund so herzlich in die Arme, dass ihr Geliebter sich ganz erleichtert daran erinnerte, warum der immer wieder nach Berlin reiste. Dennoch war er skeptisch, was dieses plötzliche Auftauchen eines Kriegsschiffes betraf. Allzu begeistert schien der sehr schmucke Seemann vom Abendkleid der Madame. Aber Cassady blieb keine andere Wahl, als seinerseits das Schiff zu wechseln. Er machte den Schritt übers Wasser, nahm die Hand, die Johan ihm hinter dem Rücken der Madame reichte, und versuchte, keine Miene zu verziehen und dabei doch dem Druck standzuhalten. Nach langen Sekunden lockerten sie gleichzeitig den Griff.

»Willkommen an Bord! Ihr habt Glück, dass wir zufällig in der Gegend waren.«

»Ja, Zufälle gibt es«, sagte der Schnurrbärtige.

»Und ihr glaubt nicht, wer noch bei uns an Bord ist.«

»Wer denn, bitte?«

»Das werdet ihr gleich sehen.«

≈

Nachdem der Halbe Belgier seine Freunde im Hafen knapp verpasst hatte, war er ihnen auf dem Landweg hinterhergerannt, so schnell das sein Kostüm erlaubte: Weil er schlecht noch einmal nackt aus der Fischerhütte hätte klettern können, um seine Freunde zu suchen, hatte er sich in mehrere der herumliegenden Netze eingewickelt. Blicke und Kameras der Touristen, die ihn vermutlich für eine überraschend ungewöhnliche Attraktion der Insel hielten, ignorierte er. Wenn er nur keinen der Widerhaken übersehen hatte! So hastete er raus auf die Felsen, über die ein gutbefestigter Weg lief. Um abzukürzen, ging er immer wieder querfeldein, watete durch flache Buchten, schwamm einmal sogar eine kurze Strecke und sah dann endlich die *Mahagonny* – am Heck dieses gigantischen

Kriegsschiffes liegen. Er traute seinen Augen nicht. Was wollten die Soldaten von seinen Freunden?

Er rief und schrie, doch weder die Freunde noch die Besatzung des Schiffes hörten ihn, so stark wehte der Wind vom Meer. Also winkte er verzweifelt. Er musste wissen, was da los war. Womöglich hatte die Madame doch recht gehabt, und sie waren vom Militär verfolgt worden. Das System schlug zurück, da sie die Warnungen nicht ernst genommen hatten. Weil er mit dem Polizisten gesprochen hatte. Würde aber wirklich Militär zum Einsatz kommen, um einen nicht mal Fahrerflüchtigen zu jagen? Einen untätigen Hilfeverweigerer? Es musste eine andere Erklärung geben.

Erst einmal beschloss er, nicht weiter auf sich aufmerksam zu machen. Er suchte Deckung hinter einem Stein und überlegte, wie genau er seinen Freunden würde helfen können. Ängstlich spähend, verfolgte er das Geschehen an Bord des Kriegsschiffes, von dem gerade ein kleiner Kran ausgeschwenkt wurde. Zwei Männer in Taucheranzügen ließen sich rücklings ins Wasser fallen. Dann passierte eine lange Weile nichts. Greta, Cassady und Ramelow starrten in die Tiefe. Der Mann in Marineuniform neben ihnen verschwand im Innern des Schiffes, tauchte dann wieder auf, in seinen Händen kleine Gegenstände, die aussahen wie Bierdosen. Greta schien sich eine Zigarette anzustecken. Das war nicht unwahrscheinlich. Ein weiterer Mann trat aus dem Schiffsinnern und schüttelte einem nach dem anderen die Hand. Er war von mittlerer Statur und auch auf die Entfernung eindeutig blond. Hinter dem Kriegsschiff zogen weiß strahlend die Segler am Horizont entlang, als sei das da draußen ein völlig gewöhnlicher Ausflug auf einem etwas zu groß geratenen Dampfer.

Viele Segelschiffe später erschien einer der beiden Taucher an der Wasseroberfläche und griff nach dem Haken des Krans, den er mit sich zurück in die Tiefe nahm. Der Wind trug das Surren der Maschine bis ans Land und in die Ohren des besorgten Halben Belgiers, der einfach nicht begreifen konnte, was da vor sich ging. Selbst ohne jeden Hauch von einem Kater und ohne die Belastung der Nacht und des folgenden Morgens hätte er gar nicht ahnen können, welcher Sinn sich hinter diesem Spektakel verbarg. Schließlich war das die Wirklichkeit und nicht irgendein Abenteuerbuch!

Die Maschine verstummte, wurde dann wieder in Gang gesetzt. Er raufte sich die Haare und hätte alles für eine Zigarette gegeben. Die Maschine summte und summte, als läge dieses Schiff nicht gleich vor der Küste, sondern über dem Marianengraben. Denkbar war es, dass so eine Felsküste in Matterhornmanier ganz steil ab in die Tiefe ging, aber doch nicht wahrscheinlich, zumal so ganz normale Taucher dann auch gar keine Chance hätten. Da bräuchte man ein kleines U-Boot, eine Tauchglocke oder was auch immer.

Auch auf dem Kriegsschiff schien man gespannt. Nach und nach versammelten sich weitere Soldaten um den Kran herum, um in die Tiefe zu schauen, aus der sich Meter für Meter das tropfende Seil wand, straff gespannt, als hinge jetzt etwas Schweres daran. Täuschte er sich, oder sank das Heck des Schiffes wirklich tiefer ins Wasser? Was hatte da nur gelegen, und was hatten die Freunde bei dieser Bergung zu suchen, die sich jetzt ihrem Höhepunkt näherte, da die Taucher sich zeigten, zwischen ihnen ein längliches Ding, das ganz nass in der Sonne funkelnd einem kleinen Sarg ähnelte. Ungläubig rieb er sich die Augen. Was bitte hatte ihre Kiste im Meer verloren?

≈

»Gleich hier ins Boot!«, rief Ramelow und sprang hastig an Bord der *Mahagonny*.

Noch hing die Kiste tropfend in der Luft, neugierig beäugt von einem guten Dutzend Soldaten. Die Männer tuschelten. Unruhig. Fragend blickte der Kranführer sich um. Auch der blonde Passagier, der sich ihnen vorhin so beiläufig als König von Schweden vorgestellt hatte, musterte interessiert das aus der Tiefe geborgene Stück.

»Gibt es ein Problem?«, fragte der Schnurrbärtige.

»Sie wollen wissen, was in der Kiste ist«, erklärte Johan.

»Haben wir nicht alle ein Geheimnis?«, fragte die Madame.

»Wer auf der *Belos* dient, sieht das zwangsläufig anders.«

»Die Sache ist, dass wir es selbst nicht wissen.«

»Und dennoch all die Mühen?«, fragte der König in fast akzentfreiem Deutsch.

Die Madame nahm einen tiefen Zug und musterte ihn durch den Rauch hindurch. Das also sollte er sein. Sie wollte nicht glauben, dass vor ihnen der Herrscher dieses Landes stand. Der Mann, in den sie sich damals verbissen hatte. Der ihre Träume und Gedanken wochenlang bestimmt hatte. Dieser völlig normale Typ mit seiner randlosen Brille. Unfassbar, diese Banalität eines Königs. Dann erzählte sie auch ihm die Geschichte der sich langsam am Seil drehenden Kiste.

»Könnte dies nicht ein Zeichen gewesen sein?«, fragte er sie, als sie geendet hatte. »Eine Aufforderung, Ihre Heimat nicht zu vergessen?«

»Meinen Sie, dass man auf diese Weise versucht, Schweden zurück nach Hause zu holen? Eine Repatriierungsinitiative?«

»Dafür gibt es vermutlich leider keine Mittel«, sagte er. »Aber mir scheint, dass diese Reise Ihnen nicht geschadet hat.«

»Da allerdings haben Sie recht.«

Mit einem sehr netten Lächeln gab der König selbst dem Kranführer ein Zeichen. Der schwenkte die Kiste rüber und setzte sie, von Ramelows Händen geführt, gleich hinter den Mast ihres Bootes.

Ungläubig verfolgte der Halbe Belgier das Geschehen. Er musste handeln! Alle Zeichen standen auf Abfahrt. So plötzlich. Sein Herz schlug wild, dass seine Ohren dröhnten. Der Kiefer schmerzte, so fest biss er die Zähne aufeinander. Er sprang auf und watete hektisch ins Meer hinein. Allein der Anblick des offenen Wassers zwischen ihm und den Schiffen ließ ihn vor Panik zittern. Er wollte an Land, zurück in die Hütte, und setzte trotzdem einen Fuß vor den anderen, bis kein Grund mehr da war und er schwimmen musste.

Die Madame sah die Taucher an Bord der *Belos* klettern. Noch ganz außer Atem, wollten sie wissen, wofür sie da ins Wasser gegangen waren. Johan erklärte es ihnen und erntete skeptische Blicke. Deutlich gab er Greta zu verstehen, dass sie sich besser auf den Weg machen sollten. Die Stimmung schien plötzlich zu kippen, obwohl der König eindeutig auf ihrer Seite stand, der wieder unter Deck verschwunden war. Schnell drückte sie ihren Freund zum Abschied, um dann zur Kiste ins Boot zu steigen. Zuletzt folgte der Schnurrbärtige mit dem Tau in der Hand.

Johan befahl seine Männer auf ihre Posten. Das Horn blies kurz, dann ließen die Maschinen den Rumpf der *Belos* erzittern, der sich in Richtung Westen wandte. Noch einmal das Horn und volle Kraft voraus. Die Heckwellen ließen die *Mahagonny* wild schaukeln.

»Soldaten sind auch nicht mehr das, was sie mal waren«, sagte Ramelow, der sich daran machte, das Segel zu setzen.

»Ja, der König ist klein in der Demokratie«, sagte die

Madame und steckte sich eine Marlboro an. »Und jetzt wollen wir endlich weiterfahren!«

Wenige Meter von ihnen entfernt, kämpfte der Halbe Belgier verzweifelt gegen die Wellen an. Wenn er schreien wollte, verschluckte er sich, musste husten und spürte auch so kaum noch Hände und Füße. All diese Schmerzen, um nach dem Kriegsschiff jetzt auch seine Freunde abdrehen zu sehen. Die Netze hatten sich so fest um seine Oberschenkel geschnürt, dass er sie nicht mehr abstreifen konnte. Immer wieder tauchte er ab. Kämpfte sich wieder hoch. Er wollte weiterreisen, ja, er dachte gar nicht ans Ertrinken. Zu seinen Freunden musste er. Wissen, was sie erwartete. Er konnte nicht mehr weiter und wollte doch nur für sie da sein. Sie brauchten ihn! Und nie zurück! Das wollte er.

»Wartet«, rief er noch ein letztes Mal. »Wartet auf mich!«

Aber er schluckte Wasser, hustete und tauchte unter. Er fühlte sich müde und schwer und wollte aufgeben und sich zum Grund sinken lassen, nur strampelten die Beine weiter. So kam er wieder hoch, sah noch einmal den Horizont, den unwirklich blauen Himmel. Das Boot war fast in Reichweite, ja, er konnte die Freunde sehen, die ihm den Rücken zuwandten. Da stand die Kiste gleich hinter dem Mast! Das durfte doch nicht sein, dass er nie wissen sollte, wofür er hier sein Leben ließ. Das nicht!

»Hilfe! Verdammt!«, rief er. »Hilfe!«

Und die Madame hörte ihn keuchen.

»Mein Gott!«, rief sie. »Halten Sie doch verdammt noch mal das Boot an!«

»Ein Schiff hält man nicht einfach an«, sagte Ramelow und leitete ein schulbuchmäßiges Mann-über-Bord-Manöver ein. Nur Augenblicke später waren sie an der Seite des Halben Belgiers. Sie hievten ihn an Bord, wobei die Begeisterung über sein unerwartetes Auftauchen nicht größer war als die Verwunderung angesichts seines löchrigen Netz-Kostüms. Sofort steckte ihm die Madame ihre Zigarette zwischen die vor Kälte blau lächelnden Lippen. Cassady zog sein wieder getrocknetes Seersucker-Jackett aus und legte es ihm um die Schultern. Sie sahen sich an und verstanden im selben Moment, dass diese Reise ohne ihn nicht die gleiche gewesen wäre. Sie waren stolz, dass er so viel gewagt hatte, um weiter mit ihnen zu fahren. Und sie waren erleichtert, weil er der Zeuge ihrer Liebe war.

Die Netze waren derart verknotet, dass sie vorerst keinen Versuch unternahmen, ihn aus diesen zu befreien. Mit dünner Stimme bat der Halbe Belgier Ramelow um eine Dose Bier. Erleichtert nahm er einen Schluck und lehnte sich schon etwas entspannter gegen die Bordwand, um schweigend den Rest der Zigarette zu rauchen.

»Schön, dass du zurück bist!«, sagte die Madame.

»Die schwedische Marine samt König hat dich nur eingeschränkt ersetzen können«, sagte der Schnurrbärtige.

»Welcher König?«, fragte der Halbe Belgier.

»Der von Schweden, wer denn sonst? Er war mit an Bord. Scheint, dass wir von ihm nichts mehr zu befürchten haben.«

»Das meinte auch Hans Alfredsson.«

»Und was macht deine schwedische Freundin?«

»Ich erinnere mich nur an ihre Kniescheibe. Für die habe ich diese Reise nicht gemacht.«

»Und wofür hast du sie gemacht?«

Der Halbe Belgier sah an ihr vorbei auf die Kiste.

»Ja«, sagte sie. »Bald sollten wir mal wissen, was das alles soll. Hoffen wir mal, dass der Empfänger nicht verzogen ist.«

≈

Die Bordwand bot ausreichend Schutz vor dem auf offenem Meer stark auffrischenden Wind. Schnell hatte die Sonne den Halben Belgier so weit gewärmt, dass er sich wieder aufsetzen konnte. Das Jackett des Schnurrbärtigen behielt er an. Die Netze versuchte er zu einer Art wurstigem Lendenschurz auf den Bereich unterhalb seiner Hüfte zu konzentrieren. Belustigt beobachtete die Madame seine Bemühungen, verkniff es sich aber, nachzufragen, was genau die vergangene Nacht da unten angerichtet hatte. Erst einmal zählte nur, dass sie wieder zusammen die letzten Meilen die Küste hochsegelten.

Unaufgeregt trieb der Wind sie über die Wellen in Richtung Norden, als sei das der zwangsläufige Gang der Dinge. Nach all den Hindernissen und Unwägbarkeiten der vergangenen Tage und Stunden kamen sie völlig ungestört voran, wie man es in diesen Breiten und zur Sommerzeit ja eigentlich erwartete. Die Augen im Sonnenlicht blinzelnd, schauten die drei Freunde nach vorn. Immer wieder warfen sie sich kurze Blicke zu, als glaubten sie selbst nicht daran, so weit gekommen zu sein. So herrlich glitt das Boot dahin, dass selbst der Halbe Belgier alle Angst verlor und diesen Ritt über die Wellen so sehr genoss, dass ihm der eine oder andere Jauchzer entfuhr.

Wenige Stunden später lotste Ramelow sie in die Meerenge hinein, die zwischen der Hauptinsel und einigen vorgelagerten Inseln zum Fischerdorf Kyrkesund führte. Bei aller Vorfreude auf das Wiedersehen mit ihren alten Freunden, blieb Gretas skeptischem Blick nicht verborgen, wie sehr sich auch hier alles verändert hatte: Aus den alten Fischerhütten am Fähranleger hatte man ein mediterranes Restaurant mit großer Holzterrasse gemacht – wo früher die kleinen Ruderboote gelegen hatten, drängten sich Motoryachten aneinander – die Kapitänshäuser glänzten frisch saniert in makellosem Weiß – überall parkten riesige Geländewagen. Dagegen wirkten die Erinnerungen an ihre Kindheit bei allen Vorbehalten gegenüber dem Verhalten der Erwachsenen paradiesisch. Sogar Magnus mit seinem *Morgan* hatte Stil verglichen mit dem Anblick dieses zur Schau gestellten Reichtums. Häufig waren sie alle nackt herumgelaufen, eine große Familie, so liberal, dass man nicht wusste, was man überhaupt noch machen sollte. Obwohl sie wusste, dass sie damals gelitten hatte unter dem ewigen Feiern der sich im Freisein Überbietenden, empfand sie Wehmut, womöglich weil die Zeit einfach verging. Lieber dachte sie schnell wieder an Kerstin und Lars-Gunnar.

Links der Meerenge erhoben sich die vorgelagerten Inseln nur wenige Meter aus dem Wasser. Auch hier beschränkte sich die Vegetation auf karge Sträucher und Gräser. Ansonsten dominierte grauer Stein zwischen den Bungalows, wie Vorposten in der Wildnis. Das eigentliche Dorf lag am anderen Ufer, wo sich ochsenblutrot die Fischerhütten drängten, dahinter die weiß strahlenden Sommerhäuser am Hang der hier hoch in den Himmel ragenden Felsen. Von Hecken geschützt, lagen saftige Wiesen. Klein gehalten vom Wind, behaupteten einige Bäume selbstbewusst ihren Platz. Zwischen diesen beiden so unterschiedlichen Ufern reihte sich ein Boot ans andere. Wer die Westküste hoch- oder runtersegelte, musste Kyrkesund sehen. Auch so ein Sehnsuchtsort, der dem Geschmack der betuchteren Massen entsprach.

Die Madame wies Ramelow an, gleich am Ende des Anlegers festzumachen. Da könnten sie provisorisch liegen bleiben, wovon er aber nichts wissen wollte.

»Mein Platz ist am Schreibtisch, jetzt, da ich Sie hierhergebracht habe«, sagte er. »Das alles muss ganz frisch verarbeitet werden, um der Authentizität zu huldigen.«

»Sie wollen einfach so zurück?«

»Wie Hemingway«, grinste er. »Ganz allein auf dem Meer kommt die Inspiration.«

»Und der Inhalt der Kiste interessiert Sie nicht mehr?«

»Nein«, sagte er. »Beziehungsweise möchte ich meiner Phantasie da keine Fesseln anlegen. Recherche und Fiktion führen bei mir eine sehr widersprüchliche Beziehung. Aber Sie könnten mich später darüber informieren.«

»Aber Sie wollten es die ganze Zeit doch immer wissen!«, sagte der Halbe Belgier.

»Lass ihn«, sagte Cassady »Auch er darf sich doch ändern.«

»Machen Sie, was Sie wollen«, sagte die Madame, die aufgeregt auf das Ufer blickte. »Und jetzt legen Sie an!«

»Noch eine Sache, ehe Sie weg sind«, wandte der Halbe Belgier sich an Ramelow. »Diese Geschichte mit der Toten. Bleibt das Ende offen?«

»Nein, das würden die Leser nicht goutieren.«

»Und, was passiert?«

»Tuvstedt sucht die Eltern der Zwillinge und erzählt ihnen alles. Die zögern nicht lange und nehmen blutige Rache. Ein grässlicher Showdown vor malerischer Havelkulisse.«

»Sie ermorden die eigene Tochter?«

»Damit müssen Sie leben, und kaufen Sie das Buch!«

»Ja, das werde ich tun.«

Dann endlich legten sie an, und Ramelow zurrte das Tau um einen der Pfähle. Der Schnurrbärtige ging von Bord und nahm die Gitarre und die Tüten, die ihre Havarie überstanden hatten, entgegen. Der Madame reichte er die Hand und forderte zuletzt die beiden Männer im Boot dazu auf, die Kiste mit aller Vorsicht zu ihm auf den Steg zu schieben. Der Halbe Belgier raffte seine Netze so, dass er sich halbwegs normal bewegen konnte, und packte dann mit dem Verleger an. Die Kiste schien noch schwerer geworden zu sein. Die Männer stöhnten. Das Schiff schwankte. Der Schnurrbärtige zog mit aller Kraft und schließlich landete ihr Hauptgepäckstück unversehrt auf den Planken. Die Einladung, den Transport wenigstens auf den letzten Metern noch zu begleiten, schlug Ramelow mit Hinweis auf einen noch nicht lange zurückliegenden Bandscheibenvorfall aus.

»Deswegen wollen Sie also nicht mit an Land!«, sagte der Halbe Belgier.

»Es gibt immer viele Gründe für unser Tun und Lassen«, sagte Ramelow. »Mir scheint es jedenfalls richtig, dass Sie das ohne mich zu Ende bringen.«

Vom Boot aus schüttelte Ramelow ihnen die Hände und reichte ihnen dann zum Abschluss seine Visitenkarte aus einer wasserdichten Plastikdose.

»Nur für den Fall, dass Sie Ihre Geschichte eines Tages aufschreiben sollten und einen Verlag suchen.«

»Wer würde so etwas Unglaubliches schon lesen wollen?«, fragte die Madame.

Die Karte steckte sie dennoch ein, löste dann das Tau und warf es ihm zu. Dann wandte sie sich ab und sah ihre Freunde: Sie hatten die Kiste geschultert – der eine mit seinem dichtbehaarten Oberkörper und in Anzughose, der andere in seinem Rock aus Netzen und der Anzugjacke, die offenstehend seinen ganz unbehaart wabbelnden Bauch rahmte. Der Anblick ließ sie nicht nur Ramelow, sondern auch all das vergessen, was sich an diesem Ort ihrer Kindheit zum Schlechten gewendet hatte.

»Auf geht's, Männer!«, lachte sie und steckte sich die nächste Zigarette an.

Sie selbst nahm die Gitarre und die Tüten und eilte voraus.

In New Orleans oder sonst einer katholisch geprägten Region dieser Welt hätte man diese Prozession womöglich freudig als eine jahreszeitlich verirrte Abordnung des Karnevals begrüßt; in diesem westschwedischen Dorf sorgten die drei Freunde mit ihrer Kiste aber vornehmlich für Befremdung, ja, sie stießen schnell sogar auf offene Ablehnung seitens der pastellfarbenen protestantischen Urlauber in *Paul Shark* und *Ralph Lauren*. Die Madame freute sich über jeden noch so dezent missbilligenden Gesichtsausdruck. Die beiden Männer waren voll damit beschäftigt, die Kiste nicht fallen zu lassen. Auf dem Weg die Dorfstraße hoch gerieten sie immer wieder ins Straucheln, da der Halbe Belgier sich in seinen Netzen verfing. Eine Handvoll Kinder folgten ihnen lachend, bis sie von aufgebrachten Müttern zurückgerufen wurden.

Das Ziel ihrer Reise lag, leicht nach hinten versetzt, zwischen zwei frisch sanierten Sommerhäusern. Windschief lehnten die beiden Etagen des seit Jahrzehnten nicht mehr gestrichenen Holzhauses an den steil aufragenden Felsen. Der Weg zum Gartentor war von drei mächtigen Volkswagen verstellt.

Sie zwängten sich zwischen zwei Stoßstangen hindurch in die Einfahrt und den Vorgarten des Nachbargrundstücks. Mit Anlauf stießen sie von da aus durch eine Lücke in der Hecke zwischen den Grundstücken und standen schließlich vor der Tür. Blaue Lackspuren erinnerten daran, dass hier nicht immer alles weiß gestrichen worden war.

Der Vorgarten des Hauses war völlig verwildert. Zwischen Gräsern und Büschen lag ein Arsenal an ausrangierten Dingen: ein Steuerrad, ein Nähtisch, Taue in jeder Stärke, ein altes Moped, drei Fahrräder, ein Grammophon, Tische, Stühle, Bänke, alles von Wind und Wetter gezeichnet wie aus einer lange vergangenen Zeit. Mit pochendem Herzen griff die Madame nach dem Türklopfer. Der Schlag verhallte. Kinder und Möwen lachten von weit her, als machten sie sich über das Unternehmen dieser drei wie aus der Zeit gefallenen Gestalten lustig: So ein Monstrum einfach durch halb Europa zu tragen!

Ächzend stellten die beiden Männer die Kiste ab und richteten ihre Kleider. Noch dreimal ließ die Madame den Klopfer gegen die Tür fallen, dann drückte sie die Klinke. Quietschend schwang die Tür nach innen auf.

Im Halbdunkel führte eine Treppe nach oben. Greta ging voran, dicht gefolgt von den Männern. Die holzvertäfelten Wände hingen voller Bilder und Gegenstände: Modellschiffe, Schnapsflaschen, Knoten, Teller, ein präpariertes Krokodil, ein Stoßzahn. Es roch würzig nach altem Holz. Die Stufen unter dem Teppich knarrten unter ihren Schritten. Immer weniger Licht drang zu ihnen, bis sie schließlich im Dunkeln auf einem Treppenabsatz standen.

»Gibt es kein Licht?«, fragte der Halbe Belgier.

Er wartete am Treppengeländer, um nicht schon wieder mit irgendwas zu kollidieren. Immerhin war er diesmal nicht allein im Dunkeln.

»Nein«, flüsterte Greta. »Schon damals nicht.«

Sie tastete sich vor, und endlich fühlte sie die Tür genau da, wo sie schon immer zu finden gewesen war, und klopfte noch einmal, hier mit den Knöcheln. Dann griff sie auch nach dieser Klinke.

Ein ganz scharf umrissener Strahl warmen Lichts durchschnitt das Dunkel des Treppenhauses und ließ die Augen des von der Decke hängenden Krokodils so wild funkeln, dass der Halbe Belgier ängstlich nach dem Schnurrbärtigen griff. Schnell zog er seine Hand wieder zurück, da Greta jetzt die Tür aufstieß. Er wollte nicht mehr ängstlich sein!

Vor ihnen lag ein längliches Zimmer, dessen meerseitige Front komplett verglast war. Dutzende kleine Scheiben in weißhölzernen Rahmen ließen den Blick frei über die vorgelagerten Inseln hinweg raus aufs Meer bis zum Horizont. Vor dem Fenster stand ein Sofa mit dem Rücken zum Raum. Über die Lehne hinaus ragten zwei Köpfe, beide vollkommen weiß, der eine mit geflochtenen Zöpfen.

»*Är det verkligen du?*«, fragte die Frau.

»Sie ist es«, hustete der Mann. »Und sie ist nicht allein.«

Die beiden blieben unbewegt sitzen.

Zögerlich setzte die Madame einen Fuß vor den anderen und ging um das Sofa herum zu ihnen hin. Sie blieb vor ihnen stehen. Sprachlos.

Die beiden hatten sich überhaupt nicht verändert. Was waren ein paar Jahre in diesem Alter? Aber konnte auch sie so tun, als sei sie noch dieselbe? Da rutschten Kerstin und Lars-Gunnar auseinander und wiesen auf den so frei gewordenen Platz in ihrer Mitte.

»*Ja, bättre sent än aldrig*«, sagte Lars-Gunnar nach einer sehr langen Weile. »Spät ist besser als nie.«

Die Madame starrte durch das Fenster aufs Meer und fühlte ihn nach ihrer Rechten greifen, dann nahm Kerstin ihre Linke. Sie schwiegen, Stunden, wie es schien, bis sich der Halbe Belgier räusperte.

»Ja«, sagte Greta da leise und drehte sich um. »Holt jetzt bitte die Kiste. Und passt auf mit dem Krokodil.«

Etwas verwundert, gar nicht vorgestellt zu werden, eilten die beiden Männer die Treppe hinunter, um gleich darauf die Kiste hochzuschleppen, mit einem Mal ganz aufgeregt, weil sie endlich erfahren würden, wofür sie diese Reise machten. Jetzt hatten sie ihr Ziel erreicht! Um ein Haar rissen sie das Krokodil noch von der Wand, wichen mit letzter Kraft aus und stemmten die Kiste auf den Treppenabsatz. Kurz hielten sie inne, dann kämpften sie sich ins Zimmer.

»Hier vor das Fenster«, sagte die Madame.

Die Männer folgten der Anweisung und sahen so endlich die beiden tief zerfurchten Gesichter, die sie zahnlos anlachten. Greta stellte sie vor.

»Die Kleidung ist originell«, sagte Kerstin.

»Ein heißer Fummel«, sagte Lars-Gunnar mit Blick auf die Netze des Halben Belgiers. »So etwas trug man früher nur in den berüchtigten Etablissements.«

»Seine richtigen Kleider hat er unterwegs an eine Schwedin verloren«, sagte die Madame.

»Die haben es gelegentlich in sich«, sagte Lars-Gunnar.

»Im Keller hängen ein paar alte Sachen«, sagte Kerstin.

Dann inspizierten die beiden Alten die Kiste. Immer wieder sahen sie sich an, offenbar sehr zufrieden.

»Ihr hättet mir ruhig schreiben können, was da drin ist«, sagte Greta.

»Hätten wir«, sagte Kertin.

»Im Keller ist auch Werkzeug«, sagte Lars-Gunnar. »Das brauchen wir vielleicht, um dieses Ding später zu öffnen.«

»Wir holen das«, sagte der Schnurrbärtige.

Greta blieb auf dem Sofa sitzen. Wie damals blickten sie aufs Meer, nur dass heute nicht die beiden von ihren Abenteuern und Reisen erzählten, sondern sie selbst damit anfing, von den vergangenen Tagen zu berichten, dieser Reise nach Hause, zur Mutter und zum Vater, zu den Freundinnen und auch zu Timmy, den sie doch auch von früher kannten.

»Es klingt, als wärst du nicht unglücklich über diese kleine Exkursion in die Vergangenheit«, sagte Kerstin.

»Nein«, sagte die Madame. »Das meinte auch der König. Aber ich wäre nie alleine losgefahren.«

»Deswegen hat man ja Freunde«, sagte Lars-Gunnar.

Da kamen die beiden Männer auch schon mit dem Werkzeug zurück, der Halbe Belgier jetzt in einer viel zu weiten Cordhose und kariertem Hemd. Auf Kerstins Zeichen hin setzte Cassady einen Meißel unter den Deckel und schlug mit dem Zimmermannshammer zu. Ruhig hebelte er hin und her, bis der Deckel sich bewegte. Ein Nagel nach dem anderen löste sich. Holz splitterte. Knisternd brach der Leim. Das erste Brett ließ sich lösen, die anderen folgten schnell. Eines nach dem anderen landete neben der Kiste auf dem Boden, bis die Oberseite komplett offen lag. Gebannt blickten die drei in ihr Gepäckstück. Sie sahen Polsterung in sämtlichen Formen: Styroporkügelchen, Luftkissen, Filzdecken, Zeitungen.

Lars-Gunnar hustete und stand vom Sofa auf, um ans Buffet zu treten.

»Wir sollten etwas trinken«, sagte er. »Auf unser Wiedersehen.«

Mit fünf kleinen Gläsern kam er zurück und ließ sich wieder in die Kissen fallen, die faltigen Züge zu einem schelmischen Grinsen verzogen. An das erinnerte sich die Madame. So hatte er sie früher angesehen, wenn er Süßigkeiten oder einen Walfischzahn für sie hatte. Oder eine Geschichte zum Besten gab, in der jemand auf einen seiner Scherze reingefallen war, oder wenn wieder eine Kiste auf dem Speicher verschwand. Ein Lächeln voller spöttischer Wärme, als drückte er sie an sich, um sie zugleich zu kitzeln.

»Warum habt ihr mich nicht einfach gefragt, ob ich euch besuche?«, fragte sie.

Die beiden Alten fassten sich an der Hand und sahen sie mit ruhig strahlenden Augen an.

»Weil du Lust haben solltest und weil Alte nichts einfordern sollten. Und weil du immer schon neugierig warst. Und nicht zuletzt, weil wir sehr gerne trinken.«

Greta schüttelte den Kopf. Langsam und immer wieder hin und her.

»Aber ohne die beiden hätte ich das nie geschafft«, sagte sie dann und wies auf ihre Begleiter, die Hand noch in der Kiste.

»Wir wussten, dass du die richtigen Träger finden würdest«, grinste Kerstin. »Du warst immer ein kluges Mädchen und sehr hübsch.«

»Ja, so eine Reise macht man nicht ohne Begleitung«, sagte Lars-Gunnar. »Auch diese Hoffnung hatten wir, und jetzt kannst du auspacken.«

Die Madame zögerte kurz, dann wühlte sie sich durch all das Staumaterial und stellte nach und nach immer mehr Flaschen auf den Tisch. Grüne Flaschen. Anscheinend Schnaps. Die drei Reisenden sahen sich an, weil sie das doch nicht glauben wollten. Dass die Besatzung der *Dicken Wirtin* richtig gelegen hatte. Und dass sie wirklich Ärger mit dem Zoll bekommen hätten. Lars-Gunnar gluckste kichernd.

»Kennt ihr denn Mampe Halb und Halb?«, fragte er.

»Mampe?«, fragte der Halbe Belgier.

»Ja, den Likör aus Berlin. Wir tranken ihn immer sehr gerne auf See.«

Lars-Gunnar beugte sich vor, um in die Kiste zu blicken.

»Und das sollte reichen«, sagte er dann. »Genau so wie bestellt.«

»Aber warum?«, fragte Greta, die zwanzigste Flasche in der Hand. »Was soll das Ganze denn?«

»Jetzt lasst uns doch erst einmal trinken«, sagte er. »Ihr sollt den weiten Weg ja nicht umsonst gemacht haben.«

≈

Es dämmerte, und die ersten Schiffe auf dem Meer zündeten ihre Positionslichter, als Kerstin meinte, dass selbst ein Getränk wie Mampe nicht wirklich satt mache, schon gar nicht, wenn man so eine Kiste durch halb Europa getragen habe. Ein Besäufnis sei schließlich wie eine Freundschaft, die alles überstehe, wenn die Grundlage stimme.

»Erinnerst du dich an den schönen August?«, fragte sie.

»Lebt er denn noch?«, fragte Greta.

»Mehr als je zuvor. Lauf hin und schau, ob er nicht etwas für uns hat. Derweil können die Männer hier Kartoffeln schälen.«

Die Madame hätte ihren Begleitern zwar auch diese Gestalt aus der Vergangenheit gerne vorgestellt, doch Kerstin fand Gefallen an den beiden. Also machte sie sich alleine auf den Weg.

Der schöne August bewohnte eine Holzhütte gleich am Wasser. Vom Anleger und den Bootshäusern musste sie noch ein gutes Stück weit über unbefestigten Felsen klettern. Hier hatte sich wirklich gar nichts verändert. Da stand windschief im Abendlicht die Hütte, um die herum Netze und Seile in skurrilen Formationen hingen. Fürsorge und Fischereikontrolle reichten nicht bis hierher, wo August seit Jahrzehnten das Leben eines Einsiedlers führte, den Kinder und alle anderen Wohlgesonnenen immer hatten besuchen dürfen.

»August!«, rief sie aus sicherer Entfernung.

Es dauerte einige Minuten, dann krachte etwas in der Hütte, die Tür schwang quietschend auf, und August zwängte sich raus aus der Dunkelheit. Ein Hüne immer noch. Die Schultern noch breiter als damals.

»Kerstin schickt mich, wegen der Krebse.«

Er sah sie eine Weile an.

»Es ist lang her, dass man dich hier gesehen hat. Du bist schön groß geworden.«

»Ich lebe jetzt im Ausland. In Berlin.«

»Ja«, sagte er. »Die Guten sind schon immer weggegangen.«

Dann winkte er ihr, ihm zu folgen.

Aus den Körben, die im Wasser hingen, nahm er Krebse in Tellergröße und stapelte sie in einen Eimer, den er ihr reichte. Dann musterte er sie kurz, grinste und nahm einen zweiten Eimer, in den er drei weitere Krebse legte, ehe er ihr den in die andere Hand drückte.

»Das gibt es nicht im Ausland«, sagte er.

»Nein«, sagte sie. »Das gibt es nur hier.«

Dann klopfte er ihr mit einer seiner Riesenpranken auf die Schulter und wandte sich schon wieder ab.

»*Tack*, August«, sagte sie. »*Trevligt att ses.*«

Er verschwand einfach wieder in seiner Hütte. Sie blieb weiter auf dem Steg stehen. Hier war wirklich alles noch so, wie es früher gewesen war. Ein kleines Bullerbü, in dem nur noch ein alter Mann wohnte. Wenige Meter weiter passierte eine große Motoryacht den Sund. Drei Mädchen lagen oben ohne auf Deck. Aus der Kajüte wummerten die Bässe.

Auf dem Weg zurück durchs Dorf wünschte sie sich, dass die Kinder noch einmal kämen, um in die Eimer zu gucken und ihren Müttern zu berichten, doch die Straße lag verlassen zwischen den Häusern. Blau schimmerten die Fenster im Licht der Fernsehgeräte. Niemand hielt sie auf, was so schlimm nicht war, da auch sie Hunger hatte.

Schon im Treppenhaus hörte sie, dass Kerstin sich bestens mit den Männern verstand. Lautes Lachen klang aus der Küche, wo sie die drei am Tisch sitzend fand. Sie schnitten Kräuter und Zwiebeln und begrüßten sie und ihre kostbare Fracht mit großem Hallo. Kerstin wies sie an, die Töpfe von der Wand mit Wasser gefüllt auf den Herd zu stellen.

»Wollt ihr sie etwa lebend kochen?«, fragte der Halbe Belgier.

»Ein schneller Tod ist besser als ein Leben in Gefangenschaft«, sagte Kerstin.

»Ein radikaler Ausweg aus der Entropie«, sagte Cassady.

Der Halbe Belgier schluckte.

»Das könnt ihr doch nicht machen«, sagte er.

»Oh doch!«, lachte Kerstin. »Das können wir!«

»Und wenn du probierst«, sagte die Madame, »wirst du gut damit leben.«

»So ist es oft mit vielem«, sagte Kerstin.

Als das Wasser dann kochte und, mit frischem Dill gewürzt, die Krebse erwartete, verließ der Halbe Belgier die Küche. Denn sonst, das wusste er, würde er nicht mitessen können. Noch vom Wohnzimmer aus meinte er, die Schreie der Tiere zu hören, wo ihm Lars-Gunnar zum Glück Anweisungen gab, wie er den Tisch doch bitte decken solle. Teller, Gläser und seltsames Besteck: eine Art Nussknacker für jeden und einen länglichen Haken. Als er fertig war, kredenzte der Alte ihm ein Glas Mampe und reichte ihm seine Dose mit Snus.

»Frag bloß nicht nach dem Sinn«, sagte er. »Das ist schon lange nicht mehr aktuell.«

Zielsicher spuckte der Alte in einen golden glänzendem Napf. Der Halbe Belgier fingerte im schwarzen Tabak herum, unsicher, wie viel er sich nehmen und was er dann damit machen sollte.

»Dein erstes Mal?«, fragte Lars-Gunnar.

Er nickte. Der Alte zwinkerte ihm zu und griff selbst mit Daumen und Zeigefinger in die Dose. Den Tabak rollte er zu einer kleinen Kugel.

»Du hast Glück«, sagte er. »Die jungen Leute machen es nicht mehr ungeschützt. Den Snus packen sie in kleine Stoffbeutel, um ihre Haut zu schonen. Sie machen überhaupt fast nichts mehr ungeschützt, scheint mir. Ihr drei seid zum Glück anders.«

Er hob die Hand zum Mund des Halben Belgiers und steckte ihm die Kugel zwischen Zähne und Unterlippe. Sofort spürte er ein leichtes Kribbeln. Speichel floss in Strömen. Ein Schauder lief ihm den Rücken hinunter. Der Alte lächelte aufmunternd und spuckte schon wieder aus. Da versuchte auch der Halbe Belgier sein Glück, wobei er sich direkt über den Napf beugte. Den Rest Spucke wischte er mit dem Handrücken weg.

Sämtliche Zweifel waren vergessen, als der Halbe Belgier wenig später die erste Schere geknackt und ausgesaugt hatte. Vier Augenpaare sahen ihn erwartungsvoll an, und er grinste breit vor Verzückung: So süß schmeckte ein so grausamer Tod. Cassady beurteilte die Qualität der Meerestiere mit Kennerblick, seine Begeisterung war aber nicht geringer. Und Greta reiste mit vielfacher Denkgeschwindigkeit zurück in ihre Kindheit. Mit dem zerfallenden Krebsfleisch auf der Zunge erkannte sie, dass sie endlich gut finden durfte, was sie sah und erlebte. Als hätten sie all die Jahre hinter Nebeln verborgen gelegen, zeigten sich jetzt die schönen Bilder von damals: Die Eltern lachten gemeinsam – Magnus und Luisa tanzen im Garten – Timmy strahlte sie an, auf seinem roten Fahrrad sitzend – jemand spielte Gitarre unter Lampions. Das Unglück kam später. Unfall. Scheidung. Der kritische Blick. Paranoia. Ja, dieses Land war nur so krank wie sie selbst, und das war lange vorbei.

»Geht es dir gut, *älskling*?«, fragte der Schnurrbärtige.

»Besser als je zuvor«, sagte sie. »Das ist ja einfach so unwahrscheinlich gut.«

Einen Moment lang sah er ihr in die Augen, und sie erkannte, dass er verstand: Vor ihnen lag ein großartiges Leben.

Nach dem Essen setzten sie sich wieder auf Sofa und Sessel. Während Cassady die nächste Runde einschenkte, stimmte Greta die Gitarre. Dann sangen sie das Seemannslied von Wind und Weite. Auch die Stimmen der Alten klangen wie damals.

Der Halbe Belgier dachte sich nichts dabei, als er anschließend die Gitarre nahm. Er klimperte ein bisschen vor sich hin, bis der Schnurrbärtige ihn fragte, ob er nicht etwas spielen könne. Unsicher sah er in die Runde und sah aufmunternde Blicke. Konnte er etwas spielen? Seit Jahren hatte er keine Gitarre in der Hand gehabt. Schließlich versuchte er *House Of The Rising Sun*, und kaum hatte er angesetzt, da sang die Madame schon los vom Haus in New Orleans, dann der Schnurrbärtige und die beiden Alten. Das Zupfen gab er auf, noch ehe sie den ersten Refrain erreicht hatten. Stattdessen schrammelte er wild, dann sang er mit, das ganze Lied.

»Ja«, sagte anschließend Lars-Gunnar, dem der Schweiß auf der Stirn stand. »Genau so haben wir uns das zum Abschied gewünscht.«

»Was meinst du?«, fragte die Madame unsicher.

»Wir wollten dich noch einmal wiedersehen«, sagte er. »Und wissen, wie du lebst.«

»Du weißt, wir hatten selber nie ein Kind«, sagte Kerstin.

Die Madame sah zu Boden. Nervös zog sie an ihrer Zigarette.

»Aber warum?«, fragte sie schließlich. »Warum habt ihr das nie gesagt? Warum habt ihr euch nicht einfach gemeldet?«

»Haben wir doch«, grinste er. »Noch leben wir. Du bist ja rechtzeitig gekommen.«

»Das hättet ihr mir alles schreiben können. Oder anrufen. Mutti hat schließlich meine Nummer.«

»Du solltest frei sein«, sagte Kerstin. »Erinnerst du dich noch an die Pakete?«

»Ich durfte nie reingucken«, lächelte Greta. »Das alles hatte ich einfach vergessen.«

»Die Kiste sollte dich erinnern«, sagte Lars-Gunnar. Wir waren sicher, dass du kommen würdest, wenn du schon so weit wärst, glücklich an damals zu denken. Du solltest selbst darauf kommen, sonst wäre es ein Pflichtbesuch. Morgen kannst du dir alles auf dem Speicher ansehen. Hoffentlich wirst du nicht enttäuscht. Und jetzt berichte aus Berlin, wie ihr euch da getroffen habt.«

Aufmunternd sah Lars-Gunnar die Madame an, die weiter über die Kiste reden wollte und dieses ganze Abenteuer, in das sie hineingeraten waren, über ihre Kindheit und über ihren Hass auf Schweden und die Verwandlung des Dorfes. Sie zögerte, warf Cassady einen kurzen Blick zu und begriff, dass es darum nicht mehr ging. Die beiden Alten wollten hören, dass sie glücklich war. Und deshalb war sie hier. Sonst hätte sie die Reise nicht gemacht. Dann nahm sie sich die nächste Zigarette und fing ihrerseits an zu erzählen.

Damals kannte sie den Schnurrbärtigen erst seit wenigen Wochen und noch weniger Nächten, als er sie eines Abends gebeten hatte, das rote Abendkleid anzuziehen, das er ihr mitgebracht hatte. Niemals zuvor hatte sie etwas so Feines getragen, nur war sie auch noch nie so einem Mann begegnet wie dem, der in blauweißgestreiftem Seersucker und mit roten Rosen vor ihr stand. Also hatte sie sich umgezogen und dann auch akzeptiert, dass er ihr die Augen verband, um ihr zuletzt einen wärmenden Pelz um die Schultern zu legen. So ließ sie sich führen. Aus der Wohnung hinaus und nach links, durch den Mauerpark. Da sie nichts sah, musste er ihr die wirklich bemerkenswerten Hundehaufen beschreiben, die sie passierten – sonst amüsierten sie sich gemeinsam über die seltsamen Sitten dieser Stadt. Sie musste ihm glauben, als er einen Schwarzen erwähnte, der am Rande des Parks wartete. Da durfte sie sich etwas wünschen, wie sie sich immer etwas wünschen durfte, wenn sie hier einen Schwarzen sahen, was im Osten der Stadt so selten vorkam, wie Sternschnuppen am Himmel.

Sie näherten sich der Hochbahnstation. Sie hörte den Verkehr: Autos – Fahrräder – Trams. Die Menschen: Spanisch – Schwedisch – Französisch. Touristen und das ganze feierlustige Volk eines ganz gewöhnlichen Abends auf dem Prenzlauer Berg, ihrer neuen Heimat, die sie niemals verlassen würde. Hoch ging es auf den leicht schwingenden Eisentreppen, und schließlich rauschte die U-Bahn heran.

Sie stiegen ein und wenig später wieder aus, und sie war kurz verwirrt, panisch, bis er sie an sich drückte, und sie plötzlich ganz schwer wurde, weil es schnell nach oben ging. Ein Fahrstuhl, wusste sie, aus dem er sie schließlich wieder nach draußen führte.

Es duftete: Essen. Gebratenes Fleisch und verkochter Rotwein. Gewürze vielleicht, die sie nicht kannte und die sie auch nicht kennen wollte, weil sie da nur noch hörte: ein Schwirren – ein Summen – eine Melodie, die sie fühlte. *Der Schwan* von Saint-Saëns nur ganz seltsam und mit Klavier. Vielleicht klang so die Liebe, hatte sie gedacht und sich die Daumen gedrückt wie ein Kind. Dann sollte sie sich setzen und die Binde abnehmen und das Restaurant sehen. Weiter vorne stand eine Frau in glitzerndem Kleid, die ein unsichtbares Orchester wild dirigierte. Hinter ihr ein Klavier. Durch die Fenster Berlin. Aus der Luft. Und die Madame dachte an den Helden von Strindberg, der seinen stechenden Blick auf Stockholm warf, um alles unten zu durchschauen. Zu hassen. Und zu verdammen.

»Da habe ich zum ersten Mal geglaubt, dass es mir gutgehen könnte«, schloss die Madame und sah vom Aschenbecher auf. »Das hat dann allerdings noch etwas Zeit gebraucht.«

≈

Die alte Teakholzuhr an der Wand zeigte zwei Uhr morgens. Kerstin und Lars-Gunnar schliefen Schulter an Schulter auf dem Sofa. Die Madame war schon ein paar Gläser früher aus der Runde ausgestiegen und ins Bett gegangen. Draußen stürmte es. Regen prasselte gegen die Fenster.

»Und jetzt gehen wir schwimmen«, sagte Cassady.

»Was?«, fragte der Halbe Belgier. »Warum?«

»Wir gehen schwimmen, weil wir das niemals vergessen werden.«

»Ich komme mit, um aufzupassen. Sie braucht dich schließlich noch.«

Cassady sagte nichts weiter.

Auf der Dorfstraße wandten sie sich nach rechts in Richtung Hafen. Innerhalb von Sekunden waren sie nass bis auf die Haut und liefen doch weiter. Sogar ganz im Norden war der Himmel stockfinster. Im Schein der Blitze sah man, wie sich die Wolken türmten. Ein schwarzes Gebirge lag über dem Meer. Die Häuser wirkten verlassen. Ein Hund bellte wie im Wahn.

Erst am Ende des Stegs blieb der Schnurrbärtige stehen und ließ seinem Freund keine Wahl: Ehe der auch nur ahnte, was mit ihm geschah, flog er von den Planken ins aufgewühlte Wasser. Panisch trat er nach unten, halb hoffend, Grund zu finden, halb fürchtend, von Schlingpflanzen gefesselt in die Tiefe gezogen zu werden, als der Schnurrbärtige mit Kopfsprung neben ihm ins Wasser tauchte und Sekunden später prustend und lachend wieder an die Luft kam.

»Glaub mir, das wirst du niemals vergessen«, schrie er gegen den Donner an und drückte seinen Freund unter Wasser.

Der trat um sich, wahnsinnig vor Angst, in Erinnerung an diese eine Welle, die ihn als Kind einmal erwischt hatte. Weg war er. Verloren. Sandiger Schaum um ihn herum und keine Luft zum Atmen. Die Eltern irgendwo. Und er erkannte plötzlich, wie mickrig das war, so etwas weiter mit durchs Leben zu schleppen. War er vorhin nicht schon ins Meer gesprungen, um seinen Freunden hinterherzuschwimmen? Nicht mehr wehren. Tauchen. Zur Seite und hoch.

Keuchend kam er an die Luft und grinste.

»Komm«, sagte Cassady. »Dann lass uns jetzt mal weitersaufen.«

SIEBTER TAG

Der unbeflaggte Mast vor dem Fenster strahlte warm in der Morgensonne. Weiter hinten, im Westen über dem Meer, da schien sie noch nicht. Der Halbe Belgier robbte immer weiter in Richtung des Sofas, auf dem die beiden Alten vorhin noch geschlafen hatten. Völlig zerschlagen zog er sich hoch und roch einen Duft von altem Parfum und Rasierwasser, wie man ihn nur noch an Menschen von damals finden konnte. Wann und wie ihre Gastgeber den Weg in ihr Bett gefunden hatten, wusste er nicht. Er wollte nur schlafen, um dem Kopfschmerz schnell zu entkommen. Lieber tot sein, als das ertragen müssen.

Gegen Mittag trat die Madame ins Zimmer. Sie ging fest davon aus, die beiden Alten auf dem Sofa zu finden, da sie selbst mit dem Schnurrbärtigen in deren Bett aufgewacht war. Die ungewohnten Mengen Alkohol trugen das ihre dazu bei, ihre Scham darüber voll zu entfalten. Der Anblick des Halben Belgiers verwirrte sie vollends. Sie sah in die Küche, ins Badezimmer, stieg runter in den

Keller und wusste, dass sie doch nur den Gang auf den Speicher aufschob, als fürchte sie sich davor, dessen Geheimnis zu lüften. Ihre Kopfschmerzen ließen sie zittern, als sie sich an den Aufstieg machte, durchs Wohnzimmer und die kleine Tür in der Küche und dann nach oben.

Die Leiter endete an einer Falltür. Mit beiden Händen an den Sprossen stemmte sie den Kopf gegen das Holz, das gleich quietschend aufschwang, unterstützt von einem tiefschwarzen Stein, der einen Flaschenzug antrieb. Alles war dunkel hier oben. Kaum Licht drang durch die verdreckte Luke im Dach. Sie fuhr zusammen und hielt sich noch gerade rechtzeitig fest. Riesige Augen starrten sie an, gebleckte Zähne und wildschwarze Mähnen. Sie versuchte, ruhig zu atmen. Nie wieder würde sie trinken. Dann kletterte sie ganz nach oben.

Der Speicher war voll mit Masken und Statuen von welchen Stämmen auch immer. Schrecklich auf den ersten Blick, dann mit jedem Schritt, den die Madame auf sie zuging, komischer. Ulkig. Verrückt. Das also hatte sie als Kind nicht sehen dürfen. So sehr hatten die beiden sich um sie gesorgt! Dabei hätten ein paar exotische Götter ihr sicher weniger geschadet als die Eltern zu Hause. Darüber musste sie lachen, trotz ihres schmerzenden Kopfes und der immer drückenderen Übelkeit.

Zurück in der Küche, trank sie Wasser, soviel sie konnte. Sie setzte Kaffee auf. Dann rauchte sie die erste Zigarette.

Mit drei randvoll gefüllten Tassen machte sie sich auf den Weg zu ihren Begleitern. Cassady änderte lediglich leicht den Rhythmus seines Schnarchens, als sie ihm den Kaffee unter die Nase hielt. Der Halbe Belgier war schon wach und wies auf den Zettel, der unter einer Flasche Mampe auf dem Tisch lag.

»Seemann, lass das Träumen und denk nicht an Zuhaus!«, las sie. »*Vi är borta. Tack för allt! Bilen får ni. Skål!*«

»Was bitte?«, fragte der Halbe Belgier.
»Sie sind weg, und wir haben ein Auto.«
»Wie jetzt weg, die beiden Alten?«
»Ich weiß nicht«, sagte sie. »Hast du denn nichts gemerkt?«
»Wir waren schwimmen«, sagte er.
»Du warst schon wieder im Meer? Mitten in der Nacht? Und dann waren sie weg?«
»Nein, also ich glaube nicht. Ich erinnere mich nur ans Schwimmen. Heute Morgen bin ich auf dem Boden aufgewacht. Da war das Sofa leer.«
»Du liebe Scheiße, hoffentlich sind sie nur spazieren.«
»Stand da nicht, dass sie weg sind?«
»Sie hatten immer schon einen besonderen Humor.«
»Haben sie nicht gesagt, dass sie dich nur noch einmal sehen wollten?«
»Ja, aber sie waren besoffen!«
Trotzdem raffte die Madame ihr Kleid und eilte die Treppen hinunter, dann zwischen den Autos durch und auf der Dorfstraße bis zum Anleger. Es wimmelte von Seglern, Touristen und Kindern. Sie kannte nicht einen einzigen Menschen, wo damals jeder mit jedem befreundet war. Abgesehen vom schönen August war nur der Fährmann derselbe geblieben, der gerade jetzt sein Horn blies, um die letzten Passagiere zur Eile anzutreiben. Der immer schon grantige Mann, den sie als Kinder so gefürchtet hatten. Zu dem rannte sie hin. Als sie ihn nach den beiden Alten fragte, nickte er. Die hatten am Morgen gleich mit der ersten Fähre rübergesetzt, wo sie ihr Boot liegen hatten. Mit dem waren sie rausgesegelt. Ungläubig sah sie ihn an, fragte noch einmal nach, warf ihm vor, dass er zwei alte Menschen doch nicht einfach raussegeln lassen konnte.
»*Är det inte ett fritt land?*«, fragte der Fährmann.

Dann sollte sie runter vom Boot oder einen Fahrschein lösen. Sie machte den Schritt zurück auf den Anleger und starrte der Fähre hinterher, die zwischen all den Seglern hindurch die wenigen Meter Wasserstraße querte. Natürlich hatte der Fährmann recht, und man würde sie für verrückt erklären, wenn sie jetzt die Polizei alarmierte, weil zwei ältere Menschen mit ihrem Segelboot losgefahren waren. Auch Johan würde seine Mannschaft kaum dazu bringen können, sich auf ein weiteres Manöver einzulassen. Aber etwas musste sie tun! Langsam ging sie zurück, wandte sich immer wieder um, weil sie nicht glauben konnte, dass die beiden verschwunden waren.

Zurück im Wohnzimmer der beiden Alten sah sie im Gegenlicht Lars-Gunnar stehen, in grob kariertem Hemd und Cordhosen, ehe sie ihren halbbelgischen Freund erkannte. Cassady stand am Fenster und blickte mit einem altertümlichen Fernrohr hinaus aufs Meer. Noch einmal dachte er an seinen Großvater, der diese Überfahrt einfach gewagt hatte, ohne jedes Wissen, was ihn drüben erwarten würde. Er sah sie und begriff, dass er in ihr sein Abenteuer hatte.

»Siehst du sie?«, fragte sie außer Atem.

»Ich suche sie nicht«, sagte er. »Wenn sie losmussten, dann mussten sie los. Vielleicht war das ja ihre letzte Chance.«

»Er sagt, es gibt keinen Grund, sie zu suchen«, sagte der Halbe Belgier.

»Wir sollten uns jetzt den Wagen ansehen«, sagte der Schnurrbärtige. »Morgen haben wir Spätschicht, und ich weiß nicht, wie wir sonst nach Berlin kommen sollen.«

»Wollt ihr denn wirklich zurück ins Museum?«, fragte der Halbe Belgier.

»Was sollten wir denn bitte sonst machen, jetzt wo wir

das erledigt haben?«, fragte der Schnurrbärtige verwundert. »Das ist doch ein perfektes Leben.«

»Etwas muss ich dir vorher noch zeigen«, sagte die Madame.

Der Halbe Belgier – ohnehin noch recht verkatert – sollte es sich auf dem Sofa bequem machen. Womöglich kamen sie ja doch noch mal zurück, die beiden Alten, die dann nicht denken sollten, dass sie sich einfach so davongemacht hatten. Also legte er sich so auf die Kissen, dass er den Blick über das Meer schweifen lassen konnte, von dem sie sich schon bald wieder würden verabschieden müssen. Um zurück nach Berlin ins Museum zu fahren. Konnte das wahr sein? War ihr Platz wirklich der zwischen all den Erinnerungsstücken an so viele Tote? Gab es keine andere Aufgabe mehr, als die Erinnerung zu bewachen und dabei irgendwie über die Runden zu kommen? Er hatte sich selbst nie mehr zugetraut und ahnte jetzt doch, dass es mehr geben konnte.

≈

Greta führte Cassady die Treppe runter und auf der Dorfstraße zu einem strahlend weiß lackierten zweistöckigen Holzhaus.

»Das war einmal unseres«, sagte sie. »Ja, in der guten alten Zeit.«

Der Schnurrbärtige war beeindruckt und überrascht, so sehr erinnerte die Bauweise mit der großen Veranda an einen kleinen Herrensitz in Louisiana.

»Warum habt ihr verkauft?«

»Streitereien, Rumgehure, Eitelkeiten. Am Ende Luisas Tod bei diesem Unfall und die Scheidung meiner Eltern. Das späte Ende des *Summer of Love*, den es doch nie gegeben hat.«

Sie ging weiter über die mit Kies bedeckte Einfahrt, dann die Treppe hoch zur Tür und klopfte. Er folgte ihr und hatte sie gerade erreicht, als man von innen öffnete. Eine dunkelhäutige Frau in Kittel und Schürze trat aus dem Halbdunkel. Die Herrschaften, teilte sie ihnen im breiten Südstaatenamerikanisch mit, seien ausgesegelt und erst gegen Abend zurück. Sie sei aus Memphis, erklärte sie dem Schnurrbärtigen auf seine verwunderte Nachfrage hin, ihr Chef arbeite als Ingenieur und verbringe hier seine Ferien. Sie unterhielten sich noch eine Weile über Belanglosigkeiten des Lebens hier am Meer, ehe Greta sie darum bat, ihrem Mann das Haus zeigen zu dürfen. Die Bedienstete zögerte, erlag aber schnell dem Charme ihres schnurrbärtigen Landsmanns, den Greta dann durch den Flur unter die Treppe führte.

»Es ist nichts mehr wie früher«, sagte sie etwas mutlos. »Dieses Land verliert den Rest seiner Würde an seine Innenarchitekten.«

Sie ging auf die Knie, als suche sie etwas Bestimmtes. Die Bedienstete stieß einen erschrockenen Schrei aus, als sie unvermittelt ein Stück Holz aus der Verkleidung brach, war aber sofort wieder still, wozu sicherlich beitrug, dass auch sie sich der Spannung nicht entziehen konnte, die von dieser seltsamen Besucherin ausging, deren rechter Arm bis zur Schulter unter der Treppe verschwand. Nach einer langen Weile löste sich die Anspannung in Gretas Gesicht in ein triumphierendes Lächeln auf. Vorsichtig zog sie den Arm aus dem Loch. In ihrer Hand hielt sie eine Dose aus stumpfem Blech, deren Aufdruck längst verblasst war.

»Das«, sagte sie dann. »Das hier sind meine Steine.«

Sie öffnete den Deckel. In der Dose lagen ein gutes Dutzend schwarze Steine, die sie ausgiebig musterte, umdrehte, in der Hand wog und wieder in die Dose fallen ließ.

»Und?«, fragte der Schnurrbärtige schließlich, da die Bedienstete unruhig wurde.

»Es sind wirklich nur Steine«, sagte Greta.

»Und was hast du erwartet?«

»Nichts anderes, aber ich wollte es sehen, um es glauben zu können. Dass die Kindheit vorbei ist.«

»Ja, das dauert heutzutage manchmal etwas länger«, grinste er und griff nach dem herausgebrochenen Brett, um es zurück in die Vertäfelung zu fügen. »Ich hab im Garten meiner Eltern auch noch eine Dose Kryptonit.«

»Warte«, sagte da Greta und legte die Dose unter die Treppe.

Dann schloss der Schnurrbärtige das Loch. Nur einige winzige schwarze Haarrisse blieben im weißen Lack.

Nach einem herzlichen Abschied machten sie sich auf den Heimweg. Hand in Hand liefen sie zwischen den Tagestouristen hindurch, die zum Wasser drängten. Kinder lachten. Mütter schrien. Väter gaben Anweisungen. Ein ganz normaler Sommerferientag, nur lag ein ungewohnter Duft über allem.

»Vermouth«, sagte der Schnurrbärtige. »Verdammt, habe ich einen Hunger.«

»Wir werden sehen, ob sie uns etwas dagelassen haben«, sagte die Madame.

Je näher sie dem Haus kamen, desto stärker duftete es. Im Treppenhaus gab es keinen Zweifel mehr.

»Vielleicht habe ich ihn unterschätzt«, sagte Cassady.

Eilig nahmen sie die Stufen und traten aus dem Dunkeln ins lichtdurchflutete Wohnzimmer. Herb salzig roch es hier nach Meer.

Der Halbe Belgier war dabei, den Esstisch einzudecken. Verkatert, wie er war, hatte er offenbar vergessen, dass ihre Gastgeber nicht mehr mitessen würden. Die Madame war dennoch begeistert. In der Mitte des Tischs stand eine Platte mit Austern.

»Gaston!«, rief sie. »Du bist ja eine Wundertüte.«

Der Halbe Belgier grinste.

»Nehmt Platz, das Essen ist gleich fertig.«

»Mein Gott, Austern«, seufzte der Schnurrbärtige.

Dann setzten sie sich und ließen die Tiere unter Zitronentropfen zucken, ehe sie sie verschlangen. Sie schmatzten und grunzten, so wohl tat so viel Salz nach dem Likör der Nacht.

»Aber was duftet hier nach Wermut?«, fragte Cassady nach der letzten Auster.

»Habt ihr etwa noch Hunger«, fragte der Halbe Belgier zurück. »Vielleicht auf Hummer?«

»Ja, immer gerne«, sagte die Madame. »Aber die Jagdzeit ist vorbei.«

Der Halbe Belgier lachte nur, und mit ihm lachte plötzlich eine Stimme, die hergehörte und doch nicht da sein sollte.

»In unserem Alter haben Gesetze nicht mehr so eine Relevanz«, hörte sie Lars-Gunnar sagen.

Und da stand er mit Tellern in den Händen, gefolgt von seiner Frau.

»Ihr könnt doch nicht mit leeren Mägen reisen!«

»Was?«, hauchte die Madame.

»Lobster in Vermouth-Cream«, stöhnte der Schnurrbärtige verzückt.

Greta starrte die beiden Alten an, die jedem einen Teller servierten, darauf jeweils ein halber Hummer in glänzend sahnig weißer Soße. Als wären sie nie weg gewesen! Als hätten sie sie nicht gerade noch glauben lassen, dass sie für immer fortgegangen waren!

»Ich kenne das Rezept von einer Reise«, sagte Lars-

Gunnar. »Wir sind damals von New Orleans nach Memphis hochgefahren. Ich hoffe, ich habe es hinbekommen.«

»Ja«, sagte der Schnurrbärtige. »Den Eindruck habe ich.«

»Man überwürzt sehr schnell mit Estragon.«

»Das ist immer riskant.«

»Deswegen dämpfe ich es an. Auch wenn es dem Wermut sehr ähnlich ist, kann man nicht drauf verzichten. Die beiden sind ein Paar, das man nicht trennen sollte.«

Greta blieb stumm. Wie konnten die beiden jetzt über Rezepte reden? Sie wollte fragen, warum sie doch nicht weg waren. Warum hatten sie diesen Brief geschrieben? Warum taten sie ihr das an? Aber wie lächerlich das klang! Sie waren einfach zu den Hummern rausgefahren und hatten sich noch einen Spaß mit ihr erlaubt. Ihre Kindheit mochte vorbei sein, aber die beiden waren noch die Gleichen, bei denen es nie langweilig wurde. Sie sah den Halben Belgier an, der mit den Schultern zuckte, den Mund bis zum Kinn mit Soße verschmiert. Kerstin zwinkerte ihr zu. Lars-Gunnar erzählte von Graceland, wo er Elvis getroffen habe.

»Das hast du nie erzählt«, sagte die Madame.

»Das interessiert auch keine kleinen Mädchen«, sagte er.

≈

Nach dem Essen nahmen sie Abschied. Erschöpft von der Nacht und der Hummerjagd wollten Kerstin und Lars-Gunnar sich hinlegen und den Rest dieses Tages verschlafen. Wenn die drei Freunde rechtzeitig zurück zu ihrer Schicht sein wollten, hatten sie ohnehin keine Zeit zu verlieren. Lars-Gunnar meinte, dass sie es natürlich schaffen würden mit dem Wagen.

»Und dann verkauft ihr ihn und lasst es richtig krachen«, sagte er. »Ihr drei gehört noch nicht in ein Museum!«

Von der Straße aus sahen sie die beiden hinter dem großen Fenster stehen und winken. Die drei Reisenden blieben noch einmal stehen. Die Männer verbeugten sich; die Madame versuchte einen Knicks.

Den Autoschlüssel in der Hand eilte sie dann voraus zur Garage, die außerhalb des Dorfes am Rande eines kleinen Waldes lag. Hier hatte Lars-Gunnar damals die Stunden verbracht, in denen er nicht vom Sofa aus aufs Meer geblickt und vielleicht von Amerika geträumt hatte. Das war wohl lange her.

Der Kiesweg war von Unkraut überwuchert. Eine dicke Moosschicht bedeckte die an der Garage lehnenden Gartenmöbel. Der Schlüssel aber passte noch. Quietschend schwangen die beiden Türen auf.

Im schummrigen Licht lag ein unförmiger Koloss unter einer grauen Plane. Ein einzelner Sonnenstrahl fiel durch ein zerbrochenes Fenster. Die Madame trat vor und bückte sich. Mit dem Finger fuhr sie durch zentimeterdicken Staub.

»Der Staub der Tage«, sagte sie.

Dann löste sie schnell einige Knoten und riss die Plane mit Schwung zur Seite. Alles verschwand in einem Nebel, der sie niesen und husten ließ. Dann klärte sich langsam die Luft. Zart rosa glänzte der Lack.

»Ein *Eldorado Coupé!*«, rief der Schnurrbärtige.

»Ist das etwas Besonderes?«

»Das ist unfassbar!«

Immer wieder lief er um den Wagen, öffnete die Türen, schnupperte und streichelte den Lack. Die Madame und der Halbe Belgier verfolgten seinen Auftritt verwirrt.

»Wenn du Magnus parodieren möchtest, solltest du dir noch ein Bein absägen«, sagte sie.

»Vergiss Magnus! Kapiert ihr denn gar nichts?«
»Was sollen wir kapieren?«
»Deswegen meinte er, dass wir es krachen lassen können! Das ist ein 1959 *Eldorado Coupé*!«
»Was meinst du denn?«
»Der Wagen hier ist er ein Vermögen wert! Wenn er damals in Graceland war, dann ist Elvis mit dem gefahren! Den muss er mitgebracht haben!«

≈

Sie saßen noch lange vor der Garage auf den alten Gartenstühlen und tranken Bier, das sie sich aus dem Dorf geholt hatten. Als wollten sie doch nicht aufbrechen. Bald würde die Sonne hinter den Hügeln verschwinden, die zwischen der Garage und der Küste lagen. Dann käme die Stunde der Mücken, die längst hinter ihnen im Wald warteten.
»Die Zukunft liegt im Norden«, sagte der Schnurrbärtige. »Deshalb darf man ihm niemals den Rücken kehren. Das meinte mein Großvater, wenn er den General zitierte, auch wenn das jetzt paradox scheinen mag.«
»Warum denn auch nicht paradox?«, fragte die Madame.
»Ja, warum nicht«, sagte der Halbe Belgier.
Der Wagen war gepackt. Jede Stunde, die sie länger hier verweilten, würde ihnen auf der Rückfahrt nach Berlin fehlen. Und morgen zur Spätschicht mussten sie arbeiten. Vor vierzehn Uhr durch den Personaleingang an der Wache vorbei ins Untergeschoss und rüber in den Teamraum zur Einteilung der Positionen. Und dann wie jeden Tag sechs Stunden und eine halbe Stunde Pause. Zuspätkommen wurde mit einer gelben Karte sanktioniert. Zwei gelbe Karten Kündigung. Wenn sie den Cadillac verkaufen würden, müssten sie lange Zeit gar nicht arbeiten, aber

konnten sie das wirklich tun? Wollten sie das? Also mussten sie los, doch keiner übernahm die Führung, wo es nur eines Wortes bedurft hätte. Noch schien ja auch die Sonne.

»Ich weiß nicht«, sagte der Schnurrbärtige und beschrieb ihnen die Statue des Generals in New Orleans, der starr nach Norden blickte. »Kann man die Zeit aufhalten und gleichzeitig nach vorne blicken wollen? Was ist der Süden, wenn er nur Vergangenheit ist? Ich bin nicht sicher, ob er nach Norden schaut, weil er den Yankees misstraut. Er fürchtete die Zukunft und ist doch fasziniert.«

»Wir hängen wie Wäsche an einer Leine zwischen gestern und morgen«, sagte der Halbe Belgier.

»In einem Poesiealbum vielleicht«, sagte die Madame, lächelte aber dabei.

Der Schnurrbärtige reichte dem Halben Belgier seine letzte Nat Sherman.

»Wir sollten los«, sagte er. »Wenn wir nicht aufgefressen werden wollen.«

Sie lehnten die Stühle zurück an die Garage, schlossen das Tor und setzten sich nebeneinander vorne in den Wagen. Der Halbe Belgier übernahm das Steuer, weil er später im Dunkeln nicht fahren wollte. Die ersten Mücken sammelten sich auf der Windschutzscheibe, blutrünstig verzweifelt, weil sie keinen Weg zu ihren Opfern fanden. Er drehte den Zündschlüssel und verjagte sie mit dem Scheibenwischer. Dann suchte und fand er das Licht, dessen Schein sich noch kaum von der Dämmerung abhob.

Sie fuhren auf der Landstraße zwischen Weilern und Gehöften hindurch, auf denen kein Mensch zu sehen war, bis sie die Brücke zum Festland erreichten. Da lehnte der Schnurrbärtige schon schnarchend an der Beifahrertür, in seinem Arm seine Madame, die sagte, wo es langging. Als dann Schilder den Weg nach Süden wiesen, entspannte auch sie sich und schlief ein.

Ganz und gar nicht müde, steuerte der Halbe Belgier sie in Richtung Autobahn. In Sichtweite der Auffahrt nahm er den Fuß vom Gas. Rechts ab ging es nach Göteborg und Malmö, von da aus mit der Fähre nach Rostock. Morgen Mittag wären sie pünktlich zur Schicht in Berlin. Links führte die Straße laut Wegweiser einfach nach *Norden*, als sei da nichts, was näher erklärt werden müsste.

Er fuhr rechts ran. Es fühlte sich nicht richtig an, dass diese Reise so schnell enden sollte. Er wollte noch einmal zur Mutter, die Platten anhören und die Schnäpse trinken und ihr sagen, dass das Leben auch heute noch schön war – und sie würde sich freuen. Er wollte sich bei den Kindern entschuldigen, ihnen, den Eltern und den Paddlern erklären, warum er nicht hatte handeln können – würden sie ihn verstehen? Er wollte Linda, Hannah und dem Inselmädchen sagen, dass er gar nicht wusste, was er von ihnen wollte – doch was sollte das nützen? Und er wollte zurück nach Berlin ins Museum, Tag für Tag mit den Freunden rumstehen und das Leben verstreichen lassen ohne Ärger – und das wollte er nicht.

≈

Der Wald wurde dichter und dunkler. Vom Wasser war lange schon nichts mehr zu sehen. Geradeaus führte die Straße nach Norden. Da waren Lichter am Himmel. Grüne Lichter, die man ja vielleicht brauchte, um zu wissen, wohin man wollte. Um voranzukommen. Weiterzurudern gegen den Strom, wenn das überhaupt notwendig war. Der Halbe Belgier nahm die Sonnenbrille von der Ablage und machte das Radio an. Aretha Franklin sang *I Say A Little Prayer*. Er sah seine schlafenden Freunde und wusste, dass es gut war, sich treiben zu lassen.

Florian Beckerhoff
Ein Sofa voller Frauen
Roman
256 Seiten
ISBN 978-3-7466-3042-7
Auch als E-Book erhältlich

Couchsurfing

Mittdreißiger Dickie kommt nicht ran an die Frauen. Seit er vor 18 Jahren mit seiner ersten flüchtigen Bekanntschaft gleich ein Kind gezeugt hat, geht nichts mehr. Bis seine Kumpel eingreifen und ihn heimlich beim Couchsurfing anmelden. Plötzlich kann sich Dickie vor lauter weiblichem Besuch gar nicht mehr retten. Und dann steht auch noch sein Sohn vor der Tür, um ihn kennenzulernen. Dickies erster Gedanke: Flucht! Doch dann wird ihm klar, dass es Zeit ist zu handeln: Denn seine erste Besucherin will ihm einfach nicht mehr aus dem Kopf.

»Wer ›Fleisch ist mein Gemüse‹ mochte, dem wird bei ›Ein Sofa voller Frauen‹ das Wasser im Mund zusammenlaufen.«
Bjarne Mädel (Der Tatortreiniger)

Regelmäßige Informationen erhalten Sie über unseren Newsletter. Jetzt anmelden unter: www.aufbau-verlag.de/newsletter

atb aufbau taschenbuch

Nikola Hotel
Für immer und Emil
Roman
304 Seiten
ISBN 978-3-7466-3212-4
Auch als E-Book erhältlich

Ein Mann fürs Lieben

Leonie ist eine Powerfrau: Sie liebt ihren Job und hat Erfolg. Dann wird ihr vorgeworfen, die Geschäftsidee der charmanten Brüder Emil und Benjamin geklaut zu haben. Und zwei Stunden später hat sie Freizeit pur – eine Horrorvorstellung für Leonie. Sie muss unbedingt denjenigen finden, der ihr das eingebrockt hat. Der Einzige, der ihr helfen kann: Emil. Doch der hat sich aufs Land verkrochen. Und plötzlich steht Leonie offline zwischen Erdbeerfeldern und Kuhfladen und spürt: Ihr Herz klopft für Emil.
Brüllend komisch und mit dem perfekten Gespür für die Hürden des weiblichen Alltags.

Regelmäßige Informationen erhalten Sie über unseren Newsletter. Jetzt anmelden unter: www.aufbau-verlag.de/newsletter

atb aufbau taschenbuch